Lolita Pille

Bubble Gum

PIPER ORIGINAL

Lolita Pille

Bubble Gum

Roman

Aus dem Französischen
von Gaby Wurster

Piper München Zürich

Von Lolita Pille liegt im Piper Verlag außerdem vor:
Pradasüchtig

Deutsche Erstausgabe
Juni 2005

Titel der französischen Originalausgabe:
»Bubble Gum«

Satz: KCS GmbH, Buchholz / Hamburg
Druck und Bindung: Clausen & Bosse, Leck
Printed in Germany ISBN 3-492-27088-3

www.piper.de

Für Jonathan Alphandery

MANON 1

Terminus

Alles, was ich verspürte, war Hunger. Einen schrecklichen Hunger, den ich auch Mangel nennen könnte, Not, Ohnmacht, Frust, Leere, und der mich beherrschte, mich verschlingen, mich bald vernichten würde.

Der mir den Tag verdarb, die Nacht vermieste, der mich lange, verfluchte Stunden wach hielt, lange, qualvolle Stunden, in denen ich ein wenig Erholung hätte finden können, der das Morgenrot und den Himmel verblassen ließ, die heitersten Melodien bleischwer machte, Tanzmusik in Trauermärsche, lustige Filme in griechische Tragödien verwandelte, der die Natur zur Wüste und meine Träume zu Staub machte.

Es war wie ein Fieber, ein schlechter Trip, wie Entzugserscheinungen, dieser Hunger, der mit nichts zu stillen war und der von mir Besitz ergriffen hatte.

Ich konnte mein Leben nicht ausstehen.

Ich konnte Terminus nicht ausstehen, das ich seit jeher kannte und wo meine Geburtsurkunde mit der Vaterschaftsanerkennung im großen Register des zweckentfremdeten Rathauses nur darauf wartete, daß man darunter die Bemerkung »verstorben« setzte, ohne meinen Mädchennamen oder den Ortsnamen ändern zu müssen. Man brauchte nur schnell das Datum einzusetzen und die Akte wieder zu schließen. Terminus, dieser gottverlassene Flecken Land mit dem Springbrunnen und den Bänken rund um den Platz, der verrotteten Telefonzelle mit dem Münzapparat, den hundertjährigen Platanen, so alt wie seine Einwohner, mit dieser trüben Straßenlaterne vor meinem Fenster, dem Bistro, das mich groß werden sah und das mich alt werden sieht, in den gleichen Kleidern, in der gleichen Haltung, mit dem gleichen Lappen in der Hand, mit dem ich immer noch dieselben Tische wische, seit ich zwölf bin, dem Bistro, das meine Mutter sterben sah und sah, wie ich ihren Platz hinter der Theke einnahm, um den alten Arschlöchern vom Dorf den gleichen abscheulichen Kaffee, den gleichen Pastis mit Wasser zu servieren, bis ich meine Mutter schließlich im Kellnerinnenparadies wiedertreffe.

Ich kann das gleißende Licht draußen nicht ausstehen, die erbarmungslose Sonne, die über dem gestampften Lehmboden flimmert, die drückende Hitze, den blöden Gesang der Zikaden, der mich nicht schlafen läßt und der mich – wenn ich's mal schaffe, nicht daran zu denken – ständig daran erinnert, daß ich in Terminus bin und daß ich hier bleiben werde. Ich kann die Kühle und die Dunkelheit in meinem alten Haus nicht ausstehen, das Erdgeschoß für die Gäste und das Stockwerk, das ich mit meinem Vater teile, den Terrakottaboden, die Fensterläden, die immer geschlossen sind, die künstlichen Blumen, die kaputte Wanduhr, die Wanne mit den Füßen und meine Kinderzeichnungen im Bad, die mein Vater unter keinen Umständen abhängen will – sie sind zum Kotzen naiv – und die mit Klebeband über dem Spiegel angebracht sind, halb verwischt vom Dampf und von der Zeit.

Ich kann mein Zimmer nicht ausstehen, nicht den Balken an der Decke, nicht die Risse im Balken, die ich mit geschlossenen Augen nachzeichnen könnte, den lackierten Holzschrank, in dem meine Kleider hängen und der folglich halb leer ist, das Brett auf Böcken, das mir als Schreibtisch dient, die zerschlissenen Blumenvorhänge, den Radiorekorder, der mal funktioniert, mal wieder nicht, die Poster von Kinostars, die nicht einmal wissen, daß es mich gibt, mein schmales Bett und das Eingeschlossensein, vor allem das Eingeschlossensein: diese niedrige Decke, diesen engen Raum, dieses lächerliche Fenster, fast eine Schießscharte, dieses kleine Fenster – es ist meine einzige Öffnung zur Welt, und alles, was ich von der Welt sehe, ist der Platz von Terminus und die Alte von gegenüber, die sich bis zum Morgengrauen vor ihrem

Fernseher langsam zu Tode quält, und meine Sonne ist eine trübe Straßenlaterne.

Ich kann sie nicht ausstehen, diese Alten vor meinem Haus, diese Alten, die vor sich hin sterben, auf der Bank sitzen, die Visagen aufgereiht wie eine Galerie schlechter Porträts, vom selben Stümper gemalt, diese Alten, deren Gesichtszüge verhärmt sind von Sorge, Bitterkeit und Armut und die den ganzen Nachmittag über den Mund nur aufmachen, um sich gegenseitig zu fragen, was sie am Abend zuvor gegessen hätten und was sie morgen essen würden, und um über all das zu lästern, was ihren Horizont übersteigt, was sie nicht gesehen, nicht gehabt haben – über die große weite Welt, die sie fürchten wie die Pest, über alles, was von hier wegwill. Auch ich will von hier weg, und deshalb hassen sie mich, hassen meine Figur, mein Gesicht, denn ihre Töchter sind fett und häßlich, und das bin ich nicht, denn ihre Töchter sind hier, in Terminus, und sie werden niemals weggehen, und die Alten maßen sich an, mich zu kritisieren, über mich zu urteilen, mich zu belästigen mit der Erklärung, daß sie mich haben groß werden sehen, und daß ich mich – wie es scheint – in der Zwischenzeit ja »verändert« hätte; so spötteln sie, zischen es zwischen den Zähnen oder dem, was ihnen noch an Zähnen geblieben ist, und sie betonen es voller Haß, als hätte ich ein Verbrechen begangen, und in der Tat ist Veränderung ein Verbrechen hier in Terminus.

Ich kann die Straße nicht ausstehen, die durchs

Dorf führt, mit ihren Autos, die mit Karacho zu anderen Horizonten brausen und mich hier zurücklassen, reglos und zerzaust in einer Staubwolke an meinem Scheißstraßenrand; ich hasse die Hochglanzmagazine, in denen die ganze Welt in Saint-Tropez in der Sonne liegt, während ich den ganzen Tag meine Tische wische; den Fernseher im Wohnzimmer – den einzigen Fernseher im Haus, der angegraut und schief auf seinem Rollwagen steht, eingerahmt von der Blümchentapete, die sich an den Ecken von der Wand löst –, weil er mir jeden Tag mehr über die große weite Welt erzählt und mir klarmacht, daß ich diese große weite Welt niemals kennenlernen werde.

Ich kann sie nicht ausstehen, diese oberlehrerhaften, gutgekleideten Moderatoren, die Berge von Geld machen als Vergütung für ihr Talent, vom Prompter abzulesen, in Mikros zu sprechen und Stiefel zu lecken, diese bescheuerten Spielshows, in denen Leute wie ich sich tagtäglich blamieren, weil sie so schwierige Fragen falsch beantworten wie: »Welcher dieser Männer war ein tauber Komponist? a) Mike Tyson, b) Ludwig van Beethoven, c) Vincent van Gogh, d) Rain Man?«, diese Pseudospannung, diese Gruselfilmmusik, diese Stille im Studio. Ich kann die zusammengezogenen Brauen des Moderators nicht ausstehen und den panischen Anruf bei der alten Mutter, die man aus dem Mittagsschlaf reißt, damit sie es bestätigt, ja, es war tatsächlich Mike Tyson, der sich bei den Dreharbeiten zu einem Film mit Tom Cruise das Ohr abgeschnitten hat und trotz der Taubheit, die dieser Vorfall nach sich zog, die *Mondscheinsonate* komponierte und diese geniale Oper, in der es um Sonnenblumen ging, nein, nein, falsche Antwort, erklärt der nette Moderator, der einzige, der hier Millionen verdient, falsche Antwort, verduften Sie jetzt, gehen Sie zurück an Ihren Fahrkartenschalter, in Ihr Mautstellenkabäuschen, zu Ihrer Schleuse, Ihrem Lastwagen, Ihrem Saftladen, und der Verlierer grämt sich, weil er so knapp an der Million vorbeigeschrappt ist, er verspürt nicht mal einen Hauch von Scham wegen seiner unsäglichen Dummheit, halbverrückt wankt er vor den Augen des betrübten Frankreichs von der Bühne und kehrt zu seiner Schleuse und zu seiner alten ungebildeten Mutter zurück, die er beschimpfen wird bis ins Grab, denn alles ist nur ihre Schuld, er wollte Beethoven sagen, er wußte es, er war sich sicher, und sein ganzes Leben lang wird er nur noch über seine fünfzehn Minuten Ruhm nachgrübeln und die Videokassette abspielen, bis das Band abgenutzt ist, und er wird dem Alkohol verfallen, um zu vergessen, daß er seine Chance verpaßt hat.

Ich kann die Werbung nicht ausstehen, die ihr Möglichstes tut, um die Kauflust auf ein Produkt zu wecken, das man überhaupt nicht braucht, die einen duzt, um einem Fanta Lemon zu verkaufen, die einen duzt, wenn man jung ist, denn junge Leute sind cool und zurückgeblieben, und man muß sie duzen, sonst verstehen sie nämlich nicht, was man ihnen sagt, ich kann die Off-Stimme des rolligen Kätzchens nicht ausstehen, die für Deos, Lippenstift und Enthaarungscremes wirbt, denn alle Mädchen zwischen fünfzehn und zwanzig sind nun mal rollige Kätzchen, hysterisch und besessen davon, daß ihr Deo hält, und sie schmelzen dahin vor Freude, wenn sie erfahren, daß es nun auch Enthaarungscremes als Spray gibt, die, ohne Hautrötungen hervorzurufen, in drei Minuten wirken, also genau in der Zeit, in der der Junge, den sie von irgendeiner Fete abgeschleppt haben, eine Fanta Lemon kippt und seinen steif werdenden Schwanz wichst. Sie haben sich währenddessen im Badezimmer eingeschlossen und entfernen mit Hilfe eines Sprays den Pelz von Beinen und Möse, und gleich, wenn sie haarlos und somit vögelbereit herauskommen, können sie zur Tat schreiten und ihm mit schlechtplazierten heftigen Stößen einen Orgasmus bescheren, aber ohne diese schlimmen Geschlechtskrankheiten, die früher die Prostituierten dezimierten, die euch, dich und deinesgleichen, euch junge rollige Kätzchen, dank der Präservative von Soundso aber nicht dezimieren werden; Präservative von Soundso – vögle die ganze Welt, lutsch Schwänze, mach's unter freiem Himmel, zu dritt und von hinten, zum Beispiel auf dem Parkplatz, etwas anderes interessiert dich ja sowieso nicht. Präservative von Soundso – jetzt hindert dich nichts mehr daran, eine Schlampe zu sein.

Ich kann die regionalen Radiosender nicht ausstehen, mit ihren Erkennungsmelodien, die out sind, aber in sein wollen; ihre »Hits«, die schon drei Monate alt sind, den plumpen Humor der verschlafenen Moderatoren, die regionale Werbung für das Couscous-Lokal am Ort, für den fünfzehnten Intermarché am Ort, wo das Kilo Tomaten, die Packung Klopapier, der Kanister schlechter Wein heruntergesetzt sind – und die ganze Gegend drängt sich dort wegen dreißig Prozent Rabatt auf den schlechten Wein; ich kann die Lokalnachrichten nicht ausstehen, in denen kleine Handwerker interviewt werden, deren Gewerbe im Aussterben begriffen ist, und die größte Scham: mein Vater, der sich vor drei Jahren dazu hergegeben hat, mitzumachen und die Bar vorzustellen, als Plädoyer für den Pastis. Und ich stand im Hintergrund, versuchte, mich zu verstecken, doch es war zu spät; ich kann die örtlichen Jahrmärkte nicht ausstehen, mit dem Plastiktrödel und der sagenhaften Tombola – und die ganze Gegend drängt sich dort, um wunderschöne bestickte Kissen und wunderschöne bemalte Kiesel zu gewinnen; und dann die örtlichen Tanzveranstaltungen mit dem Wanderorchester, einem munteren Conférencier, dem Büffet mit algerischen Bratwürsten – und die ganze Gegend drängt sich dort, ganze Familien im Sonntagsstaat – Frauen in langen geblümten Röcken, mit gestreiften Tops über schlaffen Titten, und verbrauchte Matronen mit dicken nackten, geröteten Armen, ihre werten Gemahle mit Birkenstocks, Bermudas und mittelgrauen T-Shirts, und die aufgedrehten Bälger, die im Reigen tanzen; und meine Freunde aus Kindertagen, mit ihrem frisch abgeschlossenen Klempner-Abi, die sich in dunklen Ecken herumdrücken, flaschenweise Heineken für eins fünfzig leeren und schlechte Tüten rauchen, wenn sie nicht schon an der Nadel hängen; sie, mit ihrem südfranzösischen Akzent, vermischt mit dem Akzent der Vororte, den sie auf Skyrock lernen, als wäre es ein Englischkurs; die das abgedroschene Gerede pickelgesichtiger Auflehnung ausstoßen, das sie hier und da aus blöden Songs aufgeschnappt haben; Songs von Rappern, die es annervt, daß sie keine Villa in Miami mit türkisblauem Pool und keinen feuerroten Ferrari und Puertoricanerinnen besitzen, die sich an Strommasten reiben, denn sie sind überzeugt, daß die Gesellschaft ihnen das schuldig ist, und auch meine ehemaligen Spielkameraden sind überzeugt, daß die Gesellschaft ihnen das schuldig ist, aber Terminus ist weit weg, sehr weit weg von Miami, also rauchen sie, trinken sie, und ein Wunder wird es nicht geben.

Ich kann die Mädchen vom Dorf nicht ausstehen, ich wollte sie nicht als Freundinnen haben, und sie können mich auch nicht ausstehen, weil ich sie zurückweise und weil ich anders bin, denn ich verlasse mein Zimmer während dieser Tanzveranstaltungen nicht und höre laut PJ Harvey, um *Macarena* zu übertönen, während sie nach der Choreographie von TF1 umherwackeln, auf ihren weichen Keilabsätzen herumhüpfen, mit ihren tätowierten Armen, ihren beringten Händen wedeln, bauchfrei, mit gepierctem Nabel in der reinsten Tradition der amerikanischen working class von vor zehn Jahren, und geile Blicke, schwer vom malvenfarbenen Lidschatten, auf die kleinen Jungs unserer Kinderzeit werfen, die sie am Ende eben trotzdem vögeln werden, weil keine heiße Puertoricanerin in Sicht ist, die sie am Ende, egal wo, egal wie, vögeln werden, bevor dieser fröhlichen kleinen Bande bei Sonnenaufgang schließlich unisono das Kotzen kommt. Und sie werden heiraten und viele verkorkste Kinder haben, und die werden ihnen auf die Nerven fallen, wie sie auch ihren Eltern auf die Nerven gefallen sind, sie werden die Schule abbrechen wie ihre Eltern vor ihnen, und sie werden Drogen nehmen, wie auch ihre Eltern Drogen genommen haben, und schließlich werden sie ihrerseits ihrer Zukunft begegnen, wenn sie gemeinsam um sieben Uhr morgens unisono an einer Landstraße in den Straßengraben kotzen, sie werden es an Ort und Stelle besiegeln, dann werden sie heiraten und viele verkorkste Kinder haben und so weiter und so fort.

Es gibt keine Wunder, wie gesagt.

Ich kann meinen Vater nicht ausstehen mit seiner kantigen Jean-Gabin-Visage, seinen Gestank nach Alkohol und braunem Tabak, seine schmutzigen, eingerissenen Fingernägel, seinen furchtbaren Dialekt und seine Art, mich auf die Palme zu bringen, damit ich ihn mit Beschimpfungen überschütte, mich abmühe, mir die schrecklichsten Dinge einfallen zu lassen, die eine Tochter ihrem Vater sagen kann, und damit er verletzt ist, zutiefst verletzt, und sich in seiner beschissenen Würde einschließt und still vor sich hin leidet, während es mich von ganzem Herzen reut; nicht daß ich ihm gesagt habe, was ich denke, sondern daß ich das denke, was ich gesagt habe, denn niemand kann so von seinem Vater denken.

Im Sommer, als ich siebzehn war, lernte ich in der Videothek einen Jungen kennen, einen Jungen aus Paris, der nur von Paris redete. Er verbrachte die Ferien in einem Haus am Ort. Es stand seit zehn Jahren zum Verkauf, die ehemaligen Besitzer hatten sich gegenseitig umgebracht. Das Haus war riesig, es gab einen Pool. Die Eltern des Jungen hatten sich gerade scheiden lassen, und seine Mutter hatte das Haus gekauft, weil sie niemanden sehen wollte, sie »machte eine Depression durch«. Er war völlig am Ende, er konnte dieses Haus nicht ausstehen, konnte diesen Ort nicht ausstehen, er war lieber an der »Côte«, immer hatte er seine Ferien an der »Côte« verbracht. »An welcher?« hatte ich gefragt. »Na, an der Côte eben«, hatte er geantwortet. Er war süß, dieser Junge; mit den feinen blonden Haaren und den engen Jeans hätte man ihn für ein Mädchen halten können. Er war zwei Jahre älter als ich. Zum Teufel mit meinem Vater und seiner Bar, ich traf mich jeden Tag mit ihm. In Terminus wurde ziemlich viel getratscht. Dazu gab es auch allen Grund. Es geschah im Pool. Es hat mir nicht gefallen. Er sagte, es sei deshalb, weil wir es im Wasser gemacht hätten, im Wasser sei es immer schlimm, in seinem Zimmer, im Turm, sei es besser. Ich wollte nicht in den Turm hinauf. Ich wollte es nicht noch mal. Es gefiel mir nicht. Aber ich traf mich weiterhin mit dem Jungen; wegen des Pools.

Am Ende des Sommers, als er zu seinem Vater an die »Côte« fuhr, schenkte er mir ein Parfüm, es hieß Dolce Vita. Er sagte, er würde mich aus Paris anrufen, aber ich vergeudete meine Zeit nicht damit, auf seinen Anruf zu warten; ich wußte, daß er nicht anrufen würde. Ich wußte auch, daß er im nächsten Jahr wiederkommen würde, und ein Jahr ist schließlich keine lange Zeit. Ich benutzte das Parfüm, und mein Vater schimpfte mich ein Flittchen, also steckte ich das Fläschchen hinten in eine Schublade zu dem Zeug von meiner Mutter und wartete auf bessere Zeiten.

Und dann, im nächsten Sommer, kam er wieder. Ich erfuhr es von der Tochter des Hausmeisters der Villa. Aber er kam nicht zu mir in die Bar, und als ich ihm in der Videothek über den Weg lief, zusammen mit seiner Freundin, die meinte, die Videothek hier sei Scheiße, es gebe überhaupt keine Auswahl, da grüßte er mich nicht mal, und sie musterte mich von Kopf bis Fuß, wie mich noch niemand gemustert hat. Ich gab meine Kassetten ab, und als ich wieder zu Hause war, holte ich das Parfüm aus der Schublade und warf es in den Müll.

Ich kann diese Typen nicht ausstehen, die kommen und ihre Ferien hier verbringen.

Ich kann meinen Geburtstag nicht ausstehen, zu dem mir niemand gratuliert, weil ich keine Freunde habe, niemand gratuliert mir außer meinem Vater, und jedes Jahr, das vergeht, ist ein Jahr mehr, das ich in Terminus verbringe, ein Jahr weniger Leben, vergeudete Jugend, und an jedem künftigen Geburtstag wird meine Stirn krauser, meine Augen faltiger, mein Mund verkniffener sein, bis ich häßlich, bis ich alt bin, bis ich im Spiegel dann die Spuren meiner ärmlichen Schönheit suchen kann, die zu nichts nutze war, und ich mich fragen werde, wer ich bin, wo ich war, was ich gemacht habe, und die Antwort wird sein: »Niemand, nirgends, nichts.«

In einer Woche werde ich einundzwanzig, und ich werde meinen Geburtstag im düsteren Hinterzimmer der Bar feiern, mit meinem Vater, der mir gegenübersitzt. Ich werde ins Leere starren. Er wird mich anstarren. Zitternd wird er Schaumwein in Plastikbecher gießen. Ich werde meinen Teller nicht anrühren. Nach einer Dreiviertelstunde, in der er mir, ohne daß ich einen Ton von mir gebe, von meiner Mutter und von den Sorgen erzählt, die ihm die Bar bereitet, wird er ein wenig großspurig und aufgeregt vor lauter gutem Willen aufstehen und sagen, er habe eine Überraschung für mich, und er wird den Kuchen aus der Küche holen, den er am Morgen hinter zwei Kisten Ricard versteckt hat. Hastig wird er die Kerzen anzünden – hastig, denn eine längere Abwesenheit seinerseits wäre verdächtig und würde den Überraschungseffekt zerstören –, dann wird er ein dröhnendes »Tatatata« ausstoßen und den Kuchen bringen, als würde er ein Kaninchen aus dem Hut zaubern; er wird ihn auf den Tisch stellen, während ich so überzeugend wie möglich sage: »Oh, ein Kuchen! Was für eine Überraschung«, und er wird mir die Backe hinhalten, während ich die Kerzen ausblase.

Dann verbringen wir den Abend zusammen, sehen zum Beispiel die Endrunde einer Quizshow oder einen alten Film mit Lino Ventura an, falls ich den Rekorder zum Laufen bringe. Mittendrin werde ich das Wohnzimmer verlassen, um nicht die verlegenen Gutenachtwünsche anhören zu müssen, und werde mich schlafen legen, aber ich werde nicht schlafen. Der Hunger wird mich wach halten. Der Hunger und das nervtötende trübe Licht der Straßenlaterne vor meinem Fenster. Ich werde die Alte von gegenüber betrachten, ohne sie wirklich zu sehen, und wenn mein Vater wie jeden Abend in mein Zimmer kommt, um nachzusehen, ob alles in Ordnung ist, und mir übers Haar streicht, werde ich so tun, als schliefe ich.

Leise wird er die Tür zumachen, und ein paar Minuten später werde ich sein Bett unter seinem Gewicht knarzen hören und werde wissen, er schläft. Dann kann ich wieder aufstehen und mich ans Fenster setzen, kann ein paar Zigaretten rauchen und ein bißchen Musik hören, ein altes Lied von Legrand, das meine Mutter so mochte. Dann werde ich wieder Luft bekommen. Nur in der Nacht bekomme ich Luft, wenn ich am Fenster sitze, rauche und *Les moulins de mon cœur* höre. Ich schließe die Augen und lasse mich forttragen. Wie im Traum fliege ich über Terminus hinweg zu einem anderen Leben …

Vor zwei Wochen besuchte ich mit meinem Vater meinen Onkel, der eine Autostunde von hier entfernt in einem Vier-Sterne-Hotel arbeitet. In einem schönen Schloß mit einem großen Park. Er ist dort Gärtner. Während mein Vater und mein Onkel ihren Aperitif tranken, ging ich spazieren. Es gab einen Pool, aber ich hatte keinen Badeanzug dabei. Am Pool langweilten sich die Leute in Liegestühlen. Dahinter standen Tische und Stühle aus weißem Holz. Ich sagte mir, daß ich niemanden störe, wenn ich mich dort hinsetze. Ich bestellte eine Cola, ich hatte ein wenig Geld in der Tasche. Ich trank die Cola und sah zu, wie das Wasser im Pool immer dunkler wurde, während die Sonne sich hinter die Hügel zurückzog. Und dann fragte mich ein Typ, ob der Stuhl frei sei. Ich sagte ja und dachte, daß er ihn wegtragen würde, doch dann setzte er sich mir gegenüber. Er trug ein weißes Polo-Shirt, eine dunkelblaue Badehose und eine große Uhr aus Silber. Ich schätzte ihn auf fünfzig, aber er war so braungebrannt, daß ich mir nicht sicher war. Er hieß Georges und machte hier eine Woche Urlaub mit seiner Tochter. Sie hatte gerade einen Selbstmordversuch hinter sich, und er hatte sie hierhergebracht, damit sie ein wenig relaxen könnte. Er langweilte sich schrecklich, aber das Spa war toll. Was ich vom Spa hielt? Ich wußte gar nicht, was das war. Der Mann war verdutzt. Er fragte mich, ob ich im Hotel wohne. Ich sagte nein, ich besuche meinen Onkel, mein Onkel sei hier Gärtner. Er war erstaunt, und ich war gekränkt, aber er erklärte mir, er habe seit den achtziger Jahren nicht mehr gesehen, daß ein Mädchen eine richtige Cola trinkt, keine light. Dann fragte er, wie groß ich sei. Ich antwortete: ein Meter zweiundsiebzig. »Also ein Meter siebzig«, sagte er grinsend, und sein Grinsen gefiel mir nicht. »Und wieviel wiegst du?« fragte er weiter. Ich sagte: »Achtundvierzig Kilo.« Er fragte, ob ich schon mal Aufnahmen von mir hätte machen lassen, und mein Herz fing an zu klopfen. Ich sagte nein, aber ich hätte große Lust, das sei mein Traum, echt. »Natürlich, natürlich. Und wie alt bist du?« Ich sagte: zwanzig; das fand er alt. Ich erwiderte nicht: Das sagt ja wohl der Richtige!, sondern lächelte, und er fragte, ob ich vorhätte, in nächster Zeit mal nach Paris zu kommen. Wenn ich nach Paris käme, würde er Fotos von mir machen, Probefotos. Wenn die Aufnahmen überzeugend seien, würde er mich bei seiner Modelagentur unter Vertrag nehmen, Agentur Vanity. Es sei ein bißchen spät, um damit anzufangen, aber es sei einen Versuch wert. Es sei wirklich einen Versuch wert. Ich sagte, ich hätte vor, demnächst nach Paris zu kommen. Er gab mir seine Karte. Er stand auf und ging zu einer Blonden, die in einem Liegestuhl weinte, sicherlich seine Tochter. Als ich die Rechnung verlangte, sagte man mir, sie sei schon bezahlt. Ich ging zu meinem Vater, und wir fuhren zurück.

Schon beim Klirren des Tafelsilbers auf dem Frühstückstablett würde ich aufwachen. Es wäre ein leichtes Erwachen, mühelos würde ich die Augen aufschlagen, ich wäre ausgeschlafen. Ich würde einen Bademantel überziehen und mich an den Rolltisch setzen. Zuerst würde ich meinen Orangensaft trinken, dann würde ich mir eine Tasse Tee eingießen. Bevor ich die Quittung unterschrieb, würde ich mir ein Croissant nehmen, der Etagenkellner würde währenddessen die Vorhänge aufziehen. Die Sonne und die Geräusche von Paris würden ins Zimmer dringen. Der Kellner würde gehen, ich würde die Zeitungen durchblättern, ich würde sie ziemlich schnell durchgehen. Es wäre Montag, und die Elle würde unter den Tageszeitungen stecken. Ich wäre nicht überrascht, mein Gesicht auf der Titelseite zu sehen. Und direkt unter meinem Künstlernamen würde in großen Lettern stehen: »EIN STAR IST GEBOREN«.

Ich würde lächeln, und bevor ich den Redakteur anrief, um mich zu bedanken, würde ich das Tablett wegschieben und eine Zigarette nehmen. Ich würde sie anzünden und ich hätte niemals einen größeren Genuß dabei empfunden, eine Kippe anzustecken.

DEREK 2

Die Einsamkeit

... mein Alptraum geht zu Ende, und ich schlage die Augen auf, um in noch Schlimmeres zu blicken. Mein Kopf steckt in einem Schraubstock, und die untergehende Sonne dringt durch die Vorhänge, ich bin geblendet, ich drehe mich um, stehe auf, wanke, ich habe Durst, ich führe ein Glas, das herumsteht, an meine Lippen und spucke gleich wieder aus – das ist Wodka, Scheiße, ich würde am liebsten Kotzen, wo ist das Bad, ich bin nicht in meinem Schlafzimmer, ich habe in einem Sessel geschlafen, wer hat mich ausgezogen? Überall Körper, man kommt sich vor wie in einem Leichenschauhaus, ich gehe ins Schlafzimmer, weiche den Mädchen und den Sonnenstrahlen aus, meine Beine tragen mich kaum, ich halte den Kopf unters Wasser, auf dem Waschbeckenrand liegen Koksreste, ich putze sie weg, um wach zu werden, außerdem ist das ekelhaft, und da liegt ein schmutziger Löffel, mit dem man sicherlich keinen Rest fettfreien Joghurts aus dem Becher gekratzt hat; das Wasser läuft mir über den Nacken, ich muß die ganzen Leute rausschmeißen. Im Morgenmantel setze ich mich auf den Rand des Whirlpools, zünde eine Kippe an, strecke meiner mitgenommenen Visage die Zunge raus, die mir im Gegenzug ebenfalls die Zunge rausstreckt: Ich habe keine Lust zu baden, habe zu nichts Lust, will nur schlafen, schlafen, schlafen, bis alles verschwunden ist: die Mädchen, der Saustall, der graue Schleier vor meinen Augen, bis ich keine Kopfschmerzen mehr habe, bis die Zeit wieder läuft. Ich werde nicht schlafen, das weiß ich, was soll ich tun? Ich bin zu alt für diesen Unsinn, bin ich immer noch zugedröhnt oder was? Ich schlucke zwei, drei Pillen, verlasse das Bad, spaziere über das Schlachtfeld, drehe die Körper um und sehe nach, ob nicht zumindest etwas halbwegs Passables dabei ist. Ich bestelle telefonisch einen Kaffee, bleibe vor dem Fenster stehen, sehe die Säule an, dann setze ich mich, dann stehe ich wieder auf, man berührt mich an der Schulter, ich fahre zusammen, ich glaube, es ist die Polin, sie setzt sich mir gegenüber und will wissen, ob ich o. k. sei, ich bin ganz und gar nicht o. k., aber ich habe keine Lust, darüber mit einer Polin zu diskutieren, die ich schon gevögelt habe und bei der ich mich, nicht ohne Schrecken, langsam frage, ob sie nicht minderjährig ist. Ich nehme ihren

Kopf in die Hände und begutachte ihre Zähne. »How old are you?« Sie antwortet: »Sixteen«, und ich sage, es sei Zeit zu gehen. Ich zünde noch eine Zigarette an, mein Kaffee kommt, ich rüttle Mirko wach, der mit verschränkten Armen und einem glücklichen Lächeln auf seiner blöden Fresse schläft, und sage, er soll diese Leute rausschmeißen und diesen Saustall aufräumen, aber das ist nicht seine Aufgabe, also rufe ich die Rezeption an oder den Concierge oder das Zimmermädchen, ich weiß nicht, ich sage nur: »Derek Delano«, und lege auf, jetzt habe ich Lust auf ein Bad, Mirko soll mir ein Bad einlaufen lassen. »Call me?« winselt die Minderjährige. »No way.«

Die fünf Pißnelken verziehen sich rückwärts, die Tür schlägt zu, sie verschwinden aus meinem Zimmer und aus meinem Gedächtnis. »Was ist jetzt mit dem Bad?« schreie ich und mache die Anlage an, ich drehe voll auf: *Waiting for the miracle* – ich habe die Manie, Leonard Cohen zu hören, wenn ich zugedröhnt bin; ich höre draußen Motorenlärm, die Sonne geht nicht unter, sie geht auf. Kraß! Was soll ich jetzt tun? Ich gehe wieder ins Bad, putze mir drei- oder viermal die Zähne, mein Hals schmerzt jetzt weniger, dieses Wasser läuft mit entsetzlicher Langsamkeit ein, ich muß warten, ich spaziere durch den Salon, die zweiflügelige Tür geht auf, da steht das Zimmermädchen, sie ist neu, ist vom Grauen gepackt bei diesem Saustall, sie fängt an, Flaschen aufzusammeln, und der gestrige Abend kommt mir bruchstückhaft wieder in Erinnerung ... erbärmlich wie alle Abende, ein bloßes Zeittotschlagen, ich hätte besser daran getan zu schlafen, das wird mir natürlich immer erst hinterher klar. Wir haben das Ende der Modewoche gefeiert, nichts, worüber man sich freuen müßte, in zwei Monaten feiern wir in Mailand die Eröffnung der Modewoche, die Ewigkeit ist gepflastert mit Modewochen, die eröffnet werden, die beendet werden, dann werden sie wieder eröffnet und wieder beendet und so weiter und so fort, oder wir feiern das Kick-off einer redesignten Schampusflasche, eines Handys – der letzte Schrei mit Fax-, Dildo- und Fotofunktion – oder den Auftritt eines neuen unterhaltsamen Schmarotzers, oder aber den Auftakt eines neuen »place to be«, für zwei Wochen, einen Monat, drei Monate, die Wetten dürfen abgeschlossen werden, und all das gehört natürlich mir; ein glücklicher Mann – und alle, alle lutschen mir den Schwanz, die Männer im übertragenen Sinn, die Mädchen heimlich, und am Ende gehen wir zu mir, lassen es ausklingen bei Koks und Nutten, wie immer, ich kann diesen Staubsaugerlärm nicht ertragen, meine Wanne läuft über, ich schließe mich ein und tauche ab, ein wohliges Gefühl, aber in meinem Kopf hämmert es immer noch genauso laut, wo ist die Fernbedienung – *The maestro says it's Mozart, but it sounds like bubble gum when you are waiting for the miracle.* Leonards Stimme läßt die Spiegel erzittern, ich habe Lust auf Italien, aber wenn ich dort hinfahre, habe ich Lust auf New York und in New York auf Paris, ich habe Lust auf eine Liebesgeschichte, es wäre zum Lachen, wenn ich alles hinschmeißen und Barpianist werden würde. Es wäre schon allein deswegen zum Lachen, weil ich spiele wie der letzte Mensch. Mirko klopft an die Tür, ich reagiere nicht, er klopft noch mal und ruft: »Derek, Derek!« Ich erwidere, ob er verrückt sei, so zu klopfen, ob er mich nicht in Ruhe lassen könne; er habe sich Sorgen gemacht, sagt er, und ich werde ein wenig ärgerlich bei der Vorstellung, er könne denken, ich sei tot. Ich habe mich schließlich erst vor fünf Minuten eingeschlossen. Ich befehle ihm, sich zu verziehen, bis ich ihn wieder rufe, und dann tauche ich ab, ich habe Blasen über dem Kopf, und das verändert die altmodischen Lamperien und das enttäuschende Blau des Himmels ein wenig – was soll ich heute machen? Ich sehe auf die Uhr, erst drei – warum ist es draußen so dunkel? Ich komme aus dem Bad, alles ist aufgeräumt, ich habe das Gefühl, eine Falle sei über mir zugeschnappt, mein makelloses Bett verhöhnt mich, in dieser ordentlichen Suite gibt es nichts Menschliches mehr. Die Vorhänge sind offen und geben den Blick frei auf das Gewitter. Ich gieße mir ein Glas ein, das ich gleich wieder hinstelle – was soll ich heute tun? Ich habe zwei Stunden geschlafen. Ich rufe im Büro an – ich bin wahrhaftig noch reicher als gestern, ein Sermon voller Zahlen, ich lege auf, ich muß hier weg, ich öffne die Kleiderschränke, ziehe irgendeine Jeans an, Rollkragenpulli, Stiefel, Regenmantel, ich schlage die Türen zu. Komisch, aber wann bin ich zuletzt alleine ausgegangen und ohne zu wissen, wohin? Immer war ich von einem Haufen Freunden umgeben, die gar keine sind, immer hatte ich in irgendeinem Scheißlokal reserviert, »Guten Tag, Monsieur Delano«. Ich fasse automatisch in meine Taschen, ich habe mein Geld vergessen. Ich verlasse den Aufzug – kein Trinkgeld, Lakai! Ich spüre, wie sein Blick meinen Rücken durchbohrt. »Monsieur Delano, Sie müssen noch einige Quittungen unterschreiben« – »Später!« Die Türflügel öffnen sich zu schnell auf das Gewimmel an der Place Vendôme, der Auto-Page will schon loslaufen und meinen Wagen holen, ich stoppe ihn durch ein Handzeichen – ich will durch den Wolkenbruch laufen. Ich entferne mich mit großen Schritten und spüre, wie mich eine seltsame Lebensfreude überkommt, ich lasse die Place Vendôme hinter mir, gehe einfach drauflos, ich kann die erleuchteten, beschlagenen Schaufenster kaum erkennen, blind vom Wolkenbruch, der mich von der Welt isoliert, die Gehwege sind fast verlassen, die Schaufenster werden seltener, aus der Flut tauchen kopflose Silhouetten oder Gesichtsteile auf, unwirklich wie in einem Alptraum, der langgliedrige Schatten einer Frau ohne Wirbelsäule, die auf hohen Absätzen balanciert und den vorbeifahrenden besetzten Taxis vergeblich Zeichen macht; ein Jugendlicher mit Kapuze schimpft auf den Geldautomaten, dann verschwindet er in der Metro; mein verzerrtes Spiegelbild im Schaufenster eines geschlossenen Schmuckgeschäfts, das Gesicht verdeckt von einem länglichen Schild, »Räumungsverkauf«. Ich drehe mich um, und *bamm* – blitzt gleißend ein weißer Scheinwerfer auf, eine Karre mit 34er-Nummer, Fernlicht mitten in Paris, und ich frage mich, warum die Leute nicht Auto fahren können und wann endlich alle Xenonscheinwerfer haben werden. Schnaufend und schimpfend setze ich meinen Weg fort, wohin, weiß ich nicht, ich habe das unangenehme Gefühl, mich im Kreis zu drehen, aber habe ich das nicht mein ganzes Leben lang gemacht – ziellos wandern, mich im Kreis drehen? Ist das nicht das Leben? Ich stelle mir diese Frage tatsächlich und ganz ernsthaft, doch eine andere innere Stimme feixt und bringt meine existentielle Befragung zum Verstummen, und wie jedesmal, wenn ich den Blues kriege, habe ich Lust, Stanislas in New York anzurufen, aber er wird sicherlich schlafen, zur Zeit arbeitet er nämlich nach seinem Dienst in der Bank in einer Bar, und überhaupt habe ich mein Handy gar nicht dabei, und überhaupt kommen die Worte nicht heraus, wenn ich ihn anrufe, um mich ihm anzuvertrauen, und am Ende erzähle ich ihm dann doch wieder von meiner letzten Nutte oder meiner letzten Schlägerei, und er muß denken, daß ich seit dem Internat schrecklich oberflächlich geworden bin. Ich verlasse das 1. Arrondissement und gehe in die Außenbezirke. So lange bin ich nicht mehr zu Fuß gegangen, seit ich mit dem Jeep, ich weiß nicht, in welcher gottverlassenen Gegend, eine Panne hatte: Ich war weggefahren, um das Alleinsein zu genießen, und schließlich mußte ich wie ein Arschloch zu Fuß gehen, tausend Meilen von jeglichem bewohnten Landstrich entfernt, meine Rettung verdanke ich nur einem deutschen Ehepaar, Freunden meines Vaters, die zufällig in einem Jeep vorbeikamen, einem neueren Modell als meinem, sie grüßten mich, als hätten wir uns nach der Oper getroffen, und brachten mich ins Hotel zurück. Es bekommt mir also nicht, alleine auszugehen, vor allem weil es kein freies Taxi gibt und weil mich dieser blöde Spaziergang und dieser blöde Regen ankotzen. Ich gehe in die erstbeste Bar, und kaum sitze ich, mache ich auch schon die Bedienung an, was dem Wirt hinter dem Tresen offenbar gar nicht gefällt; er sieht haargenau aus, wie ich mir eine französische Version von Bukowskis Barkeepern vorstelle; wie den heiligen Gral schummriger Bars habe ich diese Figuren in den berüchtigten Gassen der verrufenen Viertel von L.A. gesucht, um meinem Alkoholismus einen Sinn zu geben, und jetzt muß ich fünf Jahre später, als ich das Ganze schon vergessen hatte, den Inbegriff dieses seltenen Juwels zwei Schritte von meinem Hotel entfernt ausgerechnet in einem französischen Café-Tabac ausfindig machen, das auf den ersten Blick von einer schrecklichen Gewöhnlichkeit war.

»Wir haben hier keinen Mittagstisch.«

Diese Worte sind unwirsch und auch unpassend, da mir allein die Vorstellung, feste Nahrung zu mir zu nehmen, eine höllische Übelkeit verursacht, vor allem aber weil ich mitnichten diesen Wunsch geäußert hatte, und ich frage mich, was in ihn gefahren ist – noch ein Verrückter!

»Kein Problem. Hätten Sie wohl die Freundlichkeit, mir die Getränkekarte zu bringen oder bringen zu lassen, werter Herr?«

Er zitiert seine Angestellte mit einer so herrischen Geste herbei, daß ich, wäre ich an der Stelle des Mädchens, schneller angetanzt wäre. Das Bistro ist so leer wie mein Kopf, und ich frage mich, ob ich diese Szene nicht träume. Und dann merke ich, daß die Bedienung, die ich angemacht habe, die Sechzig schon lange überschritten haben muß, aber sie ist schlank, und im Halbdunkel haben ihre dick aufgetragene Schminke und die Nachwirkungen meiner gestrigen Dröhnung sie in meinen Augen gut drei Jahrzehnte jünger gemacht. Nun aber, nachdem die Wahrheit ans Licht gekommen ist und diese Wahrheit, biologisch gesehen, meine Mutter beziehungsweise meine Großmutter sein könnte, beschließe ich, nicht einmal den Versuch zu unternehmen, sie dem Hausherrn streitig zu machen, bei dem ich mich beliebt machen möchte und dessen Eifersucht schließlich und augenscheinlich durch den heiligen Bund der Ehe gerechtfertigt ist. Dann steckt ein pudelnasser Typ den Kopf durch die Tür und fragt: »Entschuldigen Sie, haben Sie Mittagstisch?«

»Nein!« geben Mann und Frau in perfekter Übereinstimmung und mit einer Trägheit zurück, die mich stutzig macht.

Der Mann beschließt nun, sich mit meinem Fall zu befassen, kommt an meinen Tisch und schleudert mir die Karte fast ins Gesicht, was mich entzückt.

»Bitte einen Cognac und eine heiße Schokolade«, sage ich, »und es wäre mir lieb gewesen – wenn es schon sein muß und nachdem Sie mir gegenüber so entschieden aggressiv sind, übrigens ganz grundlos –, wenn Sie wenigstens auf Ihre Tat das Wort hätten folgen lassen, wenn Sie in dem Moment, da Sie mir diese Getränkekarte wie eine Ohrfeige ins Gesicht geschleudert haben, bis ans Ende gegangen wären und mich gleichzeitig mit irgendeinem unflätigen Beiwort wie Arschloch, Abschaum oder blöder Hund bedacht hätten; das wäre wenigstens eine runde Sache gewesen – denn stellen Sie sich vor, nichts ärgert mich mehr als Halbheiten.«

»Wenn Sie sich neue Freunde machen wollen, sollten Sie sich besser zum Teufel scheren, hier ist ganz bestimmt nicht der geeignete Ort dafür.«

»Macht der Herr Schwierigkeiten?« erkundigt sich die werte Gattin des Kinderschrecks in drohendem Ton, und mir ist fast zum Heulen, als ich merke, daß mein Wohlwollen gegenüber den beiden keineswegs belohnt wird.

»Entschuldigen Sie, aber ... haben Sie noch Mittagstisch?«

Ein Mann, das haargenaue Abbild seines Vorgängers, stellt gerade diese schicksalhafte Frage durch den Türspalt.

»Nein!« zetern die beiden so synchron, daß ich ganz neidisch werde.

»Und Sie? Wollen Sie unbedingt bleiben?«

Der Ton wird schärfer.

»Ich denke, ich will unbedingt bleiben.«

»Lullaby, einen Cognac und eine heiße Schokolade für den aufsässigen Herrn.«

»Es gibt keinen Cognac mehr.«

»Wie das? Keinen Cognac mehr?«

»Du hast ihn doch gerade ausgetrunken, Albert!«

»Ich heiße übrigens Derek. Schade wegen des Cognacs, aber ein Bourbon tut's auch.«

»Lullaby, hast du gehört?«

»Und einen Bourbon«, schreit sie nach hinten, was mich ein bißchen irritiert, weil ich sicher bin, daß außer ihr niemand hinterm Tresen ist.

»Danke, Albert«, sage ich.

Er dreht sich sofort um und mustert mich bebend von Kopf bis Fuß.

»Woher wissen Sie, wie ich heiße?«

»Wollen Sie sich über mich lustig machen?«

»Ich verbitte mir, daß Sie in diesem Ton mit mir reden«, sagt er außer sich, gleich danach wird er von einem nervösen Lachen geschüttelt.

»Monsieur«, sage ich, »Sie unterschätzen das Wohlwollen, das ich Ihnen entgegenbringe, ich möchte Ihnen sagen, daß Sie mich auf wunderbare Weise an eine

Person erinnern, die in dem Werk eines großen Schriftstellers eine Rolle spielt, der in Deutschland geboren, in die USA ins Exil gegangen und 1994 gestorben ist, und deshalb hege ich ein Interesse für Sie, das Ihnen vielleicht ungewöhnlich vorkommt, aber deswegen nicht weniger ernstgemeint ist.«

»Hier ist der Bourbon!«

Lullaby knallt ihn auf den Tisch, daß es eine wahre Freude ist.

»Auf Ihr Wohl«, sage ich und leere das Glas in einem Zug. »Ich gebe Ihnen lieber keinen aus, Sie haben ja gerade den ganzen Cognac vernichtet.«

»Der Herr hat recht, Albert, du hast schon genug getrunken, du solltest jetzt aufhören, sonst wirst du schon sehen ...«

»Sei endlich still, Lullaby, das geht nur den Herrn und mich etwas an.«

Er baut sich vor mir auf, Fäuste in den Hüften, seine Stimme ist jetzt tiefer, er kneift die Augen zusammen, und ich könnte schwören – ich fürchte um das zuverlässige Funktionieren meines Sehnervs und um meinen Geisteszustand oder vielleicht um beides (auf jeden Fall funktioniere ich, nach all dem, was ich seit Jahren einwerfe, nur noch zur Hälfte) –, daß er gewachsen ist.

Er packt mich am Kragen und zerstört dabei die Maschen eines Kaschmirpullis, an dem mir nicht mehr sehr viel liegt, nachdem ich erfahren habe, daß ihn nicht Julie, sondern ihr Chauffeur, den sie am

Abend vor meinem fünfundzwanzigsten Geburtstag in letzter Minute zu Bergdorf geschickt hatte, für sie ausgesucht hat, und ich denke mit Bitterkeit an Julie und ihre Selbstsucht, als Alberts geballte Faust über meinem Kopf auf mich niederzusausen droht – entweder in dem Bruchteil einer Sekunde oder in einigen Minuten, je nachdem, ob es mir gelingt zu verhandeln.

»Sie sind ganz und gar nicht mein Typ!« brüllt Albert.

»Sie auch nicht«, gebe ich resigniert zurück und finde ihn ziemlich eingebildet. »Mein Interesse an Ihnen ist rein … literarisch.«

»Literarisch?«

An der Entkrampfung seiner Finger sehe ich, daß ich ihn verunsichert habe. Ob es daran liegt, daß er keinen Zusammenhang zwischen der Literatur, die doch eine Kunst ist, und seiner Person herstellen kann, deren Gestalt auf den ersten Blick nichts Ästhetisches aufweist? Jedenfalls spüre ich aus Erfahrung, die reich an Keilereien ist, bei ihm so etwas wie ein positives Zögern.

»Servieren Sie noch Mittagessen?«

Ein dritter Schwachmat sorgt für Ablenkung. Verärgert über diese Störung drehen wir uns alle drei um – und ich weiß jetzt, daß ich mir letztendlich doch nicht die Fresse polieren lassen muß.

»Nein!« brüllen wir unisono.

Gleich darauf sitzt Albert mir gegenüber, wie erwartet, und es ist nun an Lullaby, sich ausgeschlossen zu fühlen.

»Menschen, die vom Leben zu sehr verwöhnt wurden, haben keine Freunde ...«

Das sage natürlich ich.

»Wenn es etwas gibt, das man einem nicht verzeiht, dann ist es, mit alldem gesegnet zu sein, wonach ein jeder strebt.«

»Und ich habe gedacht, du wolltest mich anmachen.«

»Denn, weißt du, Albert, zuviel von Allem tötet das Alles. Kannst du mir folgen?«

»Das ist, weil du immer von ›ungewöhnlichem Interesse‹ geredet hast, verstehst du, jeder hätte das so interpretiert.«

»Für den Normalsterblichen läßt sich Glück in drei, vier Begriffen zusammenfassen: Gesundheit, Schönheit, Reichtum, Erfolg und so weiter.«

»Noch einen Whisky?«

»Man kann total häßlich, ärmlich und gescheitert sein und dennoch glücklich in dem Moment, *da man sich dessen nicht bewußt ist*, und beachte, daß ich ›*da man sich dessen nicht bewußt ist*‹ kursiv setze.«

»Was?«

»Die Einsamkeit, Albert, die Einsamkeit und die Langeweile, und sich dieser Einsamkeit und dieser Langeweile bewußt zu sein.«

»Ach, die Einsamkeit! Die Einsamkeit ist ein Teil von mir!«

»Alles ist nur Ablenkung.«

»Komm, hör jetzt mit diesem Gefasel auf, Junge. Was willst du mir sagen?«

»Ich bin unglücklich.«

»Aber das ist doch nicht möglich! Warum? Warum nur?«

»Doch«, antworte ich, bevor ich merke, daß er mit der leeren Flasche redet.

»Habe ich denn das Recht, mich zu beklagen?«

»Warte, sag das noch mal, Junge.«

Er legt die Hand an sein rechtes Ohr und neigt den Kopf, als würde er schlecht hören, dann nickt er dreimal hintereinander ins Leere, und ich bin überzeugt, daß er spinnt.

»He, Junge, sag das noch mal, ich hab's nicht richtig gehört.«

»Habe ich das Recht, mich zu beklagen?« schreie ich mit den Händen wie ein Megaphon vor dem Mund.

»Sehr gut«, sagt er, dann wechselt er abrupt den Gesichtausdruck und wird wieder er selbst, und dieses Mal bin ich sicher, es handelt sich um eine Art Persönlichkeitsspaltung. »Du bist ein Fels.«

»Wie bitte?«

»Ja, genau, du bist ein Fels. Hör jetzt auf rumzuflennen.«

Diese Schlußfolgerung verwirrt mich einigermaßen, dann aber wird mir klar, daß Albert mit seinem Scharfsinn, seiner genauen Wahrnehmung von Nuancen und seiner erschöpfenden und feinfühligen Kenntnis menschlicher Gefühle begriffen haben muß, daß eine dauerhafte Beziehung zwischen uns ganz einfach wegen unserer Unterschiedlichkeit unmöglich wäre – Altersunterschied, Generationsunterschied, unterschiedliche Interessensbereiche, unterschiedlicher gesellschaftlicher Umgang, unterschiedlicher Personenstand (Albert ist seit dreißig Jahren verheiratet und lebt auch noch in Gütergemeinschaft, ich bin allein, und das seit langem). So sollten zähe Freundschaften, die um eine Flasche herum geschlossen werden, auch mit der Flasche enden. Und obwohl es schwerfiel – ich hatte zu dieser späten Nachmittagsstunde eine fast schmerzliche Lust, mein Schicksal in allem, was vorhersehbar, sicher und kollektiv war, mit dem von Albert und Lullaby zu verbinden –, stand ich automatisch auf, zog meinen Mantel an und verabschiedete mich; zum Glück fand ich in einer Tasche noch ein paar Scheine, nicht viel, aber wenigstens etwas, um meine Rechnung zu begleichen. Ich verließ die Bar und hätte schwören können – doch mein Gehirn und meine Sinne waren wohl stärker angeschlagen, als ich gedacht hatte –, daß ich ein »Schnitt!« und Applaus gehört hatte, was mich ein wenig irritierte, aber ich beschloß, nicht darauf zu achten, und ging noch betrunkener und noch einsamer ins Hotel zurück, als ich es beim Aufbruch gewesen war.

MANON 3

Auf uns beide, Paris!

Heute morgen machte ich mich vom Acker, ohne einen Blick zurückzuwerfen. In der Nacht schlief ich nicht. Ich nahm nichts mit. Packte nur ein paar Kleider zum Wechseln, ein verstaubtes Buch, eine Schachtel Zigaretten und Georges' Visitenkarte in ein altes Köfferchen. Der erste Bus fuhr um halb sieben, ein Stück die Straße hoch, im Norden von Terminus. Ich hatte Angst, ihn zu verpassen, und brach so früh auf, daß es noch dunkel war und die Sonne über meiner Flucht aufging. Ich war früh dran und zählte noch mal mein Geld, während ich auf den Bus wartete. Der Horizont war rosa, und ich wußte, es würde ein schöner Tag werden. Ich vermisse nichts, nicht meinen Vater, nicht mein Zimmer, nicht die morgendliche Stille auf dem Land. Ich habe in Terminus nichts zurückgelassen.

Ich stieg in den Bus, ich bezahlte meinen Fahrschein. Bei dem Gesicht, das der Fahrer im Rückspiegel machte, dachte ich, meine Shorts seien vielleicht ein wenig zu kurz und meine rosa Brille sei ein wenig zu rosa. Ich sagte zu ihm: »Reißen Sie sich zusammen, es ist immerhin erst halb sieben am Morgen.« Ich setzte mich auf die hintere Bank, ich war der einzige Passagier. Ich sah die Felder vorbeiziehen und zählte die Strommasten, und jeder Mast setzte eine weitere Schranke zwischen Terminus und mich.

Ich nahm den Zug nach Montpellier. Am Bahnhof traf ich ein Mädchen in meinem Alter, sie bat mich um Geld. Sie trug ein Baby in einem Tragetuch. Ihre Arme waren nackt und von Narben gezeichnet. Ich fragte sie: »Wofür?«, sie sagte: »Für Essen.« Ich gab ihr einen Zehner. Sie verzog sich, ohne danke zu sagen, und als sie sich umdrehte und sich zum Gehen wandte, schlug der Kopf des Babys gegen mich, der Kopf kugelte aus und fiel zu Boden, er war aus Plastik. Das Mädchen verschwand im Bahnhof. Ich kaufte ein Sandwich und Zeitungen für die Fahrt, dann stieg ich in den Zug, aber ich konnte nicht lesen. Ich sah das Gesicht meines Vaters vor mir, als er mir das Geld gezeigt hatte. Ich hörte ihn wieder sagen: »Dreitausend Euro, das ist nicht sehr viel, aber es ist Geld, es gehört dir. Überleg dir gut, was du damit machen willst, und wenn du es weißt, gebe ich es dir. Überleg es dir gut; es ist kein Vermögen, aber für ein Mädchen von einundzwanzig ist es viel.« Ich hörte ihn wieder sagen:

»Mein armes kleines Mädchen, ich habe dir kein lustiges Leben bieten können, aber jetzt kannst du dich ein wenig amüsieren. Viel Glück zum Geburtstag, und gib deinem Vater einen Kuß zum Dank.« Und vor allem sah ich ihn wieder um Mitternacht in seiner Tür stehen, alt, kaputt, glücklich und verlegen zugleich über das Geschenk, das er mir gemacht hatte, und ich hörte ihn wieder sagen: »Bis morgen.« Daß ich nicht lache! Die Kohle war über dem Tresen versteckt, ich habe sie gleich gefunden. Nun steckte sie in einem alten Lederbeutel, und der steckte zwischen meinen Schenkeln.

Um nicht mehr an das Gesicht meines Vaters zu denken, wenn er das Versteck und mein Bett leer vorfinden würde, hörte ich Foxy Brown auf meinem Walkman, und jede Kippe, die ich rauchte, schmeckte nach schlafloser Nacht. Ich kaute einen Kaugummi. Die Sonne brannte durchs Fenster, ich zählte die Bahnhöfe und las immer wieder die Adresse und die Telefonnummer auf Georges' Karte. Ich kannte sie auswendig. Ich hatte schon bei der Agentur angerufen, ein Mädchen hatte abgenommen und gesagt: »Vanity Models, guten Tag.« Ich hatte wieder aufgelegt, denn es war nicht der richtige Moment gewesen; doch nun näherte ich mich diesem Moment von Minute zu Minute, und schließlich schlief ich mit der Karte in der Hand ein.

Der Zug fuhr Punkt vierzehn Uhr in den Bahnhof ein. Kurz nach vierzehn Uhr sprang ich auf den Bahnsteig der Gare d'Austerlitz, und kurz nach vierzehn Uhr war ich endlich in Paris angekommen.

»Auf uns beide!« sagte ich laut, während ich mein Gepäck nahm.

Jemand drehte sich um fragte: »Wie bitte?«

Ich spuckte meinen Kaugummi aus und sagte: »Nicht Sie – Paris.«

Vor dem Bahnhof war die Luft zwischen den Sonnenstrahlen rauchiggrau, Kinder beschimpften ihre Mütter, die sie abgeholt hatten, und die Mütter beschimpften die Väter, die das Parkticket verloren hatten, die Väter beschimpften den Parkwächter, und so schloß sich der Kreis.

Die Taxifahrer rauchten und aßen Sandwiches in der sengenden Sonne, mit ihren fetten Ray-Ban-Brillen sahen sie kalifornischen Cops aus mittelmäßigen TV-Serien zum Verwechseln ähnlich; daraus schloß ich, daß dies also typische Pariser Taxifahrer waren. Ich betrat die erstbeste Telefonzelle und wählte Georges' Nummer. Eine Clique herumhängender Jugendlicher sah mich böse an. Die Scheiben der Telefonzelle waren voller Graffiti: »Verlorene Seele sucht bewaffneten Cowboy, um sich in ein anderes Leben zu schießen.« Ich wäre fast über eine Bierdose gestolpert.

Georges nahm ab. »Hallo«, sagte er.

»Georges?« sagte ich. »Hier ist Manon.«

Schweigen in der Leitung.

»Geht es dir gut?« fragte Georges.

»Ich bin in Paris. Ich bin gerade angekommen.«

»Ach ja?«

»Können wir uns treffen?«

»Äh, du mußt entschuldigen, aber … welche Manon?«

»Manon, zwanzig, eins zweiundsiebzig, also eins siebzig, achtundvierzig Kilo.«

Schweigen bei Georges.

»Braune Haare. Blaue Augen.«

Schweigen bei Georges.

»Die immer noch nicht weiß, was ein blödes Spa ist.«

Schweigen bei Georges.

»Die richtige Cola trinkt, keine light.«

Und dann das Wunder: »Ah, Manon! Wie geht's dir, Manon? Bist du doch noch gekommen?«

»Ja, doch noch.«

»Hast du hier Verwandte?«

»Nein.«

»Wo willst du schlafen?«

»Ich weiß nicht.«

»Und was willst du hier machen?«

»Jockey, Floristin, Auftragskillerin, Model …«

»Bist du schon zum Mittagessen verabredet?«

»Das könnte man nicht behaupten.«

Georges verabredete sich mit mir für drei Uhr im Trying So Hard, irgendwo an der Place de l'Alma. Ich legte auf und verließ die Telefonzelle. Ich fragte die Jugendlichen nach dem Weg, und die Jugendlichen sagten: »Was hast du denn in der Zelle gemacht?«

»Heute telefoniert doch kein Mensch mehr aus der Zelle.«

»Was glaubst du eigentlich, wo du hier bist?«

»Nimm die Metro, das ist der schnellste Weg.«

»Dreckige Zellennutte!«

In der Metro verlief ich mich erst, aber für zwei Euro und eine Hand auf dem Arsch zeigte mir ein Puppenspieler mit Pferdeschwanz dann doch noch die richtige Station.

Ich kam mit weniger als zwanzig Minuten Verspätung vor dem Trying So Hard an und mit dem Gefühl, zwei Galaxien durchquert zu haben. Ich hoffte, man würde mein Köfferchen für eine Handtasche halten. Georges wartete auf mich und blätterte währenddessen in einem Magazin namens Esquire, er war noch braungebrannter als beim letzten Mal. Ich blieb vor den Tischen draußen stehen. Er stand auf, reichte mir die Hand und bat mich, ihm gegenüber Platz zu nehmen.

»Schöne Shorts«, sagte er.

»Was lesen Sie?« fragte ich.

»Ich lese nicht, ich spanne.«

»Wie?« gab ich zurück.

Er zeigte mir das Magazin. »Sieh sie dir an, sie ist hübsch. Könnte meine Tochter sein.«

»Vielleicht ist sie es«, sagte ich.

»Das soll wohl ein Witz sein, meine Tochter braucht keine Retusche.«

»Retusche?«

»Hattest du eine gute Reise? Wie bist du gekommen?«

»Mit dem Zug.«

»Sind das deine Sachen?« fragte er und deutete auf das Köfferchen.

»Ja.«

»Wie lange bleibst du?«

»Für immer.«

»Wo?«

»Wo Sie wollen.«

»Na, na, immer mit der Ruhe, *ich* mache hier die Angebote.«

»Im Fernsehen haben sie gebracht, daß die Agenturen die Models unterbringen.«

»Dazu muß man erst mal Model sein. Steh auf.«

Ich stand auf.

»Dreh dich.«

Ich drehte mich um meine Achse.

»Was glotzen Sie so? Das ist ein rein geschäftliches Essen«, schnauzte er den Mann vom Nebentisch an.

»Und?« fragte ich.

»Ja, ja, nicht schlecht. Willst du einen Schluck Wein?«

»Nein danke.«

Er schenkte mir ein Glas Wein ein.

»Trink«, sagte er.

Ich trank und bestellte einen Salat, ich hatte keinen großen Hunger.

»Warum willst du diesen Job machen?«

»Ich will zum Film.«

»Noch eine! Habt ihr es denn nicht langsam satt? Also, ich bin kein Produzent – dann mußt du nicht mit mir schlafen.«

»Aber ich will doch gar nicht mit Ihnen schlafen.«

»Auch das noch! Was machst du dann überhaupt hier?«

»...«

»Jetzt hör mir mal gut zu, Kleine. Du bist wirklich süß, süßer als viele andere, und du kannst mir glauben, daß ich schon viele habe kommen und gehen sehen. Nur, ich bin fünfzig Jahre alt, ich muß eine Agentur leiten, und ich leiste keine Sozialhilfe. In dieser schlechten Welt ist nichts umsonst, und wer etwas von mir will, muß erst mal durch die Mühle gehen. Und selbst danach sind die Qualen noch nicht ausgestanden, das kann ich dir garantieren. – Hallo?«

Während er telefonierte, leerte ich die Flasche.

»Chérie? Was ist los? Was? Nein, Sibylle, leg dieses Messer weg. Leg es weg. Sibylle, Chérie, du weißt ganz genau, daß du es verpfuschst, und danach hast du häßliche Narben an den Handgelenken. Narben sind wirklich häßlich. Verdammt, Sibylle, es ist drei Uhr am Nachmittag, was ist in dich gefahren? Papa hat eine Verabredung. Jetzt komm schon, Chérie, was du da machst, nennt man Erpressung, du weißt nicht mal, ob man quer oder längs schneiden muß. Und gib mir jetzt bitte keine Lektion in Selbstmord. Ich warne dich, ich war sechs Jahre lang mit deiner Mutter verheiratet. Ja, ja, ich komme sofort. Rühr dich nicht. Ich komme. So bringst du mich ganz bestimmt noch vor dir ins Grab. Also, bis gleich.«

Er beendete das Gespräch, und ich bedauerte es ernsthaft.

»Aber die Flasche ist ja leer«, sagte er, nahm mein Glas und leerte es in einem Zug. »Ich muß los«, fügte er hinzu, »ein kleines Problem zu Hause. Denk über das nach, was ich dir gesagt habe, und ruf mich an. Okay? Du bist großartig, bleib so. Vor allem in diesen Shorts, ja? Bis bald.«

Er warf ein paar Scheine auf den Tisch und rannte hinaus. Ein Typ im Anzug kam und nahm das Geld.

»Hey«, sagte ich, »stellen Sie Leute ein?«

Und er stellte mich ein, weil ich eine Freundin von Georges war und weil ich so schöne Shorts trug. Ein netter Kerl, der Manager. »Netter Kerl«, so nannte ich ihn. Er stellte mich nicht nur ein, er fand über einen Freund, der im »Immobiliengeschäft« war, auch eine Wohnung für mich. Der Freund vermietete möblierte Zimmer für konkurrenzlos billige Mieten. Zweihundert Euro im Monat, das war nicht viel, nicht mal für mich. Auch die Möbel waren konkurrenzlos. Ich wohnte im 9. Arrondissement in einer Mansarde. Mir gefielen die Balken und die Aussicht. Weniger das Klo auf dem Treppenabsatz. Weniger das kalte Wasser. Weniger die Kochplatten, die mal funktionierten und mal nicht. Das Haus war alt und imposant. Ich hatte es nicht weit zum Restaurant. Im Morgengrauen wachte ich auf. Und mein Tagesablauf hatte sich unmerklich festgefahren: Von meinem Pariser Zimmer ins Trying So Hard war es ein Trott aus Metro-Fahrten – Saint-Lazare, Miromesnil, Saint-Philippe-du-Roule, und wenn ich aus der Station Alma-Marceau kam, spielte der Saxophonist immer *La vie en rose*. Dann an den Schaufenstern bei Chanel vorbei, von denen meine Mutter mir immer erzählt hatte, dann die immer gleichen Arbeitszeiten, die immer gleichen Gerichte für die immer gleichen Gäste, versehen mit den obligatorischen Bemerkungen des Oberkellners: »Manon, die Dame aus dem Sechzehnten wartet seit einer halben Stunde auf ihren Rotwein, also, beweg endlich deinen Arsch, du Schlampe!« Manchmal gönnte ich mir nach der Arbeit einen Film, oder ich blätterte in einem Straßencafé auf den Champs in einer Illustrierten und geißelte die Touristen mit meinem Blick, dem Pariser Blick. Wenn ich viel Trinkgeld bekommen hatte, leistete ich mir ein Paar Pumps oder Schminke. Ich legte etwas für einen Fernseher auf die Seite. Einmal trank ich mit der anderen Kellnerin des Trying So Hard einen Kaffee, aber sie ist ein bißchen naiv; sie hält sich für die Reinkarnation von Sissi und denkt, das würde ihr die Tore zum Film öffnen. Ich beließ es bei dem einen Mal; leider, denn es war ganz nett, mit jemandem zu reden. Gut ein dutzendmal fragte man mich auf der Straße nach meiner Telefonnummer, und wenn ich sagte, ich hätte kein Telefon, wurde ich beschimpft. Es war die Sache nicht wert, aber ich mußte trotzdem weinen. Zum Glück fand ich im Lokal ein Handy hinter einer Bank, ich kaufte eine SIM-Karte. Nun halte ich immer das Handy ans Ohr und erzähle irgendwas, als wäre jemand am anderen Ende der Leitung.

Fast wäre ich gefeuert worden, weil ich die Angriffe vom Netten Kerl in der Küche abwehrte, ich taufte ihn in »Stück Dreck« um und hörte sofort auf, Shorts zu tragen. Außerdem wurde es sowieso Herbst, und ich hatte meinen kleinen Schatz schon etwas geschmälert, um mir wärmere Kleider zu kaufen.

Ich mochte meine Straße im Neunten, eine kleine Straße, die senkrecht auf die Rue de Rome zuläuft. Ein Viertel, das vor Neonreklamen strahlt und von ohrenbetäubendem Verkehr dröhnt. Sonntags sind alle Läden offen, nachts sind alle Läden offen. In meiner Straße gibt es eine Bäckerei, einen Lebensmittelladen, eine Wäscherei, einen China-Laden, ein Café-Tabac, ein Stundenhotel und ein Antiquariat. Abends, wenn ich keine Schicht hatte, kaufte ich mir etwas zum Essen, ich holte meine Wäsche und Zigaretten für die Nacht, dann suchte ich mir ein Buch aus.

Der Antiquar machte seinem Beruf wirklich alle Ehre – ein alter buckliger Mann mit Brille, der genauso verstaubt war wie sein Laden. Beim ersten Mal fragte ich ihn nach Liebesromanen, wie ich sie immer in Terminus gelesen hatte, aber er weigerte sich rundheraus, mir diese Schundromane zu verkaufen. Er empfahl mir ein paar Bücher, ich kaufte drei, die anderen schenkte er mir. In bunter Mischung entdeckte ich Hemingway, Carson McCullers, *Der Graf von Monte Christo* und die Krimis von Dashiell Hammett. Beim nächsten Mal unterhielten wir uns über die Bücher, und er erklärte mir alles, was ich nicht begriffen hatte. Er sagte, ich müsse mit dem Lernen noch mal ganz von vorn anfangen, und manchmal regte er sich schrecklich über mich auf, aber wenn er sich über ein Buch oder einen Autor ereiferte, wußte ich, er war froh, daß ich bei ihm war und ihm zuhörte. Es war schon dunkel, als ich aus dem Antiquariat kam, ich überließ Hugo seinem Roman, an dem er seit Jahren arbeitete und den kein Verlag veröffentlichen wollte. Ich hatte *Sturmhöhe* gekauft, eine Liebesgeschichte, die mir endgültig meine Rosenromane vergällen sollte, hatte er gesagt, und ich beeilte mich ausnahmsweise, nach Hause zu kommen, denn ich hatte etwas unterm Arm, was mich meine bröckelnden Wände, meine rissige Decke und meine Einsamkeit vergessen ließ.

Es war sehr heiß in jener Nacht, wie eine letzte Gnade des Sommers, bevor sich der Oktober und der erste Frost endgültig einnisteten. Mein Fenster stand offen, und die Geräusche der Straße stiegen in Fetzen zu mir herauf, ich legte mein Buch beiseite, es erschien mir mit einemmal ziemlich fad im Vergleich zum Leben, das dort unten brodelte. Ich stützte mich aufs Fenstergeländer, unterdrückte nicht ohne Mühe einen Schauder, der mir durch den Unterleib lief, und bewunderte Paris, das vor meinen Augen loderte. Die Stadt hallte an diesem Abend von einem Treiben wider, das ich zum ersten Mal an ihr wahrnahm: Lange violette Schatten wirbelten im Licht der Straßenlaternen, Schritte und schallendes Gelächter entfernten sich, das Dröhnen eines Wagens wurde lauter, dann leiser und hinterließ bei mir den Eindruck einer Windbö, die alles mit sich riß, alles außer mir, die ich reglos an meinem Fenster stand und ein Fest erahnte, zu dem ich nicht eingeladen war. Isoliert, verachtet, bestraft, ausgeschlossen. Mehr noch als in Terminus. In Terminus hatte ich das Gefühl, das Leben sei anderswo. Nun, nachdem ich endlich in dieses Anderswo gelangt war, ging das Leben immer noch ohne mich weiter.

Das Leben ... Das wahre Leben, das hinter den ausdruckslosen und zu stark geschminkten Gesichtern rauschte, die jeden Tag das Mittagessen bei mir bestellten, hinter den Fassaden aus weißem Stein, die die Gehwege der Avenue Montaigne säumten; das die vertrauten Züge der Models auf den Titelseiten der Illustrierten zeichnete, ein Boheme-Leben, ein Leben aus Festen, Reisen, Meetings, aus langen Kleidern und Diamantschmuck, aus Kaviar und Champagner; wo man spät zu Bett ging, wo man nachts lebte, zu schnell fuhr, zu früh starb. Ich hatte nur eine verschwommene Vorstellung von alldem, was ich in meinen Illustrierten gelesen oder im Fernsehen gesehen hatte und was ich nun seit drei Wochen im Trying So Hard mitbekam, und diese Vorstellung wurde von der stetigen Aktivität meiner Phantasie überhöht, die unbedingt an etwas »Besseres« glauben wollte, und wenn ich auch nicht wußte, wohin ich wirklich ging, ging ich dorthin, denn ich wollte mit meiner ganzen Kraft, meiner ganzen kleinen, beeindruckbaren und frustrierten Provinzlerinnenseele eines Tages dieses Leben erobern.

DERΕK 4

Erzengel

Heute habe ich beschlossen, eine Existenz zu zerstören.

Ich wachte gelangweilt auf, noch gelangweilter als beim Schlafengehen, noch gelangweilter als gestern, als vorgestern und alle Tage zuvor seit undenkbaren Zeiten, vielleicht seit der Kindheit; vom Glück, von der einstigen Hoffnung habe ich die Farbe vergessen, wie durch einen Tunnel bin ich auf den Punkt zugerast, von dem es kein Zurück mehr gibt – ein endloser Tunnel, kein Licht, soweit das Auge reicht, ich kneife die Augen zusammen, Anstrengung, Ohnmacht; es gibt kein Licht, keinen Ausgang, keinen Ausweg, es wird ihn nie geben. Das nennt man Angstzustand, vielleicht ist es eine beginnende Depression, vielleicht einfach nur ein schlechtes Erwachen ... Ich erwache nie anders als schlecht, und wenn ich einen letzten Wunschtraum bewahre – versteckt zwischen der Erinnerung an meine Ex, die sich umgebracht hat, und der Überzeugung, daß das Leben absurd ist, daß es das Glück nicht gibt und daß alle, ich wie die anderen, am Ende die Radieschen von unten sehen werden –, dann ist es der eines lichtvollen Erwachens, ähnlich einer Wiedergeburt, zu einer annehmbaren Stunde aus zehn Stunden Schlaf auftauchen, der Körper ausgeruht, das pralle Leben, Passanten auf der Straße, die Läden noch kaum geöffnet, der Duft von Kaffee, der Geruch der Zeitungen, die Morgensonne, das Intro von *Mellon Collie and the Infinite Sadness*, blöde Comics zum Frühstück und das Gefühl, daß alles noch möglich ist, weil alles erst beginnt. Führt Schlaflosigkeit zu Depressionen, oder führen Depressionen zu Schlaflosigkeit? In Paris lebe ich nach der Zeit von L.A., in L.A. nach der Zeit von Tokio. Wenn ich im Winter aufstehe, ist es Nacht, und jeden Tag wache ich mit einem Kater auf, der Kater ist mein Normalzustand, ich habe auf nichts Lust, es sei denn, wieder einzuschlafen.

Zum Glück kommt mein Masseur – der mein Vertrauter sein könnte, würde er Englisch, Russisch oder gar Französisch sprechen – um fünf Uhr, in einer Viertelstunde. Also habe ich ausreichend Zeit, um mir ein erstes Glas einzugießen, und gerade als ich die Hand an die Karaffe führe, kommen mir nacheinander drei Ideen: Erstens, ich will keine Klassik mehr hören, sondern mich wieder der Rockmusik meiner Jugend zuwenden. Zweitens, im Grunde bin ich blöd, daß ich mich Gorka, meinem katalanischen Masseur, nicht anvertraue, denn was im Grunde zählt, ist, sich auszusprechen, und nachdem Gorka kein Wort versteht, läuft er weder Gefahr, sich ein Urteil zu bilden, und ich ertrage es nicht, wenn man über mich urteilt, noch, es aller Welt zu erzählen. Denn Gorka massiert jeden, angefangen beim Botschafter der Vereinigten Staaten bis hin zu meiner Stiefmutter, meinen Therapeuten, Kate Moss, Bernard de la Villardière, François Pinault, Rupert Everett, die Grimaldis, Thierry Ardisson, Yves Saint Laurent und diese hirnlosen Beckhams, vom Fußballervater bis hin zur autistischen Schlampe, dazwischen den Fatzke, der besser angezogen ist als ich, Mouna Ayoub, die ganze Coldplay-Band, Leonardo, wenn er in Paris ist; und überhaupt niemand, der in Paris oder London ist, reist ab, bevor er sich nicht von Gorka Lopez auf dem Rücken herumtrampeln ließ, er ist nicht der Bruder von Jennifer Lopez, doch auf dem Gebiet der experimentellen Massage ist er das, was letztere auf dem Gebiet des schlechten R 'n' B ist, und ich will nicht – ich will nicht –, daß alle diese Leute oder fast alle, mit denen ich höflichen, aber distanzierten Umgang pflege, die mich freundlich und fast fasziniert grüßen, zum Beispiel in der Lobby des Prince-Maurice, im Palace von Gstaad oder ganz einfach im Ritz oder in irgendeinem Four Seasons, auf der Mad Ave oder in Ciprianis Downtown, im P. M., im Lotus, im Caves oder auch vom Boot aus zum Riva – ihrem Boot, meinem Riva – und umgekehrt an der Küste von Saint-Trop oder Porto Cervo, auf den Tribünen des Grand Prix oder auf irgendeinem blöden Wohltätigkeitsball, incognito in einem Swingerclub oder in einer Bar mit Moskowiter Nutten, auf dem Rücken eines Kamels in der Wüste, auf der Beerdigung eines großen Couturiers, eines ermordeten Gangsters oder eines Kinostars, irgendwo auf einem Klo, am Heliport, im Casino, im Stau, im Aufzug, bei einer Auktion, im Sexshop, bei Armani Casa oder einfach bei Armani, ja sogar auf einer ganz normalen Straße, wo allein der Zufall so eine Begegnung herbeiführt, nun also, ich will nicht – ich will nicht –, daß sie es *wissen*. Daher bin ich froh, daß ich nicht ein einziges Wort Spanisch radebreche (natürlich mit Ausnahme von »agua sin gas, por favor«, das ist übrigens der einzige Satz, den ich in allen lebenden Sprachen beherrsche, sogar auf neugriechisch, schwedisch und koreanisch, sonst wäre ich schon längst verdurstet), denn zum ersten Mal kann ich mich bei jemandem aussprechen. Die dritte Idee, die ich hatte, und ich liste sie absteigend nach ihrer Wichtigkeit auf, war die, auf die Straße zu gehen und einem Passanten die Fresse einzuschlagen, ganz zufällig und ganz ungerecht, als wäre ich das Leben selbst, das Schicksal, dieses Scheißschicksal. Ich werde von einem beklommenen Anruf der Rezeption abgelenkt, die mir Gorkas Ankunft mitteilt, und ich fange an, zu brüllen und mit den Füßen aufzustampfen, weil ich schon zehnmal gesagt habe, sie sollen ihn hochschicken, ohne ihn mit diesen kränkenden Formalitäten zu belästigen; eines Tages wird er richtig verletzt sein und nie wiederkommen, und ich müßte wieder auf den Masseur des Hotels zurückgreifen, aber ich kann das alles nicht ausstehen: das Hotelrestaurant, die Hotelbar, den Hotelchauffeur, den Hotelmasseur; es gibt mir das unangenehme Gefühl, auf einer Pauschalreise in einem Reisebus voller Japaner zu stecken, wo ich die Hand heben und den Reiseleiter um Erlaubnis bitten muß, wenn ich aussteigen und pissen will. Die Tür gibt nach, als Gorka sie mit dem Fuß aufstößt. Er trägt – sogar der Hut ist identisch – eine exakte Kopie des Kostüms von Charles Bronson in *Spiel mir das Lied vom Tod*.

»Hi.«

»Hi.«

Ein kräftiger Händedruck, dann lege ich mich zu den ersten Klängen der Reprise des Themas von *Der Pate*, von Guns 'n' Roses, auf einem Konzert im letzten Jahrhundert gespielt, hin, und während Gorka mir die Fäuste in den Rücken rammt, rekapituliere ich für ihn den Inhalt der vorhergehenden Seite; und jedesmal, wenn die Satzbetonung abfällt, stimmt er mir zu. Offensichtlich befinden wir uns in perfektem Einverständnis.

»Meine dritte Idee, Gorka: auf die Straße zu gehen und einem Passanten die Fresse einzuschlagen, ganz zufällig und ganz ungerecht.«

»Si.«

»Als wäre ich das Leben selbst, das Schicksal, dieses Scheißschicksal.«

»Si.«

»Ich werde ihn auch nicht auswählen, es soll völlig unsinnig sein. Nun, doch, ich werde ihn aussuchen – einen, der nicht zu massig, nicht zu groß, nicht zu muskulös, nicht zu sehnig ist, denn die massigen, großen, muskulösen, sehnigen Typen sind irgendwie für eine Schlägerei prädestiniert, und das Ziel des Unternehmens ist ja nicht, daß ich mich zusammenschlagen lasse, oder?«

»Si.«

»Nein, ich werde einen Kleinen, Dünnen, ein wenig Ängstlichen nehmen, schon ein wenig älter, richtig alt, altersschwach gar, das ist origineller.«

»Si.«

»Und warum eigentlich keine Frau? Warum schlägt man denn nie Frauen zusammen?«

»Si, si.«

»Also gut, das wäre besprochen. Ich werde vor dem Mittagessen eine alte Frau zusammenschlagen.«

»Si.«

Dann stieg er auf mich drauf und trampelte achtzig Minuten lang auf meinem Rücken herum, danach gab ich ihm zweihundert Euro, und er sagte folgenden Satz: »Cría cuervos y te sacarán los ojos.« Ich verstand nicht ein einziges Wort, das ist normal, das ist Spanisch, dann ging er Osama bin Laden massieren, der sich damals in einem schäbigen Hotel bei der Gare Saint-Lazare versteckte.

Acht Stunden später, nach ein paar Telefonaten, einer Dusche immerhin und etlichen Cocktails mit wenig Fruchtsaft und viel Wodka, sehe ich mir in dem Zimmer, das für diesen Zweck eingerichtet ist, *Amores Perros* an. Da ruft mich Mirko an, blökt verwirrt herum und fragt, wo ich zu Abend essen will, und ich habe das Gefühl, daß ich nie weiß, wo ich zu Abend essen will, also nenne ich ihm das erstbeste Lokal, das mir einfällt: das Market. Ich muß raus aus Paris, weil ich es langsam satt habe, jeden Abend im Market zu essen ... Na, wenn es nur das wäre ... Mirko seufzt erleichtert, denn er ist schon dort, er hatte es geahnt – es ist nicht schwierig, in dieser Stadt zu ahnen, auf welches Lokal die Wahl fällt, aber, sagt er, bei mir könne man vor einer bösen Überraschung ja nie sicher sein. Daß ich unberechenbar bin, schmeichelt mir, ich sage ihm, ich käme in zehn Minuten. Erschöpft von den Anstrengungen des Tages, beschließe ich, mich nicht entsprechend zu kleiden, nicht zu rasieren, nicht mal zu kämmen; das sind wohl die Vorboten einer Depression. Ich ziehe eine löchrige Jeans an, irgendein schwarzes T-Shirt, von dem ich nicht mal sicher bin, ob es mir gehört, scheußliche Turnschuhe und das fette Diamantkreuz meiner Mutter, das ich immer trage, wenn ich deprimiert bin, also jeden Tag. Und in meinem schrecklichen Aufzug weiß ich, daß man mich nicht in Frieden lassen wird; ich bin zwar sicher, daß ich nicht aussehe wie der junge frankoargentinische Milliardär, der ich eigentlich bin, doch ich könnte mein Vermögen darauf verwetten (eine wahre Erlösung), daß man mich dennoch für einen Kinostar hält, weil ich es einfach nicht schaffe, wie ein richtiger Penner auszusehen. Ich gehe runter in die Lobby und sehe in den Wandspiegeln, daß ich im Grunde nur und vor allem aussehe wie ein Arschloch – denn ich trage ein T-Shirt von Delano Miami, so daß mein Familienname voll ausgeschrieben auf meinem Rücken steht und ich wirklich und wahrhaftig aussehe wie ein Arschloch, mehr noch, als würde da stehen FUCK YOU oder LIFE IS A BITCH oder MAAF ASSURANCES, ich sehe wirklich aus wie ein Scheißarsch, bescheuerter noch als Superman, und ich bekomme schlechte Laune. Zum Ausgleich nehme ich den Maranello, denn man kann sich nicht völlig über einen Kerl mokieren, der einen Maranello fährt, und ich überfahre keine einzige Ampel, weil ich keine Lust habe, als lächerlicher Kadaver in einem Delano-T-Shirt zu enden.

Im Restaurant sieht man mich entsetzt, dann aber gleich mit einem Interesse an, das in perverse Neugier umschlägt. Ich hätte einen Anzug anziehen sollen! Jeder Trottel, jeder Has-been, jeder sozial Schwache trägt einen Anzug, um aufzufallen, und somit wäre dies das beste Mittel, um nicht aufzufallen.

»Ah, Sie sind Derek Delano. Sie wurden schon avisiert. Alles ist vorbereitet.«

Diese Hosteß muß verrückt sein; das denkt wohl auch der Manager, denn er versetzt ihr einen Stoß mit dem Ellbogen, der mich hätte entmannen können, wenn ich ihn an einer empfindlichen Stelle abgekriegt hätte.

»Ich bringe Sie zum Tisch.«

Er bringt mich zum Tisch. Mirko thront zufrieden und träge mitten in einem Schwarm von Weibern. Zu viele Weiber – wo ist meine »Entourage«? Ich fühle mich nackt ohne den vollzähligen Schwarm meiner Lakaien, ganz abgesehen davon, daß ich dieses verfluchte T-Shirt trage.

»Sie sind krank. Atypische Lungenentzündung. Sie sind derzeit ein bißchen zu oft Air Cathay geflogen.«

»Hier sind zu viele Weiber. Ich fühle mich in der Minderheit, und das kann ich nicht ausstehen.«

»Du kannst nichts ausstehen, Derek, du hast einmal selbst gesagt: Wo man keine Qualität bekommen kann, muß eben die Quantität herhalten.«

»Habe ich das gesagt?«

»Deine Worte.«

Was ich auch an Blödsinn verzapfe, vor allem gegenüber Mirko, verwendet er irgendwann gegen mich wie ein guter kalifornischer Cop.

Ich habe Mirko vor vier Jahren in Monaco getroffen, als ich aus dem Casino kam. An jenem Tag hatte ich versucht, Julie zu vergessen, indem ich viel Geld verlor, aber es hat nicht funktioniert. Ich ging zu meinem Wagen – einem Diablo, ich war damals noch ein ziemlicher Zocker –, und wen sehe ich am Steuer sitzen? Mirko, der sich in dem geparkten Fahrzeug aufführte wie ein wirklicher Teufel und heulend »wrumm, wrumm« ausstieß, sichtlich begeistert von der Mühle.

»Entschuldigen Sie«, sagte ich, »würde es Ihnen was ausmachen, aus meinem Wagen auszusteigen?«

»Verpiß dich, du Arsch!« gab er zurück. Ein finsterer Geselle, ein Brutalo, ein Vampir, Blutsauger des Volkes.

Dann ließ er in viereinhalb Sekunden den Motor von null auf hundert aufheulen, das war gut geschätzt und entsprach genau der Motorenleistung.

Meine Leibwächter stürzten sich auf ihn, und Mirko schlug sie zusammen.

Seit diesem Tag sind wir unzertrennlich.

»Entschuldige, aber hat dir schon mal jemand gesagt, daß du aussiehst wie Captain Harlock, nur schöner?«

Meine Nachbarin zur Linken ist blond, eckiges Gesicht, perfekte Aussprache, man könnte meinen, sie sei in Frankreich aufgewachsen.

»Ich bin Captain Harlock, Häschen.«

»Aber Captain Harlock gibt es doch gar nicht!«

Ihre Freundin: braunhaarig, eckiges Gesicht – offenbar ist Fotogenität eine Frage des Winkels, und ich bin wohl auch fotogen –, perfekte Aussprache, man könnte meinen, auch sie sei in Frankreich aufgewachsen.

»Man sollte nicht alles glauben, was einem erzählt wird, Häschen.«

»Vat is it, ›*carpaccio*‹?«

Endlich eine gute alte Russka.

»Das ist totes Tier«, antwortet Mirko.

»Sagt mal«, wende ich mich an meine beiden frankophonen Eck-Nachbarinnen, »wo seid ihr denn aufgewachsen?«

»In Frankreich!« plärren sie im Chor, und ich komme mir wirklich vor wie ein Idiot.

»Carpaccio is widerlich, I take the ›*poulet*‹.«

»Auch Hühnchen ist totes Tier.«

Mirko ist heute abend entschieden sadistisch drauf.

»Oh, no!«

»Ich fahre nächstes Wochenende nach Mailand. Ist nächstes Wochenende jemand von euch in Mailand?«

»Vat about the ›*foie gras*‹?«

»Totes Tier.«

»Ich fahre. Noch jemand, der am nächsten Wochenende in Mailand ist?«

»Auf dieser Karte ist nur totes Tier, auch du wirst eines Tages ein totes Tier sein, und man wird dich essen!«

»Ich fahre nächstes Wochenende auch nach Mailand.«

Die Vegetarierin verläßt hastig den Tisch. Eine weniger.

»Ich auch.«

»Ich auch.«

»Ich auch.«

»Unglaublich«, sagt ein Mädchen, »nächstes Wochenende sind wir alle in Mailand.«

»Vielleicht wegen der Modewoche«, meldet sich eine Braunhaarige mit Brille zu Wort. Mit Brille?!

»Ach ja, die Modewoche. Stimmt – deswegen!«

»Na klar!«

»Na klar!«

»Na klar!«

Gott, wie mich diese Essen langweilen!

»Nun, eigentlich finde ich, daß du wie Gregory Peck aussiehst – natürlich als er noch lebte.«

»Ich bin Gregory Peck, Häschen.«

»Also, das stimmt nicht«, greift die Braunhaarige ein, die es grundsätzlich nicht leiden kann, wenn sie unrecht hat, »Gregory Peck ist tot, da bin ich sicher.«

»Wie kannst du dir da sicher sein?« fragt Mirko.

»Weil ich seine Handynummer hatte, und die ist nicht mehr freigeschaltet.«

»Ich habe die Nummer geändert, mein Häschen, meine Frau hatte es satt, daß du mich zehnmal am Tag angerufen hast.«

»Ach ja?«

»Was – du bist verheiratet?« fragt die Braunhaarige mit der Brille.

»Gregory Peck war verheiratet, Süße, und wenn man davon ausgeht, daß ich Gregory Peck bin, kann man daraus schließen, daß ich verheiratet bin, aber man kann auch daraus schließen, daß ich tot bin, denn Gregory Peck ist tot.«

»Er war ein großer Schauspieler.«

»Was?« regt sich die Braunhaarige mit dem eckigen Gesicht auf. »Ich begreife überhaupt nichts mehr. Wer bist du?«

»Das weiß ich selbst nicht so genau, mein Häschen.«

»Was ist das, ›mein Häschen‹?« fragt die Vegetarierin, die einfach nur auf der Toilette war und gekotzt hat.

Mirko will schon seine geschmacklosen Scherze weitertreiben, doch ich werfe ihm einen düsteren Blick zu, und er schluckt seine Sticheleien hinunter. Die Vegetarierin sitzt neben mir, und obwohl ich mein Delano-Shirt nicht ausstehen kann, will ich nicht, daß sie es vollkotzt.

Gott, wie mich diese Essen langweilen! Ich sehe im Halbdunkel ein Kameraobjektiv und senke in dem Moment den Kopf, als ich das Klicken des Blitzes höre, dann schalte ich auf taub, während die Bestellungen aufgenommen werden; wenn ich will, habe ich diese eigenartige Fähigkeit, nichts mehr zu hören außer klassischer Hintergrundmusik (genauer, die 5. Symphonie von Mahler); es ist ein bißchen so, als würde ich mit dem Kopf in den Hotelpool tauchen. Dann zünde ich mit einem Fünfhundert-Euro-Schein eine Kippe an, aber keineswegs aus Provokation. Mein Feuerzeug, ein ganz normales Bic mit einem Bild von

Audrey Hepburn drauf, spuckt statt Feuer nur ein paar armselige Funken, und aus einem unglücklichen Zufall sitze ich an einem verfluchten Nichtraucherinnentisch. Nichts Brennbares ist in der Nähe, also wühle ich in meinen Taschen und schnappe den erstbesten Fetzen Papier, der mir in die Hände kommt, tränke ihn mit Cognac, bringe ihn mit Audrey in Berührung, und er entzündet sich ausreichend, um damit etwas anzustecken – selbst das Lokal hätte ich damit in Brand stecken können, hätte ich gewollt, und ich gebe zu, daß mir das auch ganz kurz in den Sinn gekommen ist; jedenfalls höre ich in dem Moment, da ich den brennenden Schein in den Aschenbecher voller Wasser tunke und mich zu meinem Einfallsreichtum beglückwünsche, der, nebenbei bemerkt, einem Homo sapiens alle Ehre macht: »Are you mad or something?«

Die Bemerkung kommt von der Vegetarierin.

»Verzeihung?« Ich tue absichtlich so, als würde ich kein Englisch verstehen.

»Wenn Sie nicht wissen, was Sie mit Ihrem Geld machen sollen, dann geben Sie es denen, die es nötig haben«, fährt sie auf russisch fort.

Sie ist wirklich indigniert.

»Du hättest nur nicht alle Kerzen ausblasen müssen, du Schlampe.«

»Vat?«

Ihr Haaransatz bildet in der Mitte ihrer Stirn eine Spitze, und ihr Gesicht sieht einfach nur aus wie ein dummes Herz.

»Mit dem, was ich an Wohltätigkeitsspenden verheize, könnte ich jährlich vierzehn Ferraris kaufen, du blöde Sau«, gebe ich auf russisch zurück.

»Vat?«

»Und weißt du was? Kranke Kinder sind mir scheißegal, ich mache das nur, um weniger Steuern zu zahlen«, fahre ich fort, ganz gemein und auf englisch.

»Vvvat?«

»Und ich kaufe *trotzdem* vierzehn Ferraris im Jahr!«

»Brdhgftujk.«

»Weißt du, daß du ein Gesicht wie ein Herz hast? Ein dummes Herz.«

». . . «

»Blöde Kuh.«

Und dann fing ich an zu trinken, und von da an ging das Essen ziemlich schnell vorbei. Ich antwortete nicht mehr auf die Fragen, die man mir stellte, und man stellte mir auch gar nicht viele Fragen, ich tat so, als sähe ich Mirkos Mätzchen nicht, auch nicht, daß die Tschechin ihm unterm Tisch einen blies, während er dem Kellner, dem Manager und überhaupt dem ganzen Personal Trinkgeld gab, damit er sich in Ruhe einen blasen lassen konnte, ich tat so, als sähe ich das Koks nicht, das auf Tellern herumgereicht wurde. Außer einem halben Teller Krabbensalat und einem bißchen Ingwer habe ich nichts gegessen, auch die Weiber haben nicht viel gegessen, und am Ende war der Tisch voll mit Essen, das niemand anrührte, und das verursachte mir Übelkeit, dann sagte ich mir, es liege nur daran, daß ich eigentlich ins Nobu gehen wollte und daß ich jedesmal, wenn ich den Löffel zum Mund führte, mir eingebildet hatte, es sei ein Lachs-Sashimi »New Style« oder ein Tempura-Sushi, und jedesmal enttäuscht war. Zum Ausgleich bestellte ich warmen Sake, den ich zu trinken vergaß; das Gespräch – wenn man das so nennen kann – drehte sich um Themen wie die Mode von Converse, die üblen Machenschaften der Agenturen in bezug auf ihre Models, besonders in London, um Koks, ob es eine Droge sei oder nicht, darum, daß es in Frankreich grausamerweise kaum Klimaanlagen gibt, um die romantischen Komödien mit Matthew McConaughey, um Marni-Taschen, Brustkrebs, die obszönen sexuellen Praktiken der Politiker und um diesen Kerl, Herbert, der sie alle gevögelt hat, zweimal. Die Braunhaarige mit der Brille schrie: »Rock is dead«, und als wäre es ein Signal gewesen, wühlten sofort alle Mädchen in ihren Taschen und zogen Puderdosen, Pinsel, Lippenstift, Gloss, Kämme und Sprays mit hautregenerierendem Selbstbräunungsöl mit Glitzereffekten heraus, und in ein paar Sekunden hatten sie sich eifrig und still wieder angemalt, dann legte die Braunhaarige die Hand an ihr rechtes Ohr und sagte: »Okay ... Okay, girls ... Rock is forever«, und alle packten ihren Krempel wieder ein, aßen und schnatterten weiter. Ich gab ein bißchen Koks auf meine Fingerspitze und rieb damit mein Zahnfleisch ein, doch ich spürte nichts, es hat nicht mal bitter geschmeckt, aus der Tasche der angeblichen Tschechin lugte ein französischer Paß, mehrmals duckte ich mich vor einem Blitzlicht, kein Wagen fuhr durch die Straße, ich hatte das Gefühl, diese Szene schon einmal erlebt zu haben, Mirko hatte nervöse Zuckungen, schlimmer als normal – ich war total paranoid. Genau in diesem Moment beschloß ich, niemanden zusammenzuschlagen, vor allem keine arme alte Frau, doch ich würde diesen Gedanken zu Ende denken und noch sehr viel weiter gehen, als nur jemanden zusammenzuschlagen: Ich beschloß, jemanden zugrunde zu richten, eine Existenz zu vernichten, ein Schicksal zu zerstören, zufällig und völlig ungerechtfertigt würde ich einen Unschuldigen auswählen, einen Menschen, der hätte glücklich sein können, der noch nicht verdorben war, der noch an alles glaubte, vor dem noch das ganze Leben und jede Hoffnung lag, und ich würde aus ihm ein Wrack machen, wie ich selbst eines bin. Es würde ein Mensch sein, der in diesem Augenblick schläft, von der Liebe, von der Zukunft träumt und keine Sekunde lang ahnt, daß ich gerade seinen Untergang beschlossen habe.

Und genau in dem Moment hörte ich auf, mich zu langweilen.

MANON 5

Vorpremiere

Sissi vögelte mit allen. Das war nicht mein Problem, das war ihr Problem. Ich verurteilte sie nicht. Ich verachtete sie nicht. Eigentlich war es fast andersherum.

Allein zu leben – und wenn ich »allein leben« sage, meine ich damit nicht nur, daß ich alleine wohnte, ich meine damit, daß ich von morgens bis abends, von Montag bis Sonntag – egal, wie viele Personen sich mit mir im selben Raum befanden, egal, ob man mich ansah, mit mir redete, egal, was man zu mir sagte – alleine war, seit ich auf der Welt war.

Deswegen hätte ich mich schon auch gerne vögeln lassen ...

Aber ich beneidete Sissi nicht, ich empfand für sie nur diese Art von Respekt, den man vor etwas hat, was man selbst nicht hat. Einfach so, vom Fleck weg mit jemandem zu gehen, egal mit wem, egal wann, und warum auch immer. Was hielt sie eigentlich von sich selbst, wenn sie sich einfach so hergab? Ich fragte mich, was sie sich dabei dachte. Ich hoffte nur, daß sie nicht so naiv war und bei jedem Fick glaubte, es wäre ihr letzter, ihr einziger, »der Mann ihres Lebens«. Ob sie sich jedesmal, wenn man ihr den Hintern betatschte, schon verheiratet glaubte? Oder war sie schon an dem Punkt gefühlsmäßiger Desillusionierung, von dem es kein Zurück mehr gibt, an dem man an nichts mehr glaubt, an dem man nur noch das nimmt, was es zu nehmen gibt – das zweifelhafte Vergnügen, in einem fremden Zimmer, in das man nie mehr einen Fuß setzen wird, selbstsüchtige Stöße hinzunehmen?

Leider glaube ich, daß sie sich nicht viel dabei dachte. Sissi war strohdumm. Man fragte sie nach der Uhrzeit, sie sagte einem die Uhrzeit. Man bestellte einen Kaffee, sie brachte den Kaffee. Fünfhundert Mäuse? Sie lieh einem auf der Stelle das Geld. Ein Fick? Man mußte sie nur fragen.

Im Trying zeigten manchmal ganze Gruppen von Leuten an den Tischen auf sie und bogen sich vor Lachen. Sie merkte es nicht. Sie brachte Getränke, wechselte die Aschenbecher, wischte die Tische, lachte mit ihnen, danke, auf Wiedersehen. Ich fragte sie, ob sie die Leute kenne. »Freunde«. Das war alles. Jeder, der sie mal geknallt hatte, war »ein Freund«.

Und sie hatte Massen von Freunden.

Das kam dem Chef des Trying wegen einiger seiner fetten Gäste zupaß, vor denen Stück Dreck katzbuckelte, sie kamen immer im Dutzend, nahmen das Lokal in Beschlag, einer allein zahlte, ohne mit der Wimper zu zucken, die Rechnung von 1500 Euro, und auch dessen Gäste zuckten nicht mit der Wimper, als sei das ganz normal. Sissi mußte sie bedienen, sie nahm die schlüpfrigen Scherze, die Hände auf dem Hintern und die verächtlichen Blicke der Frauen hin, dann nahm sie das Trinkgeld. Ein Wahnsinnstrinkgeld.

Natürlich hatte auch Stück Dreck sie geknallt. Der Sommelier. Der Auto-Page. Und alle Stammgäste. Und wenn irgendein bekannter Mann das Pech hatte, dort vorbeizukommen, konnte man sicher sein, daß sie ihn nicht gehen ließ, ohne ihm ein Rendezvous abzuringen. Und ein »Rendezvous« war wie ein »Freund«. Sie hatte Rendezvous um zwei Uhr, drei Uhr, vier Uhr morgens, nach den Abendgesellschaften, wohin man sie nicht mitnahm, und nachdem man die offizielle Freundin abgesetzt hatte. Rendezvous bei den Männern, bei ihr zu Hause, in Hotelbars, in Hotelzimmern, an Straßenecken, in Discos, in Striplokalen, in Sexclubs. Und sie ging hin. Am nächsten Tag kam sie zu spät zur Arbeit, und Stück Dreck sagte natürlich keinen Mucks. Sie kam wie gerädert, hatte Augenringe, war stolz auf sich und sagte mir, daß es sehr gut gelaufen sei, und das war's auch schon. Den »Freund« allerdings sah man nie wieder. Noch am selben Abend ging sie zum nächsten über.

Sie verstand es, Profit aus ihrer Liederlichkeit zu ziehen. Die »People«, die sie sich gab, verliehen ihr vor allem ein illusorisches Gefühl der Überlegenheit. Standen wir zum Beispiel im Stau, hupte sie wie wild, sie war echt außer sich, daß die anderen nicht an die Seite fuhren und sie durchließen, da sie doch am Abend zuvor Puff Daddy vernascht hatte. Nie war sie glücklicher als am Montagmorgen, wenn ein Zeitungsjunge die Boulevardblätter brachte. Sofort machte sie Pause, zog mich in eine Ecke des Trying und blätterte gierig auf der Suche nach einem Ex, den sie beim Vornamen kannte. Sie kommentierte, was sie sah, womit sie lediglich ihr Bedürfnis befriedigte, sich mit wenig Aufwand wichtig zu machen: »Da! Soundso ist unter der Haube und angeblich treu. Daß ich nicht lache! Das werden wir ja sehen, wenn er das nächste Mal nach Paris kommt.« Ich konnte mir vorstellen, sie würde vor Freude sterben, wenn sie sich eines Tages unter der Rubrik »Nachtleben« an Mick Jaggers Seite im Plaza entdecken würde ... Und während sie darauf wartete, vermasselte sie alle ihre Castings.

Die Vorteile, die sie aus ihren Fähigkeiten zog, verdankte sie bei weitem nicht der Creme ihrer Eroberungen, sondern eher denjenigen, die ihre Dienste in Anspruch nahmen; ihre Wohnung hatte ihr ein schrecklicher Saudi zur Verfügung gestellt; jedesmal wenn ihre Karre spotzte, wußte sie, an wen sie sich wenden mußte, damit es sie nicht mehr kostete als ein Schwanzlutschen; Stück Dreck ließ sie vollkommen in Frieden und bezahlte sie wie eine Oberkellnerin; Hetero-Stylisten besorgten ihr Kleider, sie wurde zum Essen eingeladen, nie kam sie von einem Rendezvous zurück ohne eine Telefonnummer, DVDs, Zigaretten, einen Kaschmirpulli, der ihr drei Nummern zu groß war und den sie nie wieder zurückgab, weil man ihn nicht einforderte, da man sich nicht an sie erinnerte, eine Flasche Champagner oder Bücher, die sie nie las, die sie aber mitgenommen hatte, weil sie nichts anderes gefunden hatte, schließlich wollte sie nicht mit leeren Händen nach Hause kommen. Das einzige, was sie in der Kiste nie bekommen hatte, war eine Filmrolle. Sie war eine erbärmliche Schauspielerin; wenn sie die Genervte spielte, sah sie einfach nur bedröhnt aus, und wenn sie die Traurige spielte, sah sie bescheuerter aus denn je. Sie konnte mit allen vögeln, die in Paris als wichtige Produzenten, Regisseure, Schauspieler und Casting-Manager durchgingen – wenn diese Männer sie auch ohne weiteres fickten, so hätten sie doch niemals ihren Ruf aufs Spiel gesetzt und Sissi als Schauspielerin empfohlen. Das jedoch waren die Männer, die Sissi nicht vergaß, und sie quatschte wochenlang verbissen auf deren Anrufbeantworter, bis sie es aufgab und sich eine neue Beute suchte.

Ich muß sagen, ich habe sehr viel von ihr gelernt: Sie war für mich das beste Beispiel, dem man nicht folgen sollte.

Jedenfalls – das Schicksal ist in der Wahl seiner Boten nicht sehr selektiv – war es ausgerechnet an jenem Abend, als sie mich mitnahm, daß ich den Mann traf, der mein Leben verändern und das aus mir machen sollte, was ich geworden bin.

Sissis jüngste Eroberung, das heißt die vom Vorabend, hatte, neben einem unauffälligen Äußeren und gut hundert Kilo Übergewicht, den Posten des Direktors der größten Event-Agentur Europas, ich glaube, sie heißt Really VIP. Sie war spezialisiert auf Prinzenhochzeiten, auf Privatkonzerte, die Michael Jackson bei den Geburtstagen der Filii afrikanischer Staatsoberhäupter gab, auf die Anmietung politischer Machtzentren, in denen Feste gefeiert wurden, und vor allem auf Vorpremieren amerikanischer Superproduktionen, wo sich so viele Stars drängten, daß der Begriff »Star« seinen Sinn verlor.

An jenem Tag kam Sissi total aufgeplustert ins Trying. So, wie sie sich benahm, sagte ich mir, mußte sie dieses Mal einen Volltreffer gelandet und einen Plasmabildschirm, ein Diamantcollier, einen Sportwagen oder ein gestohlenes Gemälde ergattert haben. Doch sie hatte noch sehr viel mehr ergattert, zumindest in den Augen von uns Groupies: Am Abend fand die Vorpremiere des neuesten Films eines gewissen Karénine statt, der mit keinen Geringeren als Leonardo DiCaprio, Viggo Mortensen, Yehudi Maas, Brittany Murphy und Naomi Campbell in der Rolle einer Taubstummen besetzt war. Die DLD Productions gaben nach der Vorstellung eine gigantische »Party« an einem Ort, der bis zur letzten Minute, kurz bevor der erste Champagnerkorken knallte, geheimgehalten wurde. Really VIP hatte Horden von People mit einer Privatmaschine einfliegen lassen, hatte für den Anlaß alle Küchenchefs aller Nobus dieser Welt engagiert, darunter Nobu selbst, und hatte von John Galliano als Geschenk für die Gäste hundert T-Shirts nähen lassen, auf denen das Filmplakat abgedruckt war. Die Nacht, so versprach die Einladung, wäre hot, aufgeladen, abgedreht und abgefahren, und mitten in dieser geballten Ladung Glamour standen die unscheinbaren Namen von Simone Bouchard, genannt Sissi, und Manon D. schwarz auf weiß auf der Gästeliste, dem Schlüssel zum Paradies.

Um zwei vor zehn knieten wir frisiert, geschminkt und angezogen vor Sissis Telefon, das genau in der Mitte auf dem Couchtisch im Wohnzimmer stand; allen anderen Krempel hatten wir weggeräumt, damit es auch nicht die kleinste Empfangsstörung gäbe.

Um vierzehn nach zehn klingelte es. Es war Sissis Mutter. Kaum hatte sie zu ihrem Sermon angehoben: »Sissi, hier ist deine Mutter, kommst du uns an Weihnachten besuchen ...?« stieß Sissi einen Zornesschrei aus und hängte ohne eine Erklärung auf.

Um zehn Uhr dreiundfünfzig teilte uns Alistair von Really VIP mit seinem schottischen Akzent endlich mit, daß die Party nach der Vorpremiere zu Superstars im Pavillon der Champs-Élysées stattfinden und genau um halb zwölf beginnen würde. Tuut, tuut, tuut ... Alistair hatte schon wieder aufgelegt.

Wir fielen uns in die Arme, rissen uns aber hastig wieder voneinander los, um unserem Gesicht eine siebte Schicht Putz zu verpassen.

Sissi benutzte völlig abgefahrene Präparate, von denen ich nicht einmal gewußt hatte, daß es sie überhaupt gibt – wie dieses Öl mit Glitzereffekt, mit dem sie sich Dekolleté, Arme und Beine einsprühte und glänzte wie ein Gladiator in der Arena, oder dieses Folterinstrument, mit dem sie sich die Wimpern nach oben bog und mit dem ich mir dreimal hintereinander das Lid quetschte.

Ein letzter Pinselstrich, und wir sahen aus wie zwei Transen – was ich auch zu Sissi sagte, doch sie zerstreute meine Befürchtungen und behauptete, Brittany Murphy sei sicherlich noch stärker geschminkt als wir, und überhaupt, »im Dunkeln sieht man das ja nicht«.

Wir waren soweit. Sie hängte sich Klunker an die Ohren, an die Finger, um den Hals, um die Handgelenke und den rechten Knöchel über ihrer Stiefelette. Ich trug keinen Schmuck außer der Gliederkette mit meinem Vornamen, die mein Vater mir geschenkt hatte. Sissi riet mir, die Kette abzunehmen, das wirke provinziell, fand sie, aber im Grunde war es ihr egal; ich reagierte nicht, nahm nur meinen Autoschlüssel, und wir gingen los.

Während ich fuhr, herrschte feierliche Stille. Wir dachten nicht mal daran, das Radio einzuschalten. Nervös öffnete Sissi ihre Tasche, überprüfte den Inhalt und klatschte sie wieder zu, dann machte sie die Tasche wieder auf, klappte den Spiegel herunter, nahm Pinsel und Puder, korrigierte ihr Make-up, packte alles wieder in die Tasche, schloß sie, öffnete sie wieder, begutachtete den Inhalt von neuem, holte Lippenstift und Gloss heraus, zog sich die Lippen nach, und so ging es immer weiter.

Ich hatte Georges nicht mehr angerufen. Er hatte sich ziemlich deutlich ausgedrückt, und ich hatte keine Lust auf so etwas. Sissi wollte mich nie bei ihren Castings dabeihaben, ich wußte nicht so genau, wie ich es anstellen sollte, und begann, ein wenig den Mut zu verlieren. Ich wartete einfach. Ich wartete, ich hoffte.

Bis zu den Champs-Élysées fuhr ich ohne Licht. Für den Abend hatte mir Sissi ein rotes Seidenkleid geliehen, vorne war es geschlitzt bis zum Bauch und es ging mir knapp über den Po, dazu trug ich passende Schaftstiefel mit Pfennigabsätzen, mit denen ich kaum die Pedale treten konnte. Ich trug zum ersten Mal ein Seidenkleid, und es war angenehm. Ich ging auch zum ersten Mal in Paris aus. Sissi hatte mich noch nie mitgenommen, weder in ihre Discos, wo sie alle Leute kannte und regelmäßig den Gästen des Trying über den Weg lief, und noch viel weniger zu ihren Verabredungen. Ich sagte mir, daß unsere Freundschaft enger geworden war und daß sie mich deshalb gefragt hatte, ob ich sie begleiten wollte, aber in Wahrheit nahm sie mich nur mit, um einen Bezugspunkt zu haben, jemanden, mit dem sie reden konnte, falls sie alleine blieb. Kurz zuvor, als sie mich im Kleid gesehen hatte, hatte sie sich geweigert, mir auch noch die Tasche und den Mantel zu leihen, die meine Garderobe vervollständigt hätten, und vom Beifahrersitz aus musterte sie ein wenig beklommen mein Profil. Barsch verlangte sie, ich solle so weit wie möglich vom Pavillon des Champs entfernt parken, sie wolle nicht, daß man sah, wie sie aus meinem Wagen stieg. Ihr Auto hatte am Morgen den Geist aufgegeben, und erschöpft von ihren nächtlichen Eskapaden, war sie körperlich nicht ausreichend fit gewesen, um ihren Mechaniker in Naturalien zu bezahlen. So nahmen wir meinen Wagen, und sie tat ganz so, als sei es eine Gnade ihrerseits, daß sie sich auf meine abgewetzten Polster setzte. Ich parkte also so weit entfernt wie möglich in einer kleinen Straße, die von der Avenue Franklin-Roosevelt abzweigte. Meinen Mantel ließ ich im Wagen, weil ich mich dafür schämte, ich steckte Schlüssel und Zigaretten in den Stiefel, und wir machten uns auf den Weg. Sissi marschierte munter drauflos, eingemummt in einen Nerz, den ihr ein »Freund« geschenkt hatte. Ich Ärmste kam eher schlecht als recht voran, mit nackten Armen und Beinen bei mindestens zehn Grad Kälte.

Als wir um die Ecke der Avenue Franklin-Roosevelt bogen, sah ich die Menschenmenge. So etwas hatte ich noch nie erlebt. Innerhalb von zwei Stunden hatte sich die Sache bei den Nichteingeweihten herumgesprochen, und nun versuchten sie mit allen Mitteln reinzukommen, sie waren ohne Einladung losgestürzt, ohne daß sie jemanden kannten, und hofften, was ich nur zu gut verstand, einen Fetzen von Leonardo DiCaprio zu erhaschen oder ein Haar von Brittany Murphy. Sie waren in der gleichen Situation wie ich, nur hatten sie nicht wie ich das Glück, eine Freundin zu haben, die den Veranstalter vernascht hatte.

Sissi packte mich am Arm, und wir gingen langsam weiter. Es gab ein Gitter mit zwei Eingängen. Auf der linken Seite hielt ein kleiner schmächtiger Kerl mit einem Cowboyhut, flankiert von fünf Gorillas, die berühmte Gästeliste in der Hand. Dort drängten sich die meisten Leute, behaupteten, ihre Freunde seien schon drin, behaupteten, mit dem Veranstalter, mit dem Direktor von DLD Productions, ja, sogar mit Leonardo verwandt zu sein, behaupteten, daß ja, natürlich stehe ihr Name auf der Liste, aber der Hänfling könne wohl nicht lesen; der wiederum brüllte, wedelte mit den Armen, verlangte, daß die Leute zurückwichen, doch niemand wich zurück, also trug er einem Gorilla auf, sie zurückzudrängen, und alle wichen zurück und blieben ein paar Sekunden auf Abstand, dann starteten sie einen neuen Angriff aufs Gitter, das gefährlich zitterte. Auf der rechten Seite gab es zwar keinen Hänfling, keine Liste, dafür nur Gitter, Gitter, die sich bis zur Straße zogen und in regelmäßigen Abständen von Ordnern bewacht wurden. Genau an dieser Stelle hielten die Limousinen und die Sportwagen. Die Passagiere, eskortiert von eigenen Leibwächtern, stiegen unverzüglich und mit einer Gewandtheit aus, die lange Übung verriet, und hasteten zum Eingang. Die Türen von zwei Voyager mit getönten Scheiben gingen auf. »Da ist Leonardo, da ist Leonardo!« raunte die Menge in heller Aufregung. Zehn Typen in Baggys und weiten T-Shirts sprangen aus den Wagen, ich verrenkte mir den Hals und suchte das vertraute Profil, aber Sissi, die voll informiert war, flüsterte mir zu, daß es nur Leonardos Freunde seien und daß er selbst wohl schon früher und durch einen anderen Eingang gekommen sei. Auf dem Rasen landete ein Helikopter. Wir waren nur wenige Meter vom Landepunkt entfernt. Ich sah den Nasenrücken des Hänflings, die undurchdringlichen Mienen der Ordner (die schon ganz anderes gesehen hatten) und all die Hände, die sich streckten und versuchten, Aufmerksamkeit zu heischen. Links kam keiner rein. Ich hatte Kopfschmerzen, und ich hatte das Gefühl, die Szene durch Milchglas hindurch zu sehen.

Sissi kämpfte sich neben mir zu dem Mann mit der Liste vor, sie setzte ihre Ellbogen einmal zuviel ein und wurde von einer Gruppe von Leuten beschimpft. Sie gab es ihnen im selben Ton zurück und riet ihnen freiheraus, nach Hause zu gehen, denn sie hätten keine, aber auch gar keine Chance reinzukommen. Sie müsse nicht mal nachsehen, sie wisse auch so, daß sie nicht auf der Liste stünden, man müsse sich ja nur ihre blöden Visagen anschauen und wisse sofort, daß sie sich im Ort geirrt hatten. Es hätte übel ausgehen können, doch dann sah ich, daß der Hänfling mit dem Finger in unsere Richtung deutete. Auch Sissi sah es und hielt den Mund. Und die kampflustige Truppe verstummte ebenso.

»Sie da. Ja, Sie. In Rot.«

In Rot. Das mußte ich sein.

»Kommen Sie! Kommen Sie schon!«

Sissi packte mich am Handgelenk und zog mich zu dem Mann, die Leute machten Platz.

»Wie heißen Sie?«

»Manon.«

»Gehen Sie durch.«

Er löste den Kordon. Wir gingen durch und waren drin, er hatte nicht mal einen Blick auf die Liste geworfen.

Drinnen war es gigantisch. Und wunderschön. Aus Lautsprechern klang *Der Frühling* von Vivaldi. Man nahm Sissi den Mantel ab, ich hatte ja keinen, und man sah mich an, als sei ich verrückt. Man gab uns eine kleine Tasche und führte uns in den Saal. Je näher ich kam, desto lauter wurden die barbarischen Töne, die ohrenbetäubenden Bässe, die die klassische Musik verzerrten. Als ich durch die Tür ging, verstummte *Der Frühling*. Kaum hatte ich *Paint it Black* von den Stones erkannt, war Sissi auch schon weg. Ich stand an der Tür und entdeckte das, was das wahre Leben war. Fünfhundert Leute bewegten sich in einem Raum, der für hundert ausgerichtet war, und mindestens die

Hälfte von ihnen kannte ich seit jeher. Da war das Mädchen von der Verpackung meines Lippenstifts, sie unterhielt sich mit Spiderman; es waren Geschöpfe, die kaum mehr menschlich aussahen, mit Armen und Beinen, die kein Ende hatten, Haare hingen ins Gesicht, alle hatten das gleiche Lächeln, das Lächeln lebenslustiger Amerikanerinnen, sie tanzten entfesselt und wehrten permanent die Annäherungsversuche von Männern ab, die keine Geringeren waren als der Gitarrist der Red Hot Chili Peppers oder George Clooney. Ein Tablett mit Champagner glitt an mir vorüber, ich nahm ein Glas und leerte es in einem Zug. Ich versuchte, die Exlover von Sissi zu zählen, es waren nicht allzu viele, aber einige waren da. Yehudi Maas zum Beispiel, er zog Stella McCartney am Ärmel, und ich fand es echt erbärmlich von Sissi, sich zu einer Vorpremierenfeier einladen zu lassen, indem sie sich vor dem PR-Typen prostituierte, obwohl sie doch schon mit dem halben Cast gevögelt hatte. Scheinwerfer wanderten über die Menge, und ein paar verstohlene Blitze entfesselten den Zorn der Stars auf die armen Fotografen, die nur ihre Arbeit taten – »No photo! No photo!« – und die bestimmt nicht in den richtigen VIP-Bereich eingelassen wurden, wo sich die Crew aufhielt. Auf der Toilette mußte ich fast weinen, als ich neben mir im Spiegel eine Frau, die Vollendung in Person, sich die Hände waschen sah. Ich sagte mir, ich hätte hier nichts verloren, alle seien so wie sie, und ich würde Leonardo in einem anderen Leben erobern, vorausgesetzt, ich würde als wahre Bombe wiedergeboren werden. Dann sah ich, daß diese Frau Elle McPherson war, von einer wie ihr gab es keine zehn auf der Welt. Ich schnaufte. Dann – anscheinend war die Toilette an diesem Abend »the place to be« – kam Brittany Murphy aus einer Klokabine, sie war überhaupt nicht geschminkt (Sissi hatte einfach so dahergeredet) und im übrigen sehr viel weniger hübsch als Elle McPherson. Sie nahm meine Hand, besah sich mein Armband aus der Nähe und sagte zu mir, im Original ohne Untertitel, sie finde die Kette sehr schön und wolle sich auch so eine machen lassen, jedoch nicht »Manon«, sondern »Brittany« eingravieren, nicht wahr? Dann wünschte sie mir einen schönen Abend und verließ die Toilette. Abgesehen davon, daß Brittany Murphy eine großartige Schauspielerin war, war sie auch ein klasse Mädchen, reizend und unkompliziert, und vor allem hatte sie Geschmack. Ich würde von nun an alle ihre Filme ansehen. Ich verließ nun meinerseits die Toilette. Zurück im Getümmel und gestärkt durch die neuen Bande, die mich mit Brittany Murphy einten, betrachtete ich selbstsicher die Menge. In diesem Moment sprach mich ein Typ mit Managergesicht an. Ich hatte noch nie im Leben einen Manager gesehen, außerdem wußte ich auch nicht so genau, worin die Aufgaben eines Managers eigentlich bestanden, doch ich stellte mir vor, daß ein Manager ganz genau so ein Gesicht haben müßte. Und ich hatte mich nicht getäuscht, er war tatsächlich Manager, ich verstand zwar nichts von dem, was er mir erzählte, aber er nahm mich mit in den richtigen VIP-Bereich, und dafür war ich ihm dankbar. Das wahre Leben … Das wahre Leben war, Leonardo in Lebensgröße auf einem Plakat und direkt vor dem Plakat Leonardo selbst zu sehen. Und neben Leonardo war jemand, den alle mit noch größerer Aufmerksamkeit bedachten. Man sah ihn nicht, er saß, er versteckte sich fast und blickte düster drein. Zu seiner Linken saß eine Bombe, zu seiner Rechten saß eine Bombe. Man plazierte mich ihm gegenüber, fragte, was ich trinken wolle, die Cola light, die ich bestellte, brachte man mir jedoch nicht. Statt dessen bekam ich einen orangeroten Cocktail; der Pfirsichgeschmack überdeckte raffiniert den Geschmack des Alkohols, der reichlich enthalten war, wenn ich nach dem Zustand urteile, in den ich bald geriet. Mein Nachbar sprach mit mir Englisch, im Off, denn ich sah den anderen an.

»Lady in red? Do you want something else to drink? Lady in red? I'm talking to you. Lady in red? Look at me, please!«

Der andere rührte sich nicht. Der andere sah niemanden an. Er hielt ein Glas in der Hand, das er von Zeit zu Zeit an die Lippen führte, und er sah aus, als würde er sich am liebsten darin ertränken. Ich hatte das Gefühl, daß der Raum in Dunkel getaucht war und nur ein Scheinwerfer auf den anderen gerichtet war. Und daß alle Anwesenden wie Marionetten an einem Faden bewegt wurden, ich konnte sie fast sehen, die

Fäden, die sich in dem ganzen Hin und Her verheddert hatten, sie endeten alle in derselben Hand, und es war die Hand des anderen.

Ich fragte ihn, ob er Französisch spreche. Er fuhr zusammen. Musterte mich, als hätte ich ihn beleidigt. Und alle am Tisch erstarrten. Dann nickte er. Er warf dem Mädchen zu seiner Rechten einen Blick zu, und sie stand auf. Dann warf er mir einen Blick zu, und ich nahm den Platz des Mädchens ein. Marionetten. Auch ich war eine Marionette. Er sprach mit Mühe, als sei er außer Atem, seine Stimme war heiser, gedämpft. Seine Sätze waren abgehackt. Ich glaube, es war ihm egal, ob ich ihn verstand.

Woher kommst du? . . . Mit deinem Kleid aus den Achtzigern . . . Deinem schulterlangen Haar . . . Du hast ja nicht mal eine Handtasche . . . Von wo bist du denn abgehauen?
Nur vom Land . . . Aus meinem Dorf . . . Meinem Kaff.
Was hast du gesucht? Ging es dir dort nicht gut?
Ich will zum Film.
Zum Film . . . Wie lebst du?
So gut es geht.
Bist du Model?
Ich bin Bedienung.
Du sagst das so, als . . . als wärst du stolz darauf . . .
Ich bin nicht stolz darauf, aber ich schäme mich auch nicht dafür.
Du brauchst dich nicht dafür zu schämen . . . Du be-

dienst also Leute und träumst von Ruhm, in der Pause verschwindest du und rennst zu Castings, und am Abend, wenn du ausgehst, meinst du, du wärst schon ein Star?

Ich bediene die Leute, aber meine Träume gehören mir, und ich gehe nie aus.

Was machst du dann hier?

Es ist das erste Mal.

Zum Film ... Warum? Um reich zu werden? Berühmt? Um geliebt zu werden?

Nein.

Warum dann?

Um ein anderes Leben zu führen. Bei jeder Rolle. In eine andere Haut zu schlüpfen. Eine andere Vergangenheit zu haben. Einen anderen Namen. Eine andere Geschichte. Ein anderes Gesicht. Ich kann mein Leben nicht ausstehen, ich will andere Leben ausprobieren.

Quatsch. Du willst leichtes Geld machen, willst Luxus und Huldigungen, willst, daß man dich beneidet, ja daß man dich bedauert, die Welt soll dir zu Füßen liegen, die Launen einer Diva ... Und all das ...

Spielt keine Rolle ...

Ist es wirklich das, was du willst?

Ja ... Ich würde alles dafür tun.

Alles ... Welche Art von »allem«.

Einfach alles. Ich würde dem Teufel meine Seele verkaufen.

Tatsächlich ...?

DEREK 6

Sie ist es

Ich habe sie gefunden. Gefunden? Nicht ganz. Ich habe sie eher aufgegabelt; sie sah so verloren aus wie eine Waise, die an einer Autobahnraststätte Vans vorbeifahren sieht; sie war nicht übel, sie hatte eine natürliche Anmut, ohne aufgedonnert zu sein, trotz ihres komischen roten Kleids, das so schimmerte, daß es in den Augen schmerzte. Michelle Pfeiffer hätte es ohne weiteres in *Scarface* tragen können, nur daß *Scarface* 1983 gedreht worden ist. Natürlich habe ich sie gleich geknallt, nach dem Motto »Ich drücke dich ungestüm gegen alle Wände des Hotels und habe dich schon halb gevögelt, bevor wir überhaupt auf meiner Etage sind. Ich bekomme kaum die Tür auf – klar, du lutschst mich, ich bin scharf –, du reißt mein Hemd auf, daß alle Knöpfe abfallen, egal, ich habe ja zweitausend Hemden, Klamotten bleiben zerknüllt auf dem Boden liegen wie bei einer Schnitzeljagd auf meinen Schwanz. Und kaum stecke ich den rein, schon spritze ich, und dann ziehen wir uns wieder an.« Jedes weitere Detail wäre überflüssig, denn im Grunde ist es immer das gleiche Lied, ein paar Zungenküsse, ein paar Zungenschläge da und dort, Getatsche, Schwanzfummeln, ein bißchen theatralisches Gestöhne, schwachsinniger Gesichtsausdruck, geweitete Augen, verzerrter Mund, Austausch von Körperflüssigkeiten, und wenn man darüber nachdenkt, ist es ziemlich absurd, weil es immer das gleiche ist, und ziemlich widerlich, weil es so schleimig ist; wie dem auch sei, ich fühlte mich völlig ausgepumpt – im wahrsten Sinne des Wortes –, ich ging also ins Bad, wusch mir die Hände, schließlich kannte ich dieses Mädchen gar nicht, und ich ertappte mich dabei, wie ich mich bei dieser gedämpften Beleuchtung richtig, ja richtig schön fand – die Gesichtszüge ein wenig angespannt, der Bademantel leicht offen, und dann zog ich völlig unvermittelt die Gucci-Sonnenbrille an, die trotz des kreativen Kopfes, der hinter dem Design steckte, aussah wie eine mißlungene Ray-Ban, und so posierte ich und fand mich irre abgefahren. Doch bald fand ich mich irre erbärmlich, mit meinem Bademantel, meinen Six-Pack-Muskeln und meiner Weiberbrille im Dunkeln, dann erinnerte ich mich daran, daß sich Leute schon so ertränkt hatten, und während ich das Intro von *Roxanne* von Police hörte, das voll aus meinen Apogée-Boxen dröhnte, ging ich wieder in mein Schlafzimmer und zu dem Mädchen, das ich im Playback teilhaben ließ an meinen tiefsinnigen Gedanken über sie. Ich nannte sie Roxanne wie aus Versehen und ich erklärte ihr, daß sie heute abend weder dieses Kleid tragen noch nachts ihren Körper verkaufen müsse, nicht wahr, Roxanne? Doch in Anbetracht ihrer nur annähernden Kenntnis der englischen Sprache bin ich sicher, daß sie kein Wort verstanden hat, dafür fand sie es bestimmt romantisch, denn sie gehört dieser Generation von Weibern an, die im Jahr 2000 zwanzig sind und es romantisch finden, in der Autowaschanlage einen Schwanz zu lutschen, vorausgesetzt, man sagt »bitte«. Und letztendlich ist mir aufgefallen, daß ich sehr viel weniger Alkohol vertrage, seit ich keine Drogen mehr nehme, vielleicht bin ich auch alt geworden, und ich denke an die noch nicht so ferne Zeit zurück, da ich darauf wartete, älter zu werden, und ich sage mir, es gibt nichts Schlimmeres als den Moment, da man aufhört, gerne älter zu werden, und anfängt, es zu fürchten, dann frage ich mich, ob dies ein Gemeinplatz ist oder nicht (das wäre heute erst der siebenunddreißigste), und ich spüre das Alter auf mir lasten, schwer, schon neunundzwanzig, und keine Erinnerung mehr, als wäre ich tausend Jahre alt. Manon will alle Lichter löschen, ich will sie daran hindern – da läßt mich ein dumpfes Geräusch im Korridor zusammenfahren, ich ziehe also den Gürtel meines Bademantels wieder fest und lege den Kilometer zurück, der zwischen meinem

Bett und der Tür liegt, nehme mir aber die Zeit, Cindy zuzuzwinkern, die für Jil Sander auf dem Plasmabildschirm über den Laufsteg geht, ich schnappe mir Mirkos E-Gitarre – eine alte Gibson Les Paul, ein Sammlerstück, das ich ihm zu seiner letzten Entlassung aus dem Gefängnis geschenkt habe – und bin wild entschlossen, sie jedem über den Schädel zu ziehen, der mir etwas antun will. Ich reiße die Tür auf, die Gitarre erhoben. Mirko fällt schnarchend vor meine nackten Füße, dieser Schwachkopf hat mal wieder seine Codekarte vergessen und ist vor der Tür eingeschlafen, nachdem er von was weiß ich welcher Fete gekommen ist, er weiß, daß er unter einer Zwangsneurose leidet, die sich, nur wenn er schläft, bedröhnt ist oder beides, in Form von unkontrollierten heftigen Bewegungen manifestiert, wie zum Beispiel an jenem Tag auf dem Boot, als er auf Freebase war; er hatte es drei Tage lang alle paar Stunden eingeworfen, rastete völlig aus und stieß meine eigene Stiefmutter in der von weißen Haien wimmelnden Karibik über Bord – mitten auf hoher See; es hätte wirklich ein schöner Tag werden können, wenn die Haie diese fettabgesaugte Schlampe mit Haut und Haar aufgefressen hätten, aber diese blöden Viecher hatten wohl leider nur wenig Gelüste auf Botox, vielleicht hatten sie auch gewittert – der berühmte sechste Sinn bei Tieren –, daß meine Stiefmutter beim Zweikampf mit einem Hai eher diejenige ist, die den Hai frißt als umgekehrt, doch, wie auch immer, in jenem Moment äußert sich die

Zwangserkrankung meines Freundes Mirko eher darin, daß er nicht nur meine Tür mit Fäusten traktiert, sondern auch meine Seelenruhe und als Folge davon meinen Geisteszustand. Der Schlüsselbegriff dieser Tage ist: Paranoia, Paranoia, Paranoia. Ich wecke ihn mit ein paar Ohrfeigen und schlage ihm vor, übers Wochenende nach Mailand zu fahren, was er auch gleich brav tut.

Dann höre ich die Kakophonie, die aus der gegenüberliegenden Tür dringt, und denke: Verschwörung, Verschwörung, Verschwörung. Also klopfe ich, klingle ich, brülle ich, und eine Braunhaarige, nicht übel, mit einem Kopfhörer macht die Tür auf und wird ganz bleich, als sie mich sieht.

»Ich würde heute nacht *ausnahmsweise* mal gerne schlafen«, sage ich, »wären Sie also so freundlich und würden diese Hottentottenmusik abstellen.«

»Das ist Mozart, du Arsch!«

Sie schlägt mir die Tür vor der Nase zu und sieht, obschon ohne Brille, dabei auf irritierende Weise der Braunhaarigen mit Brille von jenem entsetzlichen Abendessen ähnlich.

»Man hört Mozart nicht in voller Lautstärke wie einen alten Song von NTM samstagabends in einem roten M3 mit Frontspoiler auf den Champs.«

Stille. Geschlossene Tür.

»Das hier ist doch keine Jugendherberge!«

Geschlossene Tür. Die ersten Klänge von »Confutatis«.

»Meinst du, du siehst toll aus mit deinem Kopfhörer?«

Ein Etagenkellner kommt vorbei – in Anbetracht der Uhrzeit und der Zimmerbelegung auf dieser Etage mit einem ziemlich beladenen Servierwagen. Ich werfe ihm einen fragenden Blick zu.

»Sexparty bei den Saudis im dritten Stock.«

»Ach so«, sage ich todneidisch, »die widerwärtigen Sexpraktiken anderer Gäste interessieren mich nicht. Wenn Sie mir einen Gefallen tun wollen – werfen Sie bitte die Gäste in diesem Zimmer raus.«

»...«

»Sie sind ... äh, schlecht erzogen.«

»Aber Monsieur Delano, in diesem Zimmer wohnt niemand.«

»Was? Ist das hier Cristal Rosé?« Ich spreche von der Flasche auf dem Servierwagen, die für die swingenden Saudis bestimmt ist; es ist einfach nur Cristal, und ein Scheißjahrgang dazu; ich triumphiere.

»Nein, Monsieur Delano.«

»Und was essen sie dazu? Kinderteller oder was? Hacksteak mit Püree?«

»Mhm, mhm.«

»Also, äh, schmeißen Sie einfach diese Leute hier raus, und das wär's dann.«

»Weil Sie ... den Verdacht haben, daß sie Kinderteller bestellt haben?«

»Ach, doch nicht die Saudis! Hören Sie diese Musik nicht? Das ist unerhört, es ist drei Uhr morgens!«

Ich trete gegen die Tür.

»Welche Musik?«

»Das *Requiem*!«

Er sieht mich an, als sei ich verrückt, und ich merke, daß Totenstille herrscht.

»In diesem Zimmer wohnt niemand, Monsieur Delano. Gute Nacht.«

Er verschwindet mit seinem Servierwagen, und ich bin mir fast sicher, daß auch er am Ende gar nicht existiert. Während ich langsam zu meinem Bett zurückgehe – zu dem, was mir mein Bett zu sein scheint –, merke ich, daß ich womöglich total verrückt geworden bin, und verwundert stelle ich fest, daß ich nach dem Tod meiner Mutter, dem Tod meines Vaters, dem Tod von Julie und der Einsamkeit so lange gewartet habe, bevor ich diese schlimme wirkliche Welt verließ, wo die Leute häßlich und böse sind, um in ein Paradies zu gelangen, das von imaginären und wiederauferstandenen Freunden bevölkert ist. Ich bin also schizo, was kann ich dafür? Meine Suite ist dunkel und still, zehn Meter trennen mich von der Zimmerdecke, und ich bin genauso lächerlich wie ein Mensch im Weltall. Manon schläft, ich sehe sie dabei an. Sie hat blaue Augen unter den geschlossenen Lidern, sie hat etwas Trauriges an sich und etwas von Jane Birkin. Am Arm trägt sie eine Kette aus Blech, ein billiges Ding, Kitsch, mit großen Kettengliedern, ihr Vorname ist eingraviert, und ich sage mir, daß jemand, der sie liebte, es für sie machen ließ und es ihr schenkte, und ich frage mich, was genau sie sucht, da sie lieber hier ist, hier auf meinem Bett, mit mir, der ich ihr nichts Gutes will.

Ich lege mich neben sie und schließe die Augen, obwohl ich weiß, daß ich nicht schlafen kann. Ich schlafe seit langem nicht mehr, und ich fürchte die Nacht wie eine Wahrheit, die schmerzt. Es gibt keinen Wechsel mehr zwischen Freude und Leid, es gibt nur noch das Leid, die Freude ist lediglich eine Gnade. Den ganzen Tag lang gebe ich mir Leute, Weiber, Äußerlichkeiten, die wie Morphium zwar den Schmerz lindern, nicht aber die Krankheit heilen. Dann läßt die Wirkung nach, es wird Nacht, ich schlafe nicht, und es geht mir beschissen.

»Monsieur Delano?«

»Monsieur Delano?«

»Komm schon, Derek, reiß dich zusammen, man sieht dich.«

Ich komme auf dem rechten Ellbogen zu mir, auf den ich mich nur einen Augenblick gestützt hatte, um meinen Hals zu entlasten, der meinen schweren Kopf tragen muß, und das ist zu dieser morgendlichen Stunde zu erwarten – wie kann man schließlich um neun Uhr wach und dann auch noch in einem präsentablen Zustand sein, im Anzug, rasiert und fit? Das würde implizieren, daß man sich stundenlang zurechtgemacht und vitaminreich gefrühstückt hat. Ich muß offensichtlich eingeschlafen sein, und ich weiß, daß ich irgendwie aussehe wie ein Schlammloch, aus dem nur meine Nase und meine Panerai ragen. Ich schlage das rechte Auge auf und dann, mit übermenschlicher Anstrengung, das linke und sehe fünfzehn indignierte Mienen und will nur eins: will mich gehenlassen und wieder in die selige Welt der Alpträume abtauchen – und ein paar beklommene Sekunden lang frage ich mich, ob ich nicht ganz zufällig mitten in einem Alptraum bin und gerade gar nicht aufgewacht, sondern eingeschlafen bin, während meine Panerai-Uhr ziemlich real ist; ihre Seriennummer hätte ich nicht erfinden können, und sowieso ist mir alles egal. Ich nehme mich also zusammen, halte mich mit dem letzten Rest meiner dürftigen Kraft am Tisch fest, nehme wieder eine aufrechte Sitzhaltung ein und erfinde irgendeine Geschichte.

»Nun, äh ...«

»Monsieur Delano?«

»Gleich, einen Moment bitte.«

»...«

»Zuallererst«, sage ich, »möchte ich betonen, daß ich nicht geschlafen, sondern nachgedacht habe. Jeder hat seine kleinen Marotten, nicht wahr, und zufällig habe ich die Marotte, mit geschlossenen Augen und ... äh, offenem Mund nachzudenken. Das ist besser für die ... Konzentration.«

»Nun gut, Derek, was machen wir in diesem Fall?«

Oskar hat das gesagt; ich sehe in seine großen braunen Augen und entdecke dort völlig verdutzt, daß er mir vertraut. Er wartet wirklich und wahrhaftig auf das Urteil des Meisters, und der Meister bin ich. Und wenn das Urteil gesprochen ist, vollstreckt er es, ich muß nur ein Wort sagen. Oskar trägt einen etwas altmodischen Anzug, einen alten Anzug von Arnys, heute trägt er keine Brille, statt dessen vielleicht Kontaktlinsen, die »soviel bequemer, soviel ästhetischer« sind, und ich hoffe, seine fürchterliche Krawatte ist ein Geschenk von einer seiner drei Rotznasen, denn ich kann mir schlecht vorstellen, daß jemand in einen Krawattenladen oder in ein ganz normales Kleidergeschäft geht, vor dieser Krawatte stehenbleibt, in die Hände klatscht und ausruft: »Die da! Die will ich! Ich trage sie auf außerordentlichen Aktionärsversammlungen, damit es meinem zugedröhnten Boß schlecht wird, wenn er das Wort ergreift.« Wohingegen ein skrupelloser Scheißer die erstbeste Tintin-Krawatte klaut, damit er am Vatertag nicht mit leeren Händen dastehen und vor allem nicht mir leeren Händen gehen muß. Oskar ist so nett und bescheiden, daß mich seine weißen Socken zu Tränen rühren.

»Monsieur Delano?«

»Ja, ja. Also … Mein Vater hat die Welt gekauft und sie mir vererbt. Ihr, ich, wir sind nur, äh, Staubkörnchen, erbärmliche Staubkörnchen neben dem gigantischen Werk, das mein Vater Javier Delano vollbracht hat, indem er aus einem kleinen Familienbetrieb die größte Petrolgesellschaft in der, äh, Geschichte der Petrolgesellschaften gemacht hat, eine bewegte und aufsehenerregende Geschichte, deren Anfänge sich darin verlieren, daß ...«

»Daß man armen Bauern, die nicht lesen und schreiben können, im hinterletzten Winkel von Venezuela Quellen zu einem Spottpreis abkauft, ist ja wohl kein gigantisches Werk.«

Er hat es geflüstert, aber ich habe ihn gehört, die kahlköpfige Tunte in dem Anzug, den Hedi Slimane für Dior entworfen hat, gestreift, Dreireiher.

»Würden Sie sich bitte zurückhalten, Sie da, mit der Glatze, Sie beleidigen das Andenken eines Mannes, der unter schrecklichen Qualen gestorben ist. – Tunte ...«, schnaufe ich und fahre fort: »Da ich unter anderem einundfünfzig Prozent dieser Gesellschaft halte und sehr, sehr viel reicher bin als Sie, wünsche ich keine Diskussion über meine Entscheidung, und ich wünsche, daß sie unverzüglich befolgt wird ...«

»Monsieur Delano, George Bush auf Apparat zwei!« verkündet Mira, die jungfräuliche Telefonistin.

»Welcher?« rufe ich.

»Der derzeitige US-Präsident.«

»Später«, belle ich.

Natürlich ist George nicht am Telefon; ich habe diesen kleinen Schwindel mit Hilfe meines Freundes Mirko und seines texanischen Farmerakzents ausgeheckt, um meine Aktionäre zu beeindrucken, weil ich es satt habe, daß sie mich für einen Loser halten. Jedenfalls verfehlt das Ganze nicht seine Wirkung. Fünfzehn Augenpaare starren mich an – eine schnelle

Rechnung: Insgesamt dreißig Augen starren mich an –, und ich muß einsehen, daß ich doch eine höllische Verantwortung trage, mit einer neunstelligen Fehlermarge.

»Wir sind es uns schuldig …«

Totenstille. Schlucken. Schweißtropfen auf Stirnglatzen. Ein alter Schönling in einem Anzug, den Hedi Slimane für sein eigenes Label entworfen hat, führt ein Spray, angeblich Ventoline, an die Nase, aber es handelt sich bestimmt um ein Beruhigungsmittel für Tiere. Man hört das Klicken einer Kamera, und als es verhallt, versuche ich herauszufinden, woher es kam.

»… das zu machen …«

Ich spreche jedes Wort laut und deutlich.

»… was mein Vater gemacht hätte, würde er noch auf dieser Erde weilen.«

Allgemeines Stirnrunzeln.

»Und ich dulde keine Widerrede.«

Schockzustand. Ich empfehle mich.

»Meine Herren …«

Und stehe auf.

»Aber Derek …«

Oskar ist mir echt sympathisch, aber er soll sich unterstehen, dies auszunutzen und mir auf die Nerven zu fallen, denn das könnte ein Eigentor werden. Ich weiß Menschen manchmal zu würdigen, aber alles hat seine Grenzen.

»Du weißt doch, Oskar – zwischen uns kann sich

niemals mehr entwickeln als eine lauwarme Sympathie.«

»Was meinst du, Derek? Ich meine ... Was hast du denn jetzt beschlossen? Total Fina Elf oder Texaco?«

»Leider sind die meisten menschlichen Beziehungen nun mal so, Oskar: lau, lau, lau, anstatt daß man riskante gefühlsmäßige Investitionen tätigt ... Was? Äh, ja, Total oder Texaco? Was meinst du, Oskar?«

»Äh, Texaco.«

»Da hast du es! Die Sprache der großen Entscheidungen ist zuweilen kryptisch, deine Aufgabe ist es, sie zu dechiffrieren und sie für Otto Normalverbraucher verständlich zu machen.«

Ich gehe, und alle Welt kann sehen, daß ich löchrige Jeans trage, und auf meinem T-Shirt, das eigens für diesen Anlaß designed wurde und das Stefano Gabbana mit seinen kunstvoll manikürten kleinen Händen bestickt hat, steht schwarz auf weiß: UND JETZT VERPISST EUCH. Ich weiß, das ist kindisch, aber ich bin doof und gemein, was kann ich dafür?

Nach dem Mittagessen bei Ducasse im Plaza – das im wesentlichen aus Meerspinnenmousse, Gänseleberpastete mit weißen Trüffeln und Kaviar-Püree bestand, begossen mit Cristal Rosé, kein Kaffee, kein Dessert, ein bißchen gesundheitsfördernde Disziplin – mit Leonardo, der am Ende ist, weil er drei Promos gleichzeitig hat, obwohl er doch einfach nur mit seinen Kumpeln in seiner Suite rumhängen, auf dem Bett lümmeln und auf dem amerikanischen Sender

Basketballspiele ansehen will, bin ich endlich meiner schweren Verantwortung als Blockbuster-Produzent und Herr der Welt enthoben und kann mich meiner neuen Schrulle widmen: dem Unternehmen, ein unschuldiges Wesen zu vernichten.

Ich hatte Georges II. dringend geraten, Punkt halb drei an der Ecke Avenue Montaigne und Avenue François-Ier mit dem Objekt zu erscheinen.

Dort warte ich incognito in einem Mercedes S-Klasse mit getönten Scheiben, ich sitze selbst am Steuer. Das Objekt trägt dasselbe Kleid wie gestern abend, und wenn ich sage, die Leute drehen sich nach ihr um, so ist das gelinde ausgedrückt; die Wahrheit ist, daß das Kleid abgrundtiefe Ausschnitte hat und daß Manon auf unvergleichliche Weise über den Gehweg geht, als würde er nur ihr gehören. Sie betritt Chanel, und ich schleiche hinter ihr her, unkenntlich in einem altmodischen Burberry und einer Yves-Saint-Laurent-Brille, die mein Gesicht zum Großteil verdeckt. Die Verkäuferinnen, die Mirko am Morgen, zwar aus seinem Mailänder Exil, aber dennoch effizient instruiert hat, schwänzeln um Manon herum – man muß sagen, daß unsere Beschreibung nicht genauer sein konnte: jung, ordinär und in Rot, neben dem Hinweis, daß wir die Braut mit nicht weniger als zwanzigtausend Euro in großen Scheinen ausgestattet haben. Manon steigt also unter bestmöglichen Bedingungen in die erste Runde des Spiels ein: »Relooking« heißt es, und hinter meiner russischen Zeitung kann ich feststellen, daß Kleider tatsächlich Leute machen. Manon dreht sich in den verschiedensten Fummeln und unter dem erkauften Beifall der snobistischen Verkäuferinnen vor dem Spiegel und sieht wirklich aus wie eine reiche Erbin oder ein italienisches Starlet. Manon errötet, Manon sagt: »Meine Mutter hat immer von Chanel gesprochen.«

»Oh, sie muß uns besuchen!«

»Sie … sie ist tot.«

»Das macht nichts, wir lassen ihr dreißig Prozent nach.«

Um ein Haar hätte ich dieser Verkäuferin eine geschmiert, aber Manons Anblick stimmt mich gnädig – ihr Glück scheint doch vor allen Dingen von ein paar schrillen Kleidern abzuhängen. Ich trinke den Thermosbecher mit Kaffee aus, ein Tonassistent nimmt ihn mir ab und teilt mir mit, er werde ihn in den Mülleimer werfen und ich solle doch bitte meine Sonnenbrille abnehmen. Ich frage mich erstens, was ein Tonassistent hier macht, zweitens, warum er mich Monsieur Delano nennt, und drittens nehme ich meine Brille nur ab, wenn ich es will. Ich finde das äußerst verdächtig, springe sofort auf und eile diesem unverschämten Tonassistenten hinterher.

Draußen blendet die Sonne, als wäre es nicht mitten im Februar, und ich verliere den Hammel aus den Augen. Dann erkenne ich die Avenue Montaigne nicht wieder, das vertraute Bild ist mir nicht mehr vertraut, keine Menschenseele, kein Auto ist unterwegs, und an den Tischen vor dem Avenue verstummen die Gäste, die nur annährend aussehen wie Gäste des Avenue, und mit einer gewissen Beklommenheit stelle ich fest, daß auf allen Tellern das gleiche liegt. Ich stehe allein vor Chanel, hilflos, im Regenmantel, und eine innere Stimme ruft um Hilfe, doch niemand kommt.

»Vierzehn Uhr dreißig, in einer vornehmen Straße des 8. Arrondissements von Paris, Derek Delano und seine Freundin gönnen sich eine ausufernde Shopping-Tour. Kostenpunkt des Nachmittags: mehrere tausend Euro.«

»Na, meine Süße, gerade mal zwanzigtausend! Das ist doch gar nichts!«

»Aber das ist nur Kleingeld im Vergleich zu dem riesigen Vermögen, das Derek Delano von seinem Vater Javier Delano geerbt hat. Der Argentinier aus gutem Hause, ein ehemaliger Polo-Champion, ist zu Geld gekommen, indem er Rebellen in Lateinamerika, Afrika und Osteuropa Waffen verkaufte, in den siebziger Jahren beförderte ihn dann der betrügerische Kauf zahlreicher Ölquellen in Venezuela in den Rang eines der reichsten Männer der Welt ... Doch damit ist die Geschichte noch nicht zu Ende ...«

Diese Stimme kommt aus einem weißen Lieferwagen, und als ich dort ankomme, verstummt sie, die Türen schlagen zu, der Wagen fährt los, und da mir das alles überhaupt nicht gefällt, springe ich in meine S-Klasse, mache mich an die Verfolgung und verfluche mich, weil ich nicht den Ferrari genommen habe. Ich fahre mit hundertzwanzig gegen die Fahrtrichtung durch die Einbahnstraße, der Wagen ist kaum dreißig Meter vor mir, und da sehe ich, daß die Straße kurz vor dem Kreisverkehr gesperrt ist, und denke: Das war's, ich hab sie! Doch sie kommen wie durch Zauberhand durch und verschwinden in einem Chaos aus Hupgeräuschen, Beschimpfungen und Autos, die ineinander verkeilt sind. Ich versuche, dem Wagen zu folgen, doch ein Polizist versperrt mir den Weg.

»Sie können hier nicht durchfahren, Monsieur.«

»Wie? Warum? Was soll diese Scheiße hier?«

»Sie können nicht durchfahren. Drehen Sie um.«

»Drehen doch Sie um!«

»Drehen Sie um.«

Ich gebe auf.

Manon wartete im Hotel auf mich, sie saß auf der Armlehne eines Sofas, als wäre sie zu Besuch. Die Pakete lagen genau in der Mitte des Salons. Sie trug immer noch dieses rote Kleid und schien mir seltsam vertraut, als wäre sie einem Alptraum entsprungen. Mit übergeschlagenen Beinen, eine Hand auf dem Schenkel, der andere Arm gestreckt, die Schulter erhoben, die Wange daran angelehnt, starrte sie auf den Boden, sie sah gequält aus.

Ich: »Geht's dir gut?«

Sie: »Ja.«

Ich: »Sieht aber nicht so aus.«

Sie: »Nun ...«

Ich: »Ja?«

Sie: »Nein, es geht mir nicht gut.«

Ich: »Aha.«

Sie: »Wie bitte?«

Ich: »Da haben wir's ja.«

Sie: »Was willst du, Derek?«

»Wie meinst du das?«

»Ich meine: Was ist zwischen uns?«

»Hm, schätzungsweise zwei Meter und ... dein Kleid.«

»Das meine ich nicht.«

»Dann drück dich verständlicher aus, meine Süße.«

»Eben, darum geht es: Ich bin nicht deine Süße.«

»So?«

»Heute morgen bin ich aufgewacht, du warst weg, das Zimmermädchen kam mit einem Tablett – Croissants, Orangensaft und sogar Eier mit Speck – und sagte, ich solle mich mit dem Essen beeilen ...«

»Also, bitte, Süße, sag nicht ›Essen‹ zum Frühstück.«

»Egal. Auf jeden Fall habe ich keinen Bissen runtergekriegt.«

»Du magst wohl keine Eier mit Speck.«

»Dann mußte ich mich duschen und anziehen, weil dein ... dein Chauffeur um zwei Uhr unten auf mich wartete und mich zum Einkaufen fuhr, und ich bin mitgegangen wie eine Idiotin ...«

»Du bist keine Idiotin, Süße.«

»Nein, ich bin keine Idiotin, trotzdem begreife ich rein gar nichts. Dein Chauffeur ...«

»Georges. Er heißt Georges. Ein bißchen Respekt, bitte!«

»Er hat mich nicht mal zur Arbeit gehen lassen ...«

»Arbeit? Ein schlimmes Wort, Süße.«

»Was? Ein schlimmes Wort? Aber ich muß nun mal arbeiten, um zu leben, Derek ...«

»Auch ›leben‹ ist ein schlimmes Wort.«

Sie seufzt. »Gibt es auch schöne Wörter?« fragt sie mit dieser resignierten Verbitterung, die mich an Julie erinnert.

»Manon. Manon ist ein schönes Wort.«

»Ich bin völlig verloren, Derek.«

»Du mußt nicht arbeiten, Süße. Jetzt hast du ja mich.«

»Was willst du, Derek?«

»Ich bin in dich verliebt, meine Süße. Ich kann nichts dafür, gestern abend bist du in mein Gesichtsfeld getreten, als gerade *Carmina Burana* gespielt wurde.«

Sie ist skeptisch, und mir wird klar, daß ich ein wenig überzeugender auftreten muß.

»Nachts kann ich nicht schlafen«, hebe ich an und weiß selbst nicht genau, worauf ich eigentlich hinauswill. »Du weißt nicht, wie das ist – die Einsamkeit, die Stille, die feuchtheißen Kopfkissen, die zum hundertsten Mal umgedreht werden; auf die Schritte der Passanten unterm Fenster lauern, auf Motorengeräusche, eine Stimme, Scheinwerferlicht, die Qualen der Vergangenheit, die Angst, daß die Zukunft so sein könnte wie die Vergangenheit, und dann die fahle Morgendämmerung, die durch die Vorhänge dringt, und die Scheißvögel, die trotzdem singen; endlich die Augen schließen und vergessen können ..., daß mir etwas fehlt. Flughäfen im Morgengrauen, Sonnenbrille und ekelhafter Kaffee, immer wieder eine Ankunft, ein Abflug, Abflug, Ankunft, um zu vergessen, daß ich nirgendwohin reise, die unerträgliche Ordnung in den Hotelzimmern, Willkommensgrüße auf dem Fernseher, Pralinen, kleine Fläschchen mit Shampoo und Spülung, Papierdeckel auf den Orangensaftgläsern, und immer wieder der Gang durch die Bars, diese Leute, die vorbeigehen, und ich, ich bleibe. Also gehe ich auch, nehme die Straße, zähle die Masten, die Kilometersteine, die weißen Striche, lege eine andere CD ein – Surf Music, Leonard Cohen und Marilyn Manson in L. A., lokale Sampler auf Ibiza, Mancini, Sinatra, Legrand an der Côte und in Paris nur Chopin, aber es ist immer das gleiche Lied, und mir fehlt etwas. Das Standardlächeln der kleinen Models, der gleiche Schwachsinn mit unterschiedlichem Akzent. Im letzten Jahr mußte man die Oberlippe leicht über die Schneidezähne gezogen haben wie Estella Warren, und ich küßte nur Mädchen, die Zahnspangen trugen, Nobu hat das Tempura-Sushi erfunden, was nichts anderes ist als Tempura in Sushi, und er mußte das Nobu Next Door aufmachen, denn ganz New York wollte dorthin und ganz New York paßt nicht in ein einziges Nobu. Ich wollte Klavierspielen lernen, dann gab ich es auf, es war zu spät, ich weiß nicht genau, wann das Zufrüh sich ins Zuspät verwandelt hat, früher war es zu früh, um ins Casino zu gehen, nun ist es zu spät, um Klavierspielen zu lernen, was ist dazwischen passiert? Mein Vater starb, ich erbte, ich war einundzwanzig, ich ging ins Casino und verlor ein paar Millionen, ich hätte lieber Klavier gelernt, aber statt dessen lernte ich, perfekte Tüten zu bauen und mir meine eigenen Spritzen zu setzen, mit Julie. Das war zu der Zeit, als alle Welt in Paris in der Avenue Foch und in Uptown New York wohnte, als man auf Langstreckenflügen noch rauchen durfte, als *Nevermind* herauskam, Nirvana Mode war, dann aus der Mode kam und Kult wurde, als alle früh sterben wollten, um eine Legende zu werden, als ich sagte, ich könne meinen Alten nicht ausstehen, als Julie eine Frisur trug wie Uma Thurman in *Pulp Fiction*, als Sushi und Handys für die Elite reserviert waren und wir stolz darauf waren, dazuzugehören; auf den Fotos aus dieser Zeit leuchteten meine Augen, ich konnte schon damals schlecht schlafen, aber ich ging in die Disco, ich nahm LSD und Stilnox und sah statt einer Julie zwölf Julies in meinem Bett, und der Moderator von *The Twilight Zone* kam aus dem Fernseher heraus, und vielleicht war ich glücklich. Ich war schließlich zwanzig. Dann wurde Julie eine Legende. In jenem Jahr war Schwarz in Mode, und bei ihrer Beerdigung waren unglaublich viele Leute, und alle tauschten nur Telefonnummern aus, während ich auf ein Wunder wartete, aber es gab kein Wunder. Seitdem sehe ich überall, wohin ich gehe, nur Alte, und in ihren Augen ist auch kein Leuchten mehr; das wissen sie. Und ich, ich bin neunundzwanzig, und es ist, als wäre ich alt.«

Manon kommt zu mir und nimmt mich in den Arm.

»Was fehlt dir, Derek?«

Und in ihrer Stimme schwingt nun keine Abwehrhaltung mehr mit, nur Mitleid und vielleicht noch etwas anderes. Ich sehe sie an, sie sieht mich auch an, sieht mir in die Augen, und bevor ich sie küsse, warte ich, daß sie dort die Antwort findet, die sie sucht.

MANON 7

Größe

»Weißt du, wer ich bin? Weißt du, wer ich bin, verdammt? Nein? Sag mal, du Mißgeburt, wozu bist du hier, wenn du nicht weißt, wer ich bin? Wozu ist ein Türsteher gut? Ein Türsteher ist ein Typ, der weiß, wer ich bin! Denn ich BIN! Ich bin, verdammt! Ich bin ein Star. Alle Leute sehen mich an, wenn ich durch die Straßen gehe. Und du, du fragst, ob ich eine Einladung habe, bei Gott! Weißt du, wie viele Einladungen ich bekomme? Meinst du vielleicht, ich lese sie? Meinst du, ich habe nichts anderes zu tun? Glaubst du, ich brauche eine Einladung, um irgendwo hinzugehen? Hier – mein Gesicht ist meine Einladung! Siehst du fern? Liest du Zeitungen? Kannst du überhaupt lesen? Gehst du hin und wieder ins Kino? Gehst du überhaupt mal aus? Es ist nämlich nicht möglich, hörst du, es ist überhaupt nicht möglich, im einundzwanzigsten Jahrhundert in Frankreich zu leben und nicht zu wissen, wer ich bin!«

»Schmeißt diese Verrückte raus!«

Ich bin so außer mir, daß ich ihn umbringen könnte, die Knarre rausziehen könnte, die Derek mir für den Fall gegeben hat, daß ich ein Problem bekomme, sie ihm in den Rachen stecken und ihm das Gehirn rausblasen könnte. Dieses Scheißfestival von Cannes! Für den Fall, daß ich ein Problem bekomme? Ich habe ein Scheißproblem. Ich wühle in meiner Tasche, die Rausschmeißer zögern, sie haben mich wohl erkannt, aber sie trauen sich nicht, diesem Scheißarsch von einem völlig ahnungslosen Türsteher zu widersprechen. Ich spüre den kalten Lauf zwischen zwei Geldbündeln – Derek muß die Sache eben glattbügeln, schließlich ist es seine Knarre –, ich klemme sie zwischen zwei Finger und ziehe sie vorsichtig heraus …

»Manon!«

Derek. Mit seinen Lakaien, Georges II., dem Direktor und dessen persönlichem Lakaien. Sie laufen auf mich zu. Das ist gut so. Ich lasse das Ding los. Keiner hat etwas gesehen. Die Menge weicht zurück, während Derek den Kordon losmacht, mich an der Hand nimmt und auf die andere Seite zieht. Dem Türsteher, diesem Vollidioten, wirft er einen vernichtenden Blick zu.

»Haben Sie sie denn nicht erkannt?«

Der Vollidiot stammelt herum.

Derek zuckt mit den Schultern. Er zieht mich mit,

und ich zische: »Das nächste Mal bringe ich dich um!«

Ich meine es ernst. Es herrscht Totenstille, ich blicke starr geradeaus, ins Unbekannte, ich werfe mein Haar in Zeitlupe zurück – hundert Bilder pro Sekunde –, dann gehe ich auf knallenden Absätzen davon. Ich spüre, wie mir all die Augenpaare, starr vor Entsetzen, den Rücken durchbohren. Zwischen meinen Schulterblättern auf meinem Top steht nämlich FUCK YOU. Gemurmel. Das Übliche.

Ich gehe in die Disco hinunter, ich bin außer mir. Auf der Treppe überhäuft mich Derek mit Fragen: »Chérie, was machst du? Chérie? Chérie, du hast doch geschlafen, du hattest deine Stilnox genommen, was machst du denn hier? He! Du hättest nicht kommen sollen. Geh ins Hotel zurück.«

Ich entreiße ihm meine Hand, schicke ihn zum Teufel, so eine Unverschämtheit, hierherzukommen, heute abend, ohne mir überhaupt Bescheid zu sagen, zu dieser Veranstaltung, wo ganz Cannes versammelt ist. Und ich? Denkt er denn hin und wieder auch an mich, an mein Image? Was habe ich hier eigentlich zu suchen? Noch so ein Abend mit all diesen Has-beens, die völlig von der Rolle sind und mir die Stiefel lecken, während ich nicht mal Champagner trinken kann, weil ich in drei Wochen fünfundvierzig Kilo wiegen muß, und alles nur wegen einer unseligen Werbekampagne für eine japanische Kosmetikmarke. Aber wenn ich nicht gekommen wäre? Wenn ich Derek hier ganz allein gelassen hätte? Nicht daß ich rumflippe, weil er eine Braut abschleppen könnte; er ist verrückt nach mir, der Arme. Nein, ich will nur kein Gerede, das ist alles. Will nicht, daß man überall herumerzählt, wir hätten uns gestritten, uns getrennt, oder er hätte mich ganz einfach im Eden Roc zurückgelassen, damit er hinter den Röcken herlaufen kann und ich wie ein Arschloch dastehe. Nein danke! Ich habe nicht die geringste Lust, nächste Woche in irgendeiner blöden Illustrierten zufällig eine gehässige Pressemeldung zu lesen, wo angedeutet wird, ich hätte einen Selbstmordversuch unternommen, sei im Knast oder auf Entzug beziehungsweise schwanger, doch der Milliardär Derek Delano habe sich trotz der schlechten Verfassung seiner Lebensgefährtin, des Topmodels Manon D., seinen gesellschaftlichen Verpflichtungen nicht entzogen und sei zwar alleine, aber lächelnd erschienen zum Kick-off des ... »Was wird heute abend gekickt?« – »Das neueste Samsung-Handy. Ich habe Samsung aufgekauft.« – ... des neuesten Samsung, wo man ihn angeregt mit Kate Moss, einer italienischen Prinzessin oder Frau Soundso plaudern sah, die Werbung für Guess macht.

»Es hat natürlich Foto- und Filmfunktion und kann auch DVDs brennen.«

»Sei still, Derek.«

Ich reiße diesem Schwachkopf von Mirko das Fläschchen mit dem Koks aus der Hand und ziehe mindestens dreimal, denn ich sehe, wie sich am Horizont das wuselnde Bataillon von nervtötenden Fotografen abzeichnet, und ich weiß, daß ich in weniger als zehn Sekunden lächeln muß, und allein beim Gedanken daran ziehe ich wieder und wieder, bis auch noch der letzte Rest verputzt ist.

»Gib mir mein Koks zurück!« jammert Mirko.

»Mann, hol dir vor deinen Ultimate-Fighting-Kassetten einen runter und laß mich in Frieden!«

»Chérie, du solltest doch kein Koks nehmen, du bist ohnehin schon voll auf Anxiolytika«, sagt Derek beschützend und beklommen zu mir.

»Und auf Puschis, und stell dir vor, daß ich mich beim Gedanken, mich von dieser Deppenbande unter Beschuß nehmen zu lassen, alles andere als geputscht fühle, weil ich weiß bin wie eine Leiche und nicht mal mehr Zeit hatte, zum Frisör zu gehen.«

»Hast du überhaupt die geringste Vorstellung, was das Wort ›Sacerdotium‹ bedeutet?«

»Mein Koks, verdammt noch mal, Manon!«

»Da!« sage ich fröhlich und schleudere ihm das Fläschchen ins Gesicht; es ist leer.

»Ha, pfui, das Zeug war widerlich, du wirst die Zähne zusammenbeißen wie ein tollwütiger Hund, und ich, ich bin heute abend sowieso auf Ketamin.«

Die Fotografen drängen sich vor uns.

»Bitte, Derek!«

»Derek, bitte, hierhersehen!«

»Bitte, Derek!«

»Was ist Ketamin?« frage ich Mirko, etwas abseits, aber dennoch in Hörweite.

»Ein Beruhigungsmittel für Pferde.«

»Was?«

»Derek, bitte!«

»Ein Beruhigungsmittel für Pferde?«

»Ja.«

»Bitte, Derek!«

»Ich will was. Gib mir sofort was!«

»Nein.«

»Mirko, du vergißt, mit wem du redest.«

Ich beiße die Zähne zusammen, denn ich darf unter keinen Umständen aufhören zu lächeln, und da merke ich, daß ich keinen der anwesenden Fotografen kenne und daß vor allem, und das erklärt die Sache, keiner der anwesenden Fotografen mich kennt, denn seit einer Minute prasselt das Blitzlichtgewitter nieder, und keiner ruft meinen Namen, keiner nervt mich mit: »Bitte, Manon, hierhersehen, blablabla«, ich kann dieses Festival langsam nicht mehr ausstehen, und als man uns in Ruhe läßt, weil die aktuelle Miss France, diese eingebildete Pute, mit ihrem lächerlichen Krönchen und mit Madame de Fontenay posiert, zwicke ich Derek in den Arm und frage, was hier los ist.

»Chérie, ich weiß doch, wie sehr du es haßt, repräsentieren zu müssen, und ich habe alle gebeten, dich in Frieden zu lassen.«

»Sag doch einfach, daß du es satt hast, daß ich wie ein Schatten hinter dir herlaufe, du Egoist!«

»Manon, deine Paranoia nervt langsam. Hör auf, dich wie Johnny Hallyday aufzuführen.«

»Und du hör auf rumzustottern!«

Wir gehen die Treppe hinunter, die Menschenmenge ist auf neutralem Gebiet ebenso dicht wie an der Bar und am Büffet, was bedeutet, daß heute abend nur Ärsche hier sind und daß auch die Handys noch nicht verteilt wurden. Man bekommt einen Flash, wenn man sieht, wie schnell sich ein Ort leert, wenn erst einmal die Give-aways verteilt wurden: 23 Uhr 48, sechshundertsiebenundachtzig Personen; 23 Uhr 49, Verteilung von Handys, Uhren, Scootern, zahmen Raubkatzen und was weiß ich was; 23 Uhr 51, kaum noch zweiundvierzig Personen; Mitternacht, die Bar schließt; 0 Uhr 02, der Ort ist total verlassen; 0 Uhr 10, die größten Ärsche unter den Ärschen kommen, der Abschaum war nicht zum Essen eingeladen, jetzt, nachdem die Gesellschaft nicht mehr geschlossen ist, eilen sie herbei. Ich muß um jeden Preis hier weg.

Überhaupt muß man alles meiden, was keine geschlossene Gesellschaft ist.

Während sich Derek weigert, ein Interview für ich weiß nicht welchen Kabelsender zu geben, zähle ich die bekannten Gesichter und stelle erleichtert fest, daß sehr wenige Franzosen darunter sind – die Franzosen sind zu billig –, außer dieser eingebildeten Miss France und ihrer Mutter, dieser Kupplerin mit Hut, ein paar Loft-Story-Darstellern, die von allen verlassen und bedröhnt in einer Ecke hocken, und, um das

Niveau zu heben, Joey Starr ohne Béatrice Dalle, vielleicht ist es aber auch Béatrice Dalle ohne Joey Starr, ich sehe keine drei Meter weit, weil ich meine Brille nicht aufhabe. Derek blickt mich begehrlich und so durchdringend an, daß ich einen Horror bekomme und ihm mit einem Zeichen zu verstehen gebe, daß er mich besser in Frieden lassen soll, sonst haue ich mit Colin Farrell ab, wie alle. In diesem Moment geht Werner Schreyer zwanzig Zentimeter an mir vorbei, ohne mich zu grüßen, dabei hat er mich sehr wohl gesehen, ich packe ihn am Arm und kneife ihn mit aller Kraft, er dreht sich wütend um, schimpft mich eine Irre und das auch noch auf englisch. Da frage ich ihn auf französisch – wir haben uns immer auf französisch unterhalten, und ich sehe keinen Grund, warum das nun anders sein sollte –, ob er mich verarschen will. Er stiert mich an und geht ohne ein Wort weiter. Ich stürze wie eine Furie zu Derek, der gerade ein Interview mit *Canal+* ablehnt, und brülle: »Werner Schreyer hat mich nicht gegrüßt!«

»Kennt ihr euch?«

Der arme Derek – immer steht er auf der Leitung.

»Ja, Derek, wir haben zwei Kampagnen zusammen gemacht, und du warst dabei!«

»Ach so, äh, ja ...«

Immer noch stottert er herum, er ist unerträglich.

»Derek, das ist nicht Werner Schreyer, das ist ein Hochstapler, ein gefährlicher Irrer.«

»Doch, doch«, sagt er langsam, »es ist nur so ... Wußtest du denn nicht, daß er Alzheimer hat?«

»Wie bitte?«

»Ja, ein außergewöhnlicher Fall, ein, äh, einmaliger Fall, präcox, der Arme, mit neunundzwanzig, stell dir das mal vor!«

Zum ersten Mal seit Wochen spüre ich etwas, und ich glaube, es ist Mitleid; ich bin ganz versessen darauf, ein Gefühl zu zeigen, und drehe mich nach besagtem Fall um, der sich aber, als ich ihn entdecke, »angeregt« mit Dannii Minogue unterhält.

»Nun, sein Alzheimer scheint die andere Schnepfe nicht zu betreffen.«

»Vielleicht verwechselt er sie mit ihrer Schwester.«

»Du bist bescheuert, Derek.«

»Nein, Chérie, selektive Wahrnehmung ist bei Alzheimer sehr verbreitet. Manche Leute erkennt er, andere nicht. Und sieh mal, Chérie, sein Alzheimer betrifft auch nicht Britney Spears.«

»Ja, ja«, zische ich, als ich sehe, wie Britney Spears Werner so liebevoll küßt, daß sogar ihr Kaugummi auf seiner Backe klebenbleibt.

Natürlich hat Dannii Minogue diesen Moment gewählt, um ihr fettabgesaugtes Hinterteil wackelnd auf uns zuzubewegen, sie grüßt Derek affektiert, und als Derek ihr dann auch noch ein Kompliment für ihre Frisur macht – irgendwelche fürchterlichen Fransen, die ihr bis zur Oberlippe hängen –, hätte ich gute Lust, beiden eine zu knallen.

»Weißt du«, sagt sie auf englisch und mit Kennerinnenmiene zu ihm, »die Haare einer Frau sind in gewisser Weise das Gedächtnis all dessen, was sie erlebt hat.«

Dann verzieht sie sich und unterhält sich mit einem alten gelifteten Amerikaner, der wohl in den siebziger Jahren irgendwas mit Rock 'n' Roll zu tun hatte, über Botox und Schönheitsoperationen.

Derek verdrückt sich, um Mouna Ayoub den Direktor von Samsung vorzustellen; er sagt noch zu mir, nachher könnten wir auch hingehen, aber ich habe überhaupt keine Lust, dort hinzugehen, und ich tue so, als wäre ich verwirrt und ungeschickt, und kippe meinen Karottensaft light auf Dannii Minogue. Ich sehe, wie Derek ein paar Worte mit Werner Schreyer wechselt, der ihn verdutzt anstarrt und den Kopf schüttelt, er erinnert sich also auch nicht an Derek, obwohl sie doch so viele gemeinsame Freunde in New York haben, der arme Werner Schreyer, Alzheimer ist wirklich etwas Schreckliches. Dann drängle ich mich ans Büffet vor, um mir ein paar Zackenbarschspießchen zu holen, natürlich muß ich Beschimpfungen über mich ergehen lassen, auf die ich erwidere: »Mein Gott, ein bißchen Anstand bitte sehr, immerhin bin ich die Gastgeberin.« Nachdem ich das Gewünschte bekommen habe und nun diesen revolutionären Leckerbissen vertilge – Zackenbarschspießchen –, kommen mir zwei Ideen: Erstens, ich habe diese Galas satt, wo mehr Fotografen sind als Menschen, die fotografiert werden können; zweitens, mich widern diese Leute an, die immer das Büffet leer fressen, so nach dem Motto: Wenn es auch ekelhaft schmeckt, immerhin ist es umsonst, und wenn es umsonst ist, darf es auch ekelhaft sein.

»Manon? Bist du's?«

Ich drehe mich verbittert um, wieso, weiß ich auch nicht so genau, und falle aus allen Wolken, als ich Sissi wie ein Gespenst vor mir sehe. Sissi, in einem Galliano-Kleid vom letzten Jahr, sieht mich an, als hätte sie eine Begegnung der dritten Art oder so etwas.

»Was machst du denn hier?«

Wir stellen uns gegenseitig und genau im selben Moment die gleiche Frage, und nun habe ich auch guten Grund, verbittert zu sein. Ich lächle ungläubig.

»Du scherzt wohl.«

»Nein«, sagt sie, »du warst einfach von einem Tag auf den anderen verschwunden, genau am Tag nach der Vorpremiere zu *Superstars* ...« Sie zieht die Stirn kraus. »Im übrigen«, fährt sie fort, »hast du hoffentlich mein Kleid noch. Ich dachte, du wärst tot oder so was, und ich hab geglaubt, das Kleid sehe ich nie wieder, und das ist schade, weil es mir so gut gefallen hat, aber nachdem du jetzt hier bist ...«

»Sissi«, unterbreche ich sie, »machst du dich eigentlich über mich lustig?«

»Wie bitte? *Du* machst dich wohl über mich lustig – du verschwindest einfach so, ohne ein Wort, mit *meinem* Kleid, und ein Jahr später sehe ich dich in

Cannes wieder, wo du mit einer abgefahrenen Frisur auf dem hohen Roß sitzt und auf den Putz haust! Wie bist du überhaupt hier reingekommen? Heute abend ist hier eine megageschlossene Gesellschaft, hier sind Britney Spears ...«

»Sissi, das ist hier eine megageschlossene Gesellschaft, weil ich hier bin und weil Derek hier ist. O. k.?«

»Aha, klar. Du spinnst wohl! Bist du übergeschnappt? Welcher Derek? Derek Delano etwa? Du willst mir doch wohl nicht weismachen, daß du etwas mit Derek Delano zu tun hast? Das ist der unerreichbarste Kerl der Welt.«

»Arme Sissi, liest du denn keine Klatschblätter mehr?«

»Doch, und genau deshalb kann ich dir sagen, daß er diese Woche jeden Tag auf der Titelseite von *Cannes-Matin* war, und zwar mit anderen Mädchen als dir und mir ...«

»Wer sind denn Sie?«

Mirko packt Sissi an den Schultern und würgt sie.

»Gibt es ein Problem, Manon?« fragt er mich.

»Ja«, sage ich, »es gibt ein Problem. Setz diese blöde Kuh vor die Tür und hol Derek.«

»Was ist denn das für eine Scheiße hier?« schreit Sissi. »Laß mich los, ich kenne den Typen, der diesen Abend ausrichtet!«

»Ich richte diesen Abend hier aus«, gibt Mirko zurück, dann macht er ein Zeichen, und zwei Rausschmeißer eilen herbei, packen Sissi, die sich wehrt wie eine Irre, und nehmen sie mit; hoffentlich nutzen sie die Gelegenheit und vögeln diese kleine Zimtzicke mal richtig durch.

Ich leere zwei Gläser Champagner und wühle in meiner Tasche; ich finde Tabletten – wofür, wogegen weiß ich auch nicht –, ich schlucke sie einfach so, wegen des Placeboeffekts, und beruhige mich, ich muß mich beruhigen, denn man sieht zu mir herüber und ...

»Hi, Manon, erinnerst du dich an mich?«

Werner Schreyer. Im letzten Stadium von Alzheimer.

»Of course, I do. How do you do? Oh, I'm sorry, I know about your ... problem and ... maybe you don't wonna talk about this ...«

»What?«

»Es tut mir so leid (das ist eine wörtliche Übersetzung), Derek hat es mir gesagt und ... jedenfalls hast du meine volle Unterstützung.«

»Ich verstehe kein Wort. Was willst du damit sagen? Was zur Hölle soll diese Bullenscheiße?«

Auch das eine wörtliche Übersetzung. Er will damit ganz einfach, aber sehr idiomatisch ausgedrückt sagen: Was soll dieser Unsinn? Und ich bin drauf und dran, ihn daran zu erinnern, daß er eine verdammt schwere Krankheit hat (a fucking serious disease), daß es aber nicht das Ende der Welt ist, wenn alle Welt es weiß (you don't give a shit if everybody knows), doch ich halte noch rechtzeitig inne, als mir einfällt, daß er wegen seiner Alzheimer-Krankheit vielleicht sogar seine Alzheimer-Krankheit vergessen hat, und verlegen versuche ich, die Schäden, die sein Gedächtnis erlitten hat, einzuschätzen, indem ich ihn frage, ob er mit den Fotos zufrieden sei, die wir zusammen geschossen haben, und er sieht mich ganz perplex an und sagt: »What?« – heißt: »Was?« oder »Hä?« Es tut mir so leid für ihn, ich weiß nicht, was ich sagen soll, ich nehme ihn einfach an der Schulter und tätschle ihm den Rücken. Zum Glück kommen Kosakentänzer und Feuerspucker auf die Tanzfläche und erlösen uns aus dieser peinlichen Situation, sie ziehen alle Aufmerksamkeit auf sich, als wären wir noch nicht genügend zusammengedrängt und als würden wir uns nicht schon sowieso gegenseitig die Aufmerksamkeit streitig machen. Werner nutzt die Gelegenheit und geht.

»Oh, Flamenco, ich liebe Flamenco!«

Damit meint Victoria Beckham, vormals Adams, die Kosaken. Ich brauche ein bißchen Koks. Ich suche Derek, ich will ihm ein paar kurze Fragen stellen, aber er lehnt gerade ein Interview mit Frédéric Taddéi für *Paris Dernière* ab. Ich gehe eine Treppe hinunter, vielleicht will ich dorthin, woher der Song *Don't Cry* von Guns 'n' Roses herkommt, er scheint von unten heraufzudringen, vielleicht will ich mich aber einfach nur verstecken und weinen, ohne daß mich jemand sieht, weil mir solche Feste auf die Nerven gehen und am Ende sich immer zu einer Psychose auswachsen, wenn ich vergesse, mein Lithium oder ein Ersatzmittel zu nehmen. Und als ich zu den Toiletten komme, sind alle Kabinen besetzt, und aus der Nebentür höre ich jemanden schreien: »We're having a great time all together, and I'll remember it until the day I die.« Dann höre ich mehrere aufeinanderfolgende Inhalationsgeräusche und frage mich, wie viele dort drin sind. Die Tür geht auf, und Benoît, dieser hübsche Brünette, kommt schniefend herausgestürzt, nach ihm diese unerträgliche blöde Kuh Virginie, dann natürlich diese unerträgliche blöde Kuh Lolita und danach Quentin Tarantino: »You can't write poetry on an computer, baby.« Das finde ich sehr schön, und alle gehen schniefend an mir vorüber, als wäre ich gar nicht da, und verschwinden über die Treppe. Und so tue ich, was ich zu tun habe, und gehe auch wieder nach oben, und es ist, als wäre gar nichts geschehen.

Alle packen ihr Handy aus, Joey Starr – wo ist Béatrice Dalle? – macht Britney Spears an, die verzweifelt nach Mouna Ayoubs Harry-Winston-Diadem greift, sie hätte nämlich auch gerne Mouna Ayoubs Diamanten; der koreanische Generaldirektor von Samsung, der seinerseits gerne Mouna Ayoub hätte, ist empört, Colin Farrell verzieht sich mit dieser Soundso, die Werbung für Guess macht, Victoria Beckham tanzt am Arm eines Kosaken, vielleicht bildet sie sich aber auch ein, daß sie mit einem schottischen Snob einen Gigue tanzt, Audioslave improvisiert ein Privatkonzert, in einer Ecke bringt sich ein Loft-Story-Darsteller um, und allen ist es egal, Derek lehnt ein Interview mit einem Typen ab, der ihn nur nach einer Zigarette gefragt hat, Werner Schreyer schickt Nicole Kidman eine SMS, Miss France verfüttert ihren Hut an Madame de Fontenay, dann reißt sie sich die blöde Schärpe vom Leib, zerreißt sie mit den Zähnen und verfüttert sie ihr auch, auch ihr scheußliches Kleid zieht sie aus und enthüllt einen Body aus rotem Vinyl mit dem Playboy-Häschen drauf. Die Leibwächter des einen und die Leibwächter des anderen greifen ein, und der Abend ist bald nichts weiter als ein Riesenchaos. Derek nimmt mich an der Hand, und wir flüchten, auf der Treppe laufen wir Sissi über den Weg, die intensiv mit dem alten Rocker beschäftigt ist, der mir wirklich bekannt vorkommt, und ich frage Derek: »Wer ist denn der Typ mit der Schlampe da?«

»David Bowie.«

David Bowie ... David Bowie ...?

»Kenn ich nicht. Wer ist das?«

»Ach, niemand ... Ein Sänger ...«

DEREK 8

New York

Wir flogen nach New York, dieses Mal nicht, um Bergdorf und die Galerien im Village leerzukaufen, nicht mal, um den letzten Winkel von Alphabet City nach unauffindbaren Platten oder DVD-Raubkopien alter, genialer B-Movies abzuklappern, die nie herausgekommen sind; auch nicht um zu arbeiten, ich arbeitete nicht mehr, ich tat nichts, ich war ein Meister im Delegieren geworden, und meine Geschäfte entwickelten sich sehr gut ohne mich; auch nicht, um die Vorpremiere von *X-Men 2* zu besuchen oder auch nur um eine Weile in einer zivilisierten Stadt zu sein, wo es überall Klimaanlagen gibt, wo in den Restaurants binnen einer Viertelstunde das Essen serviert wird, wo die Kinder in die Schule gehen, wo ein jeder einen Portier hat. Wir flogen nach New York, weil Manons Argwohn schlimmer geworden war und meine Paranoia einen kritischen Punkt erreicht hatte, ich hatte ständig das Gefühl, verfolgt, ausspioniert, manipuliert zu werden, ich war am Ende, Manon war am Ende, wir verschwanden einfach Hals über Kopf wie auf der Flucht.

Im Flugzeug ließ sich Manon, dieser internationale, total ernüchterte Star, nicht dazu herab, einen Schluck Champagner zu trinken, sie blätterte in Gala und beschwerte sich, daß sie *Minority Report* schon gesehen und keine Lust habe, den Film noch mal anzuschauen, und schon gar nicht ohne Untertitel, daß sie nicht schlafen könne, daß sie auch keine Lust habe zu lesen: »Lesen«, sagte sie entschieden, »ist noch langweiliger als die Langeweile selbst.«

»Hm«, machte ich und vertiefte mich wieder in die *Kritik der reinen Vernunft,* »du hast unrecht, Lesen ist interessant und bereichernd.«

»Worum geht es denn in deinem Buch?« fragte sie.

»Hm, nimm eine Melato.«

»Melatonin ist giftig.«

»Weniger giftig als deine Appetitzügler auf Amphetaminbasis.«

»Melatonin wirkt bei mir nicht mehr.«

»Weil du mithridatisiert bist«, sage ich in oberlehrerhaftem Ton.

»Wie bitte?«

»Mithridates war ein Grieche und er war ein bißchen paranoid ...«

»Ich glaube, ich werde mir auf dem Klo einen Steward genehmigen, das lenkt mich ab.«

»Hm«, mache ich unangenehm berührt, aber heiter.

»Sieh dir diesen Schinken an«, sagt sie zu mir und deutet auf den Schinken vor uns, das Bild war nicht schrecklich, es war auch nicht schön, es war gar nichts, es war nicht dazu bestimmt, Blicke auf sich zu ziehen, auch nicht, uns den Schlaf in diesem Flugzeug zu verleiden. Es war einfach dazu prädestiniert, unbemerkt zu bleiben, dort an dieser Wand zu hängen und niemanden zu begeistern.

»Träume ich, oder hast du gerade einen originellen Gedanken ausgesprochen?«

»Ich möchte gerne wissen, wer diesen Schinken gemalt hat. Ich möchte wissen, ob er, als er den Schinken gemalt hat, wußte, daß er das Schicksal eines ... Hotelföns haben würde.«

»Warum?« frage ich. »Willst du bei ihm ein Bild für dein Zimmer in Auftrag geben?«

»Ich möchte einfach nur wissen, was das für ein Typ ist, der Schinken malt, damit sie die erste Klasse in Langstreckenmaschinen zieren.«

»Hör bitte endlich auf, immer ›Schinken‹ zu sagen.«

»Entschuldigen Sie, Mademoiselle, ich würde gerne wissen, von wem dieser Schinken ist.«

Die Stewardeß, eine wohlproportionierte Brünette, zuckt mit den Achseln und dreht sich nicht um.

»Würden Sie mir bitte antworten!«

Die Stewardeß dreht sich für einen Moment um und sagt: »Ich weiß es nicht, Madame«, und will in die Kabine eilen, aber ich hatte ausreichend Zeit, um dieses kleine Fuchsgesicht mit Brille wiederzuerkennen, ich packe sie also am Arm und frage sie leise, damit nicht das ganze Flugzeug aufmerksam wird: »Sagen Sie mal, was genau wollen Sie eigentlich von mir?«

»Nichts, Monsieur, lassen Sie mich los, oder ich rufe die Security.«

»Sie werden schon sehen, was ich mit Ihrer Security mache«, blökt Mirko aus der hinteren Reihe.

»Ist *Minority Report* jetzt zu Ende? Wie findest du den Film?«

»Nun, er hat mir gut gefallen ... Dieser Spielberg ist echt gut.«

»Wußtest du, daß er gut mit Papa befreundet war?«

»Ach ja?«

»Würden Sie mich jetzt bitte loslassen?«

»Nicht bevor du mir erklärt hast, warum du mich verfolgst.«

»Ich verfolge Sie nicht, Monsieur.«

»Was machst du dann hier?«

»Ich bin Flugbegleiterin, falls Sie das noch nicht bemerkt haben.«

»Ja, ja«, sagt Mirko, »ich kann mir auch eine Uniform anziehen, ein dummes Gesicht aufsetzen und in einer Rettungsweste mit den Armen wedeln, und alle Welt wird mich für eine Flugbegleiterin halten.«

»Wenn das so ist«, sage ich und ignoriere die leicht widerlegbare Behauptung meines Leibwächters und Freundes Mirko, »wieso hast du dir dann vor genau anderthalb Jahren bei einem Abendessen mit mir im Market mit deinen hirnlosen Model-Freundinnen die Nase zugekokst?«

»Meine Schwester ist Model. Und sie ist nicht hirnlos, sie bereitet sich auf ihre Prüfungen in Sozialwissenschaften vor. Und Sie hatten was mit ihr.«

»So? Wie heißt sie?«

»Melinda.«

»Melinda ... Melinda ... Kenn ich nicht.«

»Wer ist diese Melinda, Derek?« fragt Manon und wirft mit einem tiefen Seufzer die *Gala* auf den Boden.

»Das erklärt aber nicht«, sage ich zu der Schwester des Models, das ich gevögelt habe, »was du drei Monate später im Ritz um vier Uhr morgens in einer Suite genau gegenüber meiner Suite zu suchen hattest.«

»Ich war bei meiner Schwester. Wir ... wir kamen von einem Fest bei irgendwelchen Saudis im dritten Stock.«

»Ach ja?« sage ich und lasse sie los. »Und? Waren interessante Leute dort?«

»Nicht viele«, sagt sie mit niedergeschlagenem Blick, »Natasha Kadysheva, Robert Downey jr., der, äh, nicht kapierte, daß er total bedröhnt war. Wir sind wieder gegangen.«

»Ha, das Personal der United ist gut!« sagt Mirko.

»Na gut«, schließe ich, »für dieses Mal will ich wirklich glauben, daß alles nur ein … Zufall ist«, ich räuspere mich, »aber wenn ich dich noch mal in meiner Umgebung sehe, wird dir mein Freund da hinten ein paar Fragen stellen.«

»In Ordnung, in Ordnung«, sagt sie, »stellen Sie nun bitte die Rückenlehne senkrecht, wir beginnen den Landeanflug auf New York.«

»Ja, ja«, sagt Manon. »›Gehen Sie bitte zu Ihren Sitzen zurück und bleiben Sie angeschnallt, bis die Leuchtzeichen erloschen sind …‹ Danke, wir kennen das.«

Wir saßen aufrecht bis zur Landung, und bevor wir ausstiegen, hob Manon die Gala auf und hielt sie mir hin.

»Hier, das ist lustig.«

Auf dem Titelblatt war Natasha mit ihrem letzten Stecher abgebildet, darunter stand: »Natasha Kadysheva – einmal Nutte, immer Nutte«, und in großen weißen Lettern: »Robert Downey jr.: ›Nein, ich nehme keine Drogen.‹«

Diese Schlampe war nicht mehr im Flugzeug, ich rannte wie ein Irrer durchs Gate und sah gerade noch, wie sie auf dem riesigen JFK verschwand, dann hing ich an der Paßkontrolle fest.

Im Lincoln fahren wir durch die Park Avenue, ich wende die Augen ab, als wir am Stadthaus von Julies Eltern vorbeikommen, und Manon sagt:

»Julie, oder?«

Ich bitte sie, mich in Frieden zu lassen, sie seufzt, zieht nur den Pelz ein wenig enger und lehnt den Kopf an die Scheibe, mit einem abwesenden und zugleich überheblichen Blick starrt sie in die Regenschlieren auf dem getönten Glas.

»Du brauchst nicht diese überhebliche und abwesende Miene aufzusetzen«, sage ich, »du posierst jetzt nicht für die *Vogue* und das Thema ›Berühmt und verzweifelt in der Park Ave‹.«

»Ich bin nicht verzweifelt«, gibt sie zurück.

»Nein?« sage ich spöttisch.

»*Du* bist verzweifelt.«

Sie hat recht, in diesem Moment halten wir vor dem Pierre, und ausnahmsweise beklagt sie sich einmal nicht, daß wir nicht im Mercer abgestiegen sind, sie erwartet nicht, daß ihr jemand den Schlag öffnet, sie macht die Tür selbst auf, und als sie aus dem Wagen steigt, in einer weißen Dampfwolke, geht sie nur rasch zum Eingang, anstatt vor den Passanten herumzustolzieren und dem Hotelpagen im Vorbeigehen zuzurufen: »Vorsichtig mit dem kleinen Vuitton, da sind meine Kosmetika drin.« Dann gibt sie lässig Trinkgeld, der Portier geht respektvoll zur Seite und läßt sie vorbei, und ich finde, ich habe an ihr ganze Arbeit geleistet. Ich weise den Rezeptionisten an, keine Anrufe durchzustellen, vor allem nicht von Paris Hilton: »Wenn Paris nach mir verlangt, sagen Sie ihr, ich wäre bei einem Helikopterabsturz ums Leben gekommen«, und folge Manon ins Zimmer. Ich gehe ein paar

Schritte hinter ihr, starre ihre Pfennigabsätze an, mit denen sie leise über den Teppich geht, und hebe vor der Tür ihren Pelz auf, den sie von den Schultern gleiten läßt.

»Hm«, sage ich, als ich die Tür zumache, »Zobel?«

»Ja.«

»Fendi?«

»Revillon.«

»Hast du Hunger?«

»Ich bin müde.«

»Willst du schlafen? Es ist noch nicht mal acht.«

»Derek?«

»Ja.«

»Würde es dir etwas ausmachen, heute nacht im anderen Zimmer zu schlafen?«

Ich schweige ein paar Minuten, sicherlich weil ich überrascht bin, nicht weil ich enttäuscht oder gekränkt bin oder weil die Ausstattung meines vertrauten Zimmers in New York, wo ich studiert, gevögelt, geweint habe, wo ich länger gewohnt habe als in jedem anderen Zimmer und wo ich mit Julie gewohnt habe, sich gerade in ein fremdes und feindliches Terrain verwandelt hat oder weil ich plötzlich überhaupt nichts mehr höre – nicht die fernen Polizeisirenen im Norden der Stadt, nicht die eiligen Schritte derer, die ausgehen oder zurückkommen und lachen, nicht das Hufgeklapper der müden Pferde, die verliebte Touristen ziehen müssen, nicht die Motoren, die träge wieder auf Touren kommen, wenn die Ampel auf Grün schaltet – oder weil das Plaza gerade erloschen, die Park Ave verschwunden ist und ich gerade in dem Moment verloren bin, als ich am wenigsten damit rechnete, weil Manon, die ich nicht liebe, die ich nie geliebt habe, mich gerade gefragt hat, ob es mir etwas ausmachen würde, heute nacht im anderen Zimmer zu schlafen, Derek.

»Nein«, sage ich, »nein, was sollte es mir ausmachen?«

Sie nickt nur, nimmt mir den Pelz aus der Hand, geht zum Schrank, dessen zwei Türen sie mit Mühe öffnet, als wären sie zu schwer für sie, und hängt ihre Stola sorgfältig auf. Dann geht sie zum Bad, auf dem Weg stolpert sie über ihre schwarzen Stiefel, die sie dort ausgezogen hatte, und streift langsam ihr Kleid und ihren Büstenhalter ab. Als sie im Bad ist, läßt sie die Tür offen, damit ich sehen kann, wie sie sich immer noch mit diesem überheblichen und abwesenden Blick im Spiegel betrachtet und mein Spiegelbild ignoriert, dann löst sie die Haken ihrer Strümpfe, setzt sich auf den Badewannenrand, dreht den Warmwasserhahn auf, und während das Bad einläuft, zieht sie einen Bademantel über, kommt zurück, bittet mich um eine Zigarette, ich gebe ihr automatisch Feuer und suche ihren Blick, der mir beharrlich ausweicht, und als sie sich ans Fenster lehnt, als wollte sie die Scheibe zerschlagen und hinausfliegen, stehe ich auf, ohne genau zu wissen, was ich ihr sagen will. Da klingelt es, und Manon sagt nur: »Kümmerst du dich ums Gepäck?« Sie gibt mir ihre Zigarette, und während ich die Tür öffne, höre ich, wie die Badezimmertür geschlossen und der Schlüssel im Schloß gedreht wird.

Um dreizehn Uhr ist es voll in Ciprianis Downtown, ich warte seit einer guten Viertelstunde auf Stanislas und versuche mit allen Mitteln, mich gelassen zu geben – ich frage den Manager, wie es ihm gehe, ob er Neuigkeiten von seinen Eltern, seinen Freunden, seinen Kindern hat, er hat aber keine Kinder und am Ende läßt er mich alleine, am besten Tisch, das heißt an dem Tisch, den ständig alle Leute im Blick haben, und so haben alle ständig einen Blick auf mich, der ich einen Bellini nach dem anderen kippe, weil ich nicht eine nach der anderen rauchen kann. Mit krauser Stirn starre ich auf irgendeinen Punkt und tue so, als würde ich mich angestrengt konzentrieren, schließlich schnappe ich mir einen französischen Kellner, den ich mit starkem französischem Akzent bitte, mir das genaue Rezept des Bellini sowie dessen Geschichte zu verraten, dann spüre ich einen leichten Schwips und sehe auf dem Gehweg gegenüber Kurt Cobain, der auf einer Decke mit Schottenkaro liegt und bettelt, und erst denke ich, ich halluziniere – in Anbetracht der unwiderlegbaren Tatsache, daß Kurt Cobain schon seit bald zehn Jahren nicht mehr auf dieser Erde weilt, ganz abgesehen davon, daß er in dem hypothetischen Fall, er wäre noch am Leben, sicherlich nicht auf dem West Broadway betteln würde, denn seine Tantiemen würden ihm Berge von Geld einbringen –, und nachdem ich meinen Kellner erneut angesprochen und gefragt habe: »Sehen Sie diesen Kerl da? Er ist doch da, es gibt ihn wirklich, oder?« und darauf eine positive Antwort erhalten habe, schließe ich daraus, daß der Typ ganz einfach ein Doppelgänger ist, und schlage beruhigt das Wall Street Journal auf, aber die schwarzen Lettern auf dem weißen Papier verschwimmen mir vor den Augen, vielleicht weil sie so klein sind, vielleicht weil ich mit meinen Gedanken woanders bin, und langsam habe ich das beunruhigende Gefühl, daß die Buchstaben überhaupt keinen Sinn ergeben, und das macht mir angst, also zünde ich eine Zigarette an und sage mir, mich schmeißen sie trotzdem nicht raus, aber alle Köpfe drehen sich entsetzt und fassungslos nach mir um, und ich tue so, als sähe ich nichts, und mache mich ganz klein hinter meiner kabbalistischen Zeitung, da höre ich: »Tut mir leid, wurde im Büro aufgehalten. Grauenvoller Verkehr, Rushhour. Unmöglich, ein Taxi zu finden, hab zwei Stunden auf dem Time Square im Stau gestanden, der pakistanische Taxifahrer schwamm im Glück, hatte gerade Zwillinge bekommen, als gebe es nicht schon genügend ... Was machst du mit der Zeitung?«

»Hm«, mache ich, »ich lese einen sehr interessanten Artikel über die illegale Produktion einer Atombombe in Pyongyang, Nordkorea.«

»Derek, du hältst die Zeitung falsch herum.«

»Genau, ganz genau. Augengymnastik. Wird von Ärzten empfohlen. Trinkst du einen Bellini?«

»Uff!« keucht er und läßt sich mir gegenüber auf einen Stuhl fallen. »Ja, danke.«

»Hallo, noch einen.«

»Freut mich, dich zu sehen, Alter«, sagt Stanislas.

»Ich freue mich auch, Süßer, aber belassen wir es nun dabei mit der Wiedersehensfreude, sonst werde ich noch rot, und die Leute hier werden dazu verleitet, uns eine Liaison anzudichten.«

»Also, wann bist du angekommen?« fragt Stanislas.

»Gestern abend. Sag mal, täusche ich mich, oder gibt's hier in diesem Lokal tatsächlich nicht die Spur eines Stars?«

»Nein, nein«, beruhigt er mich, »du täuschst dich nicht.«

»Nicht mal Robert De Niro versteckt sich in irgendeiner Ecke? Gwyneth? Bret Easton Ellis? Einer aus der Serie *Friends?* Jackie Chan? 50 Cent?«

»Doch, da hinten ist Emma Bunton.«

»Wer ist Emma Bunton?«

»Ein Ex-Spice-Girl.«

»Ich erkenne New York nicht mehr wieder«, seufze ich.

»Wann warst du zuletzt hier?«

»Vor drei Wochen«, seufze ich zum zweiten Mal.

»Hör auf zu seufzen.«

»Entschuldigung.«

»Also«, fragt Stanislas, »was ist dran an dieser Fusion mit Texaco?«

»Welche Fusion?«

»*Deine* Fusion mit Texaco.«

»Wer ist Texaco noch mal?«

»Sag mal, Derek, machst du dich über mich lustig?«

Er hält mir das Wall Street Journal unter die Nase, und ich entdecke auf der ersten Seite irritiert, daß es tatsächlich eine Fusion zwischen mir und Texaco gab, und als erstes kommt mir in den Sinn, daß der Aufsichtsrat sicherlich versucht, die Kontrolle über mein Unternehmen zu bekommen, also schicke ich Oskar eine SMS und teile ihm mit, daß er entlassen ist: »Ich fusioniere, ich fusioniere, und keiner sagt mir ein Wort. Du bist gefeuert.« Dann entschuldige ich mich bei Stanislas für die Störung unseres Mittagessens, aber wegen meiner schweren Verantwortung muß ich immer auf dem Quivive sein.

»Diese Musik gefällt mir gut«, lenkt er absichtlich ab, was mich ein wenig aufbringt, »was ist das?«

»Nur ein ganz ordinärer Sampler des *Café del mar* von vor zwei Jahren. Und dieses Lied ist *Travellers* von Talvin Singh.«

»Deine Kenntnisse der … Alternativkultur haben mich schon immer erstaunt.«

»Danke«, sage ich.

»Hast du noch immer nicht wieder angefangen zu arbeiten?«

»Oh«, lenke ich ab, »hast du gesehen? Hast du Kurt Cobain da drüben gesehen? Er liegt auf einer Decke mit Schottenkaro und bettelt; seit seinem Tod hat er keine einzige Falte mehr bekommen!«

»Haben Sie gewählt?« fragt der Kellner.

»Ja«, sagt Stanislas, »ich nehme die Antipasti – teilen wir uns die Platte? Ja? Also, Antipasti für zwei, dann Penne all'arrabbiata, nein, Tagliolini *nature*, keine Penne all'arrabbiata, doch Penne all'arrabbiata. Ich hätte gerne die Penne all'arrabbiata.«

»Bist du nervös?« frage ich.

»Nein.«

»Ihre Karte ist komisch«, sage ich.

»Wie meinen?«

»Sie ist ... so normal. Ich sehe nirgends Koriander, und die Namen der Gerichte passen auf eine einzige Zeile. Finden Sie das nicht komisch?«

»Hatten Sie nicht gerade gesagt, die Karte sei normal?«

»Was gestern normal war, ist heute anormal, und niemand weiß, wie es morgen aussieht.«

»...«

»Nehmen Sie zum Beispiel die Mode«, füge ich hinzu, ohne daß das für ihn die Sache verständlich zu machen scheint.

»Das macht mir die Sache auch nicht besser verständlich. Was nehmen Sie?«

»Ich hätte gerne Parmesan. Ein großes Stück.«

Der Kellner nimmt die Bestellung auf und geht.

»Hör doch mit diesem Quatsch auf, Derek.«

»Weißt du, Süßer, heutzutage, da alle Leute tiefschürfende Gedanken hegen, ist Quatsch reden das einzige Mittel, um zu beweisen, daß man einen freien und unabhängigen Geist hat. – Das hat Boris Vian gesagt«, füge ich hinzu.

Stanislas geht nicht darauf ein. Er wechselt lieber das Thema.

»Weißt du eigentlich«, sagt er, »daß ich angefangen habe, Klavier zu lernen, wie du?«

»Ach ja?«

»Ich nehme Unterricht, und ich mache mich ganz gut.«

»Was spielst du?«

»*Berlin* von Lou Reed.«

»Hm, sag jetzt bloß nicht, daß du auch singst.«

»Doch.«

»So?«

Schweigen.

»Und davon abgesehen«, sage ich, »hast du gerade was zum Vögeln?«

»Mehr oder weniger.«

»Wie oft genau?« frage ich mit zusammengekniffenen Augen.

»Sagen wir, wöchentlich.«

»Was?« rufe ich ernstlich schockiert aus.

»Was denn?« ruft er seinerseits ernstlich empört.

»Nichts«, gebe ich zurück, es klingt oberflächlich, und ich tausche einen Blick mit Kurt da drüben auf der Straße aus, und Kurt sieht so aus, als würde er mir zustimmen.

»Und du?« fragt er. »Genehmigst du dir immer noch minderjährige Polinnen?«

»Nein, damit bin ich fertig«, sage ich und werfe mich in die Brust, »seit einem halben Jahr vögle ich täglich dieselbe Person.«

»Daraus schließe ich, daß es etwas Ernstes ist.«

»Absolut.«

»Mädchen oder Junge?«

»Mädchen«, sage ich, wieder ernstlich schockiert.

»Du bist wohl immer noch voll hetero, was?«

»Ja, das war ich immer. Bis auf das eine Mal an der Uni, und das war ein Irrtum.«

»Willst du damit sagen, du hast es bereut?«

»Nein. Es war ein Junge. Lange Haare. Kaum sechzehn Lenze. Ich hatte getrunken. Ich habe ihn mit deiner Schwester verwechselt – in Wahrheit war es dein Bruder, und im Grunde sah er eher aus wie Adrien Brody und nicht wie deine Schwester.«

Totenstille.

»Wußtest du, daß wir immer noch Kontakt haben?«

Wieder Schweigen.

»Dieses Schweigen gestattet mir festzustellen, daß mein Handy von quälendem Mutismus befallen ist.«

»Das heißt?«

Ich räuspere mich. »... daß ich keine Freunde habe.«

Er räuspert sich.

»Oh, natürlich und trotz allem mit Ausnahme von dir, Süßer«, füge ich hinzu, »du bist mein einziger Freund.«

»Hm, natürlich und trotz allem.«

»Weißt du«, sage ich, »abgesehen von meinem Verkäufer bei Dolce in Mailand und dem Piloten meines Flugzeugs, bist du der einzige Mensch, der mir dieses Jahr zum Geburtstag gratuliert hat.«

Wieder Schweigen.

»Was ist deine Freundin für ein Mensch? Aus degeneriertem gutem Hause, zwischen dem sechzigsten und dem hundertzwanzigsten Rang der französischen *Challenges*, klepto, nympho, psycho und William Burroughs *Gesammelte Werke* auf dem Nachttisch?«

»Nein, ganz anders als Julie.«

»Ein polyglottes Model? Ein Luxushäschen mit einem großen Herzen?«

»Nein, nein. Sie heißt Manon, ist einundzwanzig. Sie kommt aus einem kleinen Dorf in Südfrankreich. Ich habe sie auf der Vorpremiere von *Superstars* abgeschleppt. Sie wollte Leonardo schöne Augen machen.«

»Eine kellnernde Schauspielerin? Ein gescheitertes Model?«

»So in etwa.«

»Wieso ist sie mit dir zusammen? Wegen der Kohle?«

»Wenn du es sagst.«

»Und das macht dir nichts aus?«

»Nein, was sollte es mir ausmachen?«

»Das ist eine Nutte, Alter.«

»Meinst du? Sie ist einfach nur ein Mensch, der seinen Traum leben will ...«

»Ich kenne dich, Derek, du verheimlichst mir etwas.«

Stanislas hat mich voll durchschaut, er ist bei weitem und trotz allem der Mensch auf dieser Welt, und von dieser Welt, der mich am besten kennt, und ich kann diesen Mann nicht weiter anlügen, plötzlich überkommt mich eine Zuneigung, wie ich ihn dasitzen sehe, mir gegenüber, schweigend und voller nervöser Tics, die Stirn umwölkt aufgrund seiner bitteren Lebenserfahrungen, des schlimmen Lebens als solchem, das ihm, sagen wir es ruhig, böse Ohrfeigen versetzt hat (Konkurs seines Vaters, unerwiderte Liebe zu Julie – meiner Julie –, angeborene Häßlichkeit). Ich sehe, wie er nervös sein Brot zerkrümelt und sich fragt, warum – warum? – ich von Kindesbeinen an immer besser weggekommen bin als er, warum er sein Leben lang der plumpe Kumpel von Derek Delano sein soll, von diesem tollen, hochintelligenten, unglaublich feinfühligen Milliardär, den alle lieben, alle achten, vor dem sich die Welt verneigt und ..., nein, ich übertreibe ein wenig ... Nun, also, während dieses kleine Würstchen, der ewige Zweite, dieser Loser, den ich mag, seit ich ihn zum ersten Mal mit meinem ferngesteuerten Flugzeug übertrumpft habe, das natürlich sehr viel schneller flog als sein armseliges Hellcat-Modell, während er mich angeblich unabsichtlich und immer häufiger mit winzig kleinen Brotkügelchen bombardiert, erzähle ich ihm, ohne richtig zu hören, was ich da sage, warum ich Manon abgeschleppt habe, deren drückende Anwesenheit mir übrigens langsam auf die Nerven geht, warum ich diese drückende Anwesenheit dulde und was ich grausam Perverses vorhabe, um aus diesem unschuldigen Kind – so unschuldig ist Manon nun auch wieder nicht, immerhin hat sie mich gestern abend aus ihrem Bett, aus *meinem* Bett geworfen, diese Schlampe – ein Stück Müll zu machen, ein Wrack wie wir. Ich sage ihm, welches psychologische Interesse ich an dieser außergewöhnlichen Erfahrung habe und welcher köstliche Schauder mich durchläuft bei dem Gedanken, daß ich bei dieser Geschichte sehr viel mehr von mir selbst aufs Spiel setze, als ich anfänglich dachte. Aber er ahnt, und ich ahne, daß er es ahnt, daß dies nur ein wackliges Alibi für meinen destruktiven und blutrünstigen Wahn ist und daß ich das alles nur mache, weil ich ganz einfach abgedreht bin.

»Du bist ganz einfach abgedreht, Derek.«

Wußt' ich's doch!

»Schon möglich, aber glaub mir, seit dieses Spiel begonnen hat, habe ich mich keine Sekunde gelangweilt.«

»Das ist kein Spiel.«

»Ach, jetzt hör mal zu, Süßer, das ist kein Film von David Fincher, und du bist nicht der Erlöser, der alle Leute auf den rechten Weg bringt.«

»Zum ersten Mal in meinem Leben tust du mir leid, Derek.«

»Ach ja? Ja? Und was kümmert es dich?«

»Arsch.«

Selber Arsch! liegt mir auf der Zunge, aber mit einiger Mühe gelingt es mir, mich zusammenzunehmen.

»Also, bitte, Stanislas, im Namen unserer alten Freundschaft flehe ich dich an, mich nicht mit solchen Bezeichnungen zu bedenken, ja? Was du gerade zu mir gesagt hast, kränkt mich tief. Sieh mich an, ich bin völlig durcheinander, gleich heule ich los, David Fincher würde sagen: ›Schnitt!‹«

»Wünschen Sie ein Dessert?«

»Nein!« schreien wir, es spritzt aus uns heraus wie Erbrochenes, der Kellner bekommt Angst und verzieht sich, während wir uns eingehend anstarren, Auge in Auge, zusammengezogene Brauen, der Haß funkelt in unseren stechenden Blicken, von Angesicht zu Angesicht, er sehr häßlich, ich sehr schön mit meiner D&G-Kappe.

»Ich mochte dich gern, als wir klein waren, Derek, trotz deines ferngesteuerten Flugzeugs, das schneller flog als mein Hellcat, denn du hast nie begriffen, daß mein Hellcat schöner war als dein blödes japanisches dröhnendes Ding. Ich mochte dich gern, obwohl dein Vater meine Mutter gevögelt hat, denn ich sagte mir, du wirst wohl genauso unglücklich sein wie ich.«

»Wie bitte? Also, entschuldige mal, mein Flugzeug war schöner als dein Hellcat; entschuldige, aber das ist nun mal die Wahrheit.«

»Mit gutem Geschmack warst du ja noch nie gesegnet.«

»Pah! Das ist wirklich gemein! Heute habe ich zwei richtige Flugzeuge, Süßer, die richtig fliegen, und du, du hast in deiner schäbigen Zweizimmerwohnung, die nicht mal an der Park Ave liegt, immer noch dein Scheißmodell auf deinem Liaigre-Regal stehen, und ich, ich habe dir nur eins zu sagen, und das ist: hahaha.«

»Ja, ja«, stammelt er, auf seiner Stirn bilden sich große Schweißtropfen, »aber vielleicht hätte ich auch richtige Flugzeuge, wenn dein Vater meinen Vater nicht ausgeraubt hätte wie ein gemeiner Dieb.«

»Sprich nicht schlecht über einen Mann, der unter schrecklichen Umständen den Tod gefunden hat.«

»Vielleicht hätte ich ein Stadthaus auf der Fifth Avenue und eine Wohnung in der Avenue Montaigne und ein Ferienhaus an der Côte und ein Riad in Marokko und ein Chalet in Aspen, vielleicht würde ich mir jedes Jahr einen neuen Ferrari kaufen, ich müßte nicht seit zehn Jahren diesen Scheißjob machen, Julie hätte sich in mich verliebt, und ich, ich hätte ihr Kinder gemacht, keine Spritzen gesetzt, und vielleicht hätte ich einen Sohn gehabt, den ich Derek genannt hätte, und ich hätte dich gebeten, Pate zu werden, und du hättest ihm zu seinem fünften Geburtstag ein blödes ferngesteuertes Flugzeug geschenkt, und er hätte mich den lieben langen Tag lang mit diesem Gedröhne genervt, aber das wäre nicht schlimm gewesen, denn ich wäre glücklich, wäre nicht allein, wäre nicht so ein Versager, so ein Loser, der ewige Zweite, dieser arme verkrachte, verbitterte, hinfällige Typ, der seit fünfzehn Jahren Tag für Tag die ganze Welt verflucht, morgens, mittags, abends, und selbst wenn ich schlief, selbst im Schlaf habe ich die ganze Welt verflucht, und ich habe an meinen Vater und seine Depression gedacht, an meine Mutter, die abgehauen ist, an meinen Vater, der verrückt wurde, der nachts im Salon auf und ab ging und eine Möglichkeit suchte, sich wieder zu sanieren, an seine faulen Tricks, die jedesmal aufflogen, an die Umzüge, die Umzüge, bei denen immer mehr von der Vergangenheit verkauft wurde, damit wir etwas zu fressen hatten, und er wurde immer verrückter, und wir hatten immer weniger Geld, doch das durfte niemand wissen, vor allem nicht ihr, dein Vater, deine Mutter, die Delanos, die Scheißdelanos, und alles ging für Uhren, für Anzüge, für Autos drauf, während wir in dieser schäbigen Zweizimmerwohnung wohnten, die nicht mal an der Park Ave liegt. Und Julie, Julie an der Uni mit ihrem Rattenschwanz von spitzen Kötern, die ihr in den Korridoren hinterherhechelten, auch ich hechelte ihr hinterher, aber du nicht, nein, du nicht, du nie; nur, was wir spitzen Köter nicht wußten, war, daß wir dir hinterherliefen, wenn wir Julie hinterherliefen, verdammt, ich habe dich verflucht, ich habe deinen Vater verflucht, und abends habe ich in den Spiegel geblickt und mir gesagt, eines Tages, eines Tages wirst du für alles büßen … Ich hätte meine Seele nicht dem Teufel verkaufen müssen, ich würde jetzt nicht das tun, was ich in diesem Moment tue und was mich anwidert, und dann auch noch in deinem Schatten, für die Kohle, diese dreckige Kohle, diese dreckige, widerliche Kohle, die alles besudelt, was mit ihr in Berührung kommt, und die ich nicht gebraucht hätte, wäre dieser Scheißkerl von deinem Erzeuger nicht gewesen; zum Glück besaß er ja soviel Takt und ist abgetreten, bevor ich das Mannesalter erreicht habe, sonst hätte ich diesen Abschaum, diesen Schweinehund von einem mondänen Blutsauger mit meinen eigenen Händen erwürgt.«

»Dazu habe ich einiges anzumerken, mein Süßer. Erstens, dein kleiner Monolog ist nicht schlecht, aus dem Mund eines Mannes wie Ed Norton wäre er jedoch sehr viel überzeugender, außerdem ist der Schluß schlecht, der Schluß hätte mich erstarren lassen müssen, ich bin aber alles andere als erstarrt; auch das hast du verpatzt. Zweitens, hör einfach auf, von meinem Leben zu träumen, und drittens, laß meinen alten verstorbenen Vater in Ruhe, und zu guter Letzt: Hätte Julie einen Sohn namens Derek gehabt, und ich bedaure wirklich sehr, dich enttäuschen zu müssen, dann wäre sein vollständiger Vorname Derek jr. gewesen. Julie war immer in mich verliebt, es ging dabei nicht ums Geld, sie hätte hundert Kerle wie dich unterhalten können und dazu das Stadthaus auf der Fifth und das Chalet in Aspen und das Landgut auf dem Mond und sonst noch was. Sie fand dich einfach häßlich, abstoßend, grotesk und unter uns nannte sie dich immer nur ›die tote Krake‹, und ich muß zugeben, da ist was dran – aber darum geht es nicht, es geht jetzt um diese infame Sache, die du zu tun gezwungen bist. Gehst du auf den Strich? Bringst du reiche alte Damen in der Upper West Side um und raubst sie aus? Verkaufst du Crack an Kinder? Spielst du Versuchskarnickel? Testest du zweifelhafte Kosmetikpräparate an deinem Astralkörper? Oder was?«

»Das wirst du noch früh genug erfahren.«

»Oh, große Worte, Drohungen – ich bin erschüttert, ich zittere am ganzen Leib, und zwar nicht vom Kaffee.«

»Bis bald, Derek.«

Er steht auf und wirft mit einer Bewegung, von der er glaubt, sie wäre lässig und verletzend wie eine Ohrfeige und hätte Klasse, ein paar Zwanzig-Dollar-Noten auf den Tisch, und ich sage grinsend: »Genau, bis bald. Und paß auf, wenn du über die Straße gehst, man ist niemals vor irgendeinem sternhagelblauen Arschloch sicher.«

Er geht, geht durch die Tür und verschwindet, und ich bleibe allein im Downtown mit meinen neun leeren Gläsern, der Rechnung, die Stanislas beglichen hat, der Mann, dessen Leben ich versaut habe, und einer höllischen Lust auf eine Zigarette. Ich stehe also auf, ziehe meinen Mantel an und sehe, wie der Kellner mit dem Finger auf mich zeigt und dem Geschäftsführer etwas zuflüstert. Es ist niemand mehr im Lokal. Ich trete in diese Schweinekälte hinaus, gehe ein paar Schritte, schlage meinen Kragen herunter und ziehe meinen Schal zurecht. Im Schaufenster von Ralph Lauren verschwimmt mein Spiegelbild mit einer Schaufensterpuppe, die die gleichen Kleider trägt wie ich. Ich zünde eine Zigarette an, streife die Handschuhe über, und man könnte meinen, die Schaufensterpuppe rauchte und wäre lebendig, man könnte meinen, sie friere. Jemand schlägt der Schaufensterpuppe auf die Schulter, und ich spüre, wie jemand auch meine Schulter berührt, Kurt Cobain ist im Schaufenster zu sehen, ein Stück nach hinten versetzt, und ich höre: »He, haste 'ne Kippe?« Ich drehe mich um, ich bin viel besoffener, als ich dachte, und dank oder trotz meines Zustands habe ich in dem Moment, als ich dem Penner eine Davidoff gebe, eine geniale Idee, die mich alles, was Stanislas gesagt hat, restlos vergessen läßt, auch seine entschlossene Miene, als er sich verabschiedete, und seinen Totengräbergang, als er wegging, und ich sage zu dem Penner: »He, Kurt, ich habe sehr viel mehr als eine Kippe für dich ... He, Kurt, warst du schon mal in Europa? He, Kurt, laß diese fadenscheinige Decke liegen, mein Wagen ist geheizt.«

MANON 9

Erinnerungen

Zu Anfang wollte ich es gar nicht glauben. Es ist noch nicht sehr lange her, es ist erst vor kurzem, gerade eben, vor ein paar Minuten gewesen, da bediente ich im Trying So Hard noch Leute, die mich alles andere als faszinierten. Ich wohnte in einem Loch im heruntergekommenen 9. Arrondissement. Und für mich war es die große weite Welt.

Heute ist es genau neun Monate her, ich war einundzwanzig geworden. Ich feierte meinen Geburtstag bei schlechtem Schaumwein aus Plastikbechern mit meinem Vater im Hinterzimmer des Café-Tabac in Terminus, im Hérault.

Das sind keine Erinnerungen, ich kann mich kaum daran erinnern, es ist fast nicht real; es ist wie ein Alptraum, aus dem ich vor nicht allzu langer Zeit erwacht bin, ich stehe auf, ziehe einen Bademantel an, rufe den

Zimmerservice, schlage automatisch Dereks Zeitungen auf, trinke meinen Kaffee mit Blick auf die Place Vendôme oder die Park Avenue oder das Mittelmeer, und dann, wenn ich mein Bad einlaufen lasse, schlägt mir mein früheres Leben mit voller Wucht ins Gesicht, es kommt in Bruchstücken, als Eindrücke, als Flashes. Und mit ihm kommt die Gewißheit, daß alles nur vorübergehend ist. Und die Angst.

Ich bin 1.72 groß, wiege 46 kg, meine Maße sind 88-62-88, braune Haare, blaue Augen. Das steht hinten auf meinem Book, aber ich bin eigentlich ein bißchen kleiner und wiege zwei Kilo mehr. Die Fotos haben Inez Van Lamsweerd und ihr hübscher kleiner Assistent, der Guillaume Canet wie aus dem Gesicht geschnitten ist, im Pierre gemacht, wo ich und Derek immer wohnen, wenn wir in New York sind; ich trug Dolce & Gabbana.

Auf dem großen Bild auf der Vorderseite des Book ziehe ich ein Gesicht und bin retuschiert bis ins Letzte. Mein Gesicht ist so glatt – man könnte meinen, ich wäre gerade erst geboren. Und ich glaube, ich wurde tatsächlich auch an jenem Tag geboren.

Wenn man das Bild eingehend betrachtet, sieht man, wie sich das Objektiv in meinen Augen spiegelt wie ein Lichtfleck.

Das war meine erste Titelseite für die italienische Ausgabe der Vogue.

Danach kamen viele weitere Titelseiten, ich machte auch Werbekampagnen für Autos, Kosmetik, Parfüm, eine Digitalkamera, Bräunungskapseln, Ginger Coke, Jeans, Vuitton.

Ich lernte, wie ich im Porträt und im Profil zu posieren hatte, lernte die exotischen Vornamen der Topmodels und die ehrfurchtheischenden, erhabenen Namen der Starfotografen, die klingen wie die Titel von Radiohead, ich weiß, daß alle anorektisch sind und daß, wie überall, jeder mit jedem schläft und es nachher abstreitet. Ich habe Elle, Vogue und Numéro abonniert, ich habe zehn Kilo abgenommen, indem ich mich ausschließlich von flüssigen Appetitzüglern ernährte, seither habe ich Krämpfe. Scheinbar waren es Amphetamine. Ich erinnere mich an diese gepflasterten Höfe, Gras wuchs zwischen den Platten, sie führten zu weißen Ateliers, wo es nach Farbe roch. Der Morgen strahlte dort wie nie durch die verglasten Decken, ich trank Tausende Tassen Kaffee und war pampig zu den Maskenbildnerinnen, die dann ihrerseits pampig zu mir waren, ich beklagte mich über den Jetlag und die Unhöflichkeit des Fotografen, ich nahm viele Tabletten und stieß laute Seufzer aus, ich sagte, Maskenbildnerin sei ein schöner Beruf, und wenn ich nicht hübsch genug gewesen wäre, um Model zu werden, wäre ich sicherlich Maskenbildnerin geworden, dann fragte man mich, ob ich soweit sei, und ich wälzte mich auf dem Boden, drückte den Rücken an die Wand, alles unter dem Schwirren des Ventilators, dem Klicken des Objektivs und den Blitzlichtern, und wartete, daß es vorbei wäre. Ich wurde ein Spiegel-Junkie und ein Anxiolytika-Junkie. Man bleichte mir die Haare, färbte sie von Braun zu Platinblond, von Platinblond zu Violett, schweißte Haare an, flocht Haarteile ein – an geraden Tagen trage ich einen Pony, an ungeraden Tagen Korkenzieherlocken –, ich habe wunde Lider von den falschen Wimpern und Augenflimmern vom Abmagern, manchmal zieht man mir die Schläfen mit Klebefolie nach hinten, damit meine Augen schrägstehen, man schmierte mich von Kopf bis Fuß und sogar im Mund mit Öl ein, ich kletterte auf Bäume, mit High-Heels und in ein Korsett eingeschnürt, daß ich fast erstickt wäre, schwamm in Schlammlöchern, rannte mitten im August stundenlang durch die Straßen von L. A., der Teer schmolz in der Hitze und klebte an meinen nackten Füßen, ich lief kilometerweit, mindestens fünfzehn Kilometer, im Badeanzug am Strand entlang, lächelte dem eiskalten Wasser zu, ich verdrehte die Hände, die Beine, den ganzen Körper, habe mich verbogen, verrenkt, gezerrt, gespreizt, zerrissen, um mich in den Traum eines jeden Fotografen zu verwandeln.

Vanity rief an. Es war zu Beginn des Frühlings, ich war in Portofino oder in Porto Cervo oder in Marbella, vielleicht auch in Saint-Tropez. Ich weiß nur noch, daß es sechs Uhr abends war und am Meer, ich erinnere mich an das Rauschen der Wellen, die rote Sonne, die am Horizont versank, den weichen Bademantel auf meiner salzigen Haut, den Geschmack eines Bellini. Ich war erst zehn Tage mit Derek zusammen, und damals traute ich mich noch nicht, Hotelquittungen zu unterschreiben. Mein altes Handy klingelte. Alle beide fuhren wir zusammen, es war das erste Mal in diesen zehn Tagen, daß ich einen Anruf bekam. Derek legte sein Buch zur Seite, einen amerikanischen Essay über Verrat in den Filmen bei Scorsese, und sah mich so seltsam, irgendwie bedauernd an.

»Hallo?«

»Spreche ich mit Manon?«

»Ja.«

»Guten Tag, hier ist die Agentur Vanity.«

». . . «

»Störe ich?«

»Nein . . . «

»Nun, äh . . . Könnten Sie nächsten Montag zu Probeaufnahmen kommen?«

»In wessen Auftrag rufen Sie an? In Georges' Auftrag?«

»Nein, Mademoiselle, Georges arbeitet nicht mehr bei uns. Die Agentur hat den Besitzer gewechselt.«

»Ach ja? Und wann?«

Verlegenes Räuspern.

»Gestern.«

»Und woher haben Sie meine Nummer?«

»Ich sagte ja schon, Sie wurden uns empfohlen.«

»Von wem?«

»Montag, elf Uhr in der Agentur?«

»Wer hat mich empfohlen? Ich begreife nicht, wer das gewesen sein soll.«

»Montag, elf Uhr?«

»Ja. Ja, Montag, elf Uhr. Aber antworten Sie mir bitte – wer hat mich empfohlen?«

»Sicherlich jemand, der ... der Ihr Bestes will.«

Und sie legte auf. Ich drehte mich zu Derek, er starrte mein Telefon an, ich ließ es auf den Boden fallen.

»Derek, ich habe am Montag einen Termin bei Vanity zu Probeaufnahmen.«

»Ich muß ... muß dir wirklich ein neues Handy kaufen ...«

»Die Frau war so komisch am Telefon.«

»... das Ding da ist unmöglich.«

»Ich habe es hinter einer Bank im Lokal gefunden.«

»Darauf hätte ich wetten können, Süße.«

»Meinst du, ich werde Model?«

Derek wendete den Blick ab, er antwortete nicht. Bis das Schweigen so drückend wurde, daß er es endlich brechen mußte.

»Wir müssen die Quittungen unterschreiben ...«, sagt er. Gesagt, getan.

»Ist es dir egal?« fragte ich.

»Wußtest du, daß Martin Scorsese über zwanzigtausend Filme gesehen hat?«

Ich gab auf.

Am folgenden Montag ging ich zu Vanity und machte Probeaufnahmen, alle verhielten sich mir gegenüber respektvoll, fast ein bißchen ängstlich. Dann ging alles sehr schnell, ich hatte noch nicht mal eine Setcard, da drehte ich schon einen Spot und schoß zwei Kampagnen.

Wir waren ständig auf Reisen wegen Dereks Geschäften oder wegen Dereks Urlaub, Derek brauchte ständig Urlaub, und jedesmal, wenn ich irgendwo hinkam, war dort jemand, der mit mir arbeiten wollte. Alle wollten mit mir arbeiten. In wenigen Wochen hatte sich mein Book in ein Jahrbuch verwandelt, und auf der ganzen Welt waren die Städte von meinem Dreiviertelprofil überschwemmt. Ich fing an, ziemlich viel zu trinken, um das Tempo zu halten. Man erkannte mich auf der Straße. Anfangs fand ich das toll, dann wurde es mir langsam lästig. Und heute macht es mich krank. Derek ist es egal. Ihm ist alles egal. Dennoch hat er sich sehr um mich gekümmert. Er ließ meine Verträge von seinen Anwälten prüfen, dann bekam ich eigene Anwälte. Er gab mir Ratschläge, bis ich ohne seinen Rat auskam. Und er gab mir Ratschläge wie: »Am Ende wirst du ins Gras beißen wie alle anderen auch, und denk immer dran: Die Leute sehen dich an.« Ich weiß nicht, warum, aber er untersagte es mir, mich mit anderen Models anzufreunden. Er entwickelte eine seltsame Abneigung gegen Models, und ich fragte ihn, was er denn dann von mir wolle. Er antwortete nicht. Ich durfte nicht mal mit den anderen Mädchen sprechen. Auch nicht mit den männlichen Models. Immer wenn seine Termine es zuließen, begleitete er mich zum Shooting, blieb in seinem ewigen schwarzen Regenmantel an der Tür stehen, mit hochgeschlagenem Kragen wegen der Ventilatoren, mit den Händen in den Taschen und mit sichtlich großer Lust abzuhauen. Aber er blieb, seine blöden Kopfhörer an den Ohren. Damals hörte er The Gathering von Anfang bis Ende und wieder von vorn und konnte sich stundenlang darüber unterhalten, »dieser Wechsel in der Traurigkeit, einmal quälend, dann wieder erhebend«. Krank. Ich sagte, dieser ewige Walkman sei asozial. Er gab zurück, daß es ihm dadurch erspart blieb, sich den Schwachsinn von tausend Leuten anzuhören, daß er im Leben nur eine transzendierte Realität sehen wolle, und überhaupt könne er von den Lippen lesen, »meine Süße«. Ich riet ihm, sich einen Walkman implantieren zu lassen, das sei rücksichtsvoller. Er sagte, daran habe er auch schon gedacht, aber zum Glück gebe es ja noch Dinge, die er sich nicht leisten könne. Ich fragte ihn, ob das so teuer sei. Grinsend erwiderte er: Nein, meine Süße, aber das gibt es ganz einfach nicht. Und dann faselte er etwas von seiner Julie, die sich umgebracht hatte und mit der er so wunderbare Momente erlebt hatte, sie saßen nebeneinander, ein jeder seinen Walkman an den Ohren – eine Art musikalischer Fick. Ich glaube, damals fing ich an, ihn zu hassen. Als wir zuletzt in New York waren, habe ich ihm mein Bett verboten, ohne daß ihm das sehr viel ausgemacht hätte. Ich fragte mich, was er von mir wollte, ich fragte mich die ganze Zeit nur, was er von mir wollte, und das machte mich verrückt. Ich fragte mich auch, warum, bei Gott, er mich nicht eine Minute allein lassen konnte, da ich ihm doch so egal war wie der Weltfrieden. Er begleitete mich zu jedem Termin, zu jedem Shooting, immer bestand ich darauf, daß man ihn rauswarf, aber niemand wollte ihn rauswerfen. Er begleitete mich zum Shopping, und wenn er es wirklich mal satt hatte oder wenn er arbeiten mußte – Derek und arbeiten! – oder wenn er zum Reiten auf sein Gestüt in der Normandie fuhr, dann schickte er Mirko oder den Chauffeur, und ich hatte von morgens bis abends diesen Schwachkopf von Mirko am Hals, der im Auto russische Volkslieder in voller Lautstärke hörte, »Kalinkakalinkakalinkamaia« plärrte und in die Hände klatschte und die Musik nur leiser drehte, um mich mit Geschichten von seinen ersten Ultimate Fights vollzusülzen, als er noch jung und schön und jeder Schlag erlaubt war, sogar in die Hoden und ins Kreuz, oder als er einmal das Ohr eines Sumo-Ringers abgebissen, zerkaut, geschluckt, verdaut hatte, und es ist nicht verwunderlich, daß ich halb wahnsinnig wurde mit diesem Kannibalen in Gestalt eines Bodyguards.

Dann, eines Tages, tat meine Bookerin ganz wichtig. Wir saßen in ihrem Büro, sie erzählte mir von Karénines Film mit Adrien Brody in der männlichen Hauptrolle, der Adaption eines Tschechow-Stücks – ich hatte keine Ahnung, wer dieser Tschechow war –, jedenfalls ein sehr anspruchsvolles Projekt, bei dem es um irgendeine »Mise en Abyme« ging; der Regisseur hätte seit dieser Werbung für Ginger Coke an mich gedacht – dem ersten Porno-Spot, der jemals ausgestrahlt wurde, einem heißen Dreißig-Sekunden-Fick mit Werner im Mondenschein, auf dem Boden, im letzten Winkel der russischen Tundra und mit dem genialen Slogan: »Ginger Coke, worauf haben Sie Lust?« Ein Skandal. Karénine stand auf Skandale. Zumindest sagte das meine Bookerin, und weil er auf Skandale stand und auf diejenigen, die sie verursachen, wollte er mich unbedingt für diese Rolle. Er hatte das Stück mit meinem Foto als Bildschirmhintergrund auf seinem Rechner heruntergeladen, und mir standen Tränen in den Augen, weil ich zwar ein Luder geworden war, ein dreckiges, größenwahnsinniges und korruptes Luder, aber das Kino war mein ultimativer Traum, mein einziger Traum, und nun würde er sich wirklich erfüllen, und dann weinte ich tatsächlich vor Glück, und auch die Bookerin weinte und sagte, sie könne nicht mehr, es sei zuviel, es übersteige ihre Kräfte, sie könne nicht mehr weitermachen, und sie verließ das Büro. Ich war perplex, Derek auch. Ich fragte mich, was in sie gefahren war. Derek meinte, vielleicht wollte sie auch zum Film, aber, ihr Pech, die Branche sei den Dicken – möglicherweise sei sie aber auch schwanger – nun mal ziemlich verschlossen. Am nächsten Tag kündigte sie, ich bekam die Rolle, und eine andere Bookerin kümmerte sich um mich. An der Stimme erkannte ich die Frau, mit der ich ein halbes Jahr zuvor telefoniert und die mich für Probeaufnahmen zu Vanity bestellt hatte. Aber ich hatte mich wohl getäuscht, denn sie sagte, das sei nicht sie gewesen. Auf jeden Fall gab es so viele Dinge, die ich nicht verstand, manchmal dachte ich, ich sei verrückt oder schizo, und Derek schickte mich zu seinem Therapeuten, der mir Antidepressiva und Schlafmittel verschrieb und mir dringend riet, sie nicht zusammen mit Alkohol oder Kokain zu nehmen. Dann drehte ich diesen Film: Die Möwe. Ich hieß Nina und wollte Schauspielerin werden. Wir drehten in einer einzigartigen Kulisse, auf einem einzigen Set in der hintersten Ecke der Cinecittà. Ein genialer Bühnenbilder namens Charlie, von dem alle redeten, den man aber nie zu Gesicht bekam, hatte ein russisches Gut aus dem ausgehenden neunzehnten Jahrhundert nachgebaut. Derek hatte Tränen in den Augen, als er das Bühnenbild sah. Er war der Produzent des Films. Die Crew war klein, niemand sprach französisch – außer Derek und Adrien Brody, doch Karénine hatte mir verboten, während der Dreharbeiten mit letzterem zu sprechen, um unseren Dreh nicht zu verderben. Wir hatten uns sowieso nicht viel zu sagen. Karénine war total verrückt. Er gehörte zu diesen geplagten, größenwahnsinnigen Regisseuren, die Schauspieler als ihr Eigentum betrachten und deren Leib und Seele mit Gewalt formen. Ich hatte sechs Wochen lang dreckige Haare. Ich trug löchrige Schuhe, »Tschechow wäre zufrieden gewesen«, sagte Karénine immer wieder. Adrien nannte er immer nur Constantin, auch die ganze Crew nannte ihn Constantin, so hieß er im Film mit Vornamen. Mich nannte man Manon, und ich wollte darin eine bevorzugte Behandlung sehen.

Karénine selbst coachte mich in Englisch, und beim Dreh hatte ich keine Sekunde Pause. Ich mußte die Figur »sein«, und die ganze Crew hatte Anweisung, mich zu schikanieren, zu traktieren und herumzustoßen, um die Zerrissenheit zu maximieren, die in mir war und die mir ermöglichte, mich vor der Kamera zu »transzendieren« – wie ich es satt hatte, dieses Wort »transzendieren«! Karénine beschimpfte mich auf russisch und schlug das Bühnenbild kurz und klein. Um sich zu beruhigen, hörte er die Nocturnes von Chopin und sagte, wenn er ein Musikstück wäre, wäre er gerne die Nr. 1 in g-Moll op. 72. Er war verrückt.

Derek übersetzte die Beschimpfungen und kommentierte den Materialschaden: »Jetzt hat er dich gerade wie eine ordinäre, hirnlose Nutte behandelt.« – »Jetzt hat er sein Megaphon auf den Boden gepfeffert.«

»Danke, ich hab's gesehen.«

Derek war mit der Nr. 1 op. 72 nicht einverstanden, er sagte, er wäre lieber die Nr. 1 in e-Moll op. 48; die beiden lieferten sich endlose Redeschlachten, und ich verließ die Szene, sobald mir Karénine den Rücken zudrehte, und ging mit meiner Friseuse in der Bar ihres Hotels einen saufen. Sie sprach radebrechend ein paar Worte Französisch, aber nach ein paar Gläsern war das sowieso nicht mehr wichtig, denn die Sprache des Wodkas ist universell. Jeden Abend beschwerte ich mich bei Derek, daß Karénine mich so schlecht behandelte, und Derek antwortete: »Wolltest du nun Schauspielerin werden, oder nicht? Wolltest du nun Schauspielerin werden, oder nicht? Wolltest du nun Schauspielerin werden, oder nicht?« Wir fanden keinen Schlaf. Nach zwei Wochen hatte ich so dunkle Augenringe, daß ich darum bat, beim Dreh die Sonnenbrille aufsetzen zu dürfen. Durfte ich natürlich nicht. Ich durfte ja kaum pinkeln gehen. Die Maskenbildnerin mußte meine Augenringe noch dunkler und meine Wangen noch eingefallener wirken lassen. Ich sah aus wie eine Leiche. Derek ging zu den Nutten nach Rom; wenn er zurückkam, machte ich ihm eine Szene, er stritt alles kategorisch ab und behauptete, er hätte die Sixtinische Kapelle besichtigt. Wir wohnten im La Posta Vecchia, und der Kontrast zwischen dem luxuriösen Hotel und der schäbigen Kulisse wurde mir unerträglich. Abends setzte ich mich alleine auf die Terrasse, die übers Meer ragte, meine widerlichen Haare versteckte ich unter einem Pucci-Tuch, ich war kaum bei Bewußtsein, war total zu mit Bellini und hörte die Wellen, die sich unter mir an der Mauer brachen und zurückflossen, alle sahen mich an und tuschelten, und ich sagte mir, daß mein Leben einer gewissen Poesie nicht entbehrte, und wenn Derek ein anderer gewesen wäre, hätte ich sicher glücklich sein können. Ich stand gern um sechs Uhr auf und verschlang mein Frühstück, denn ich wußte, ich mußte Kraft tanken, um das zu tun, was ich gern tat: schauspielern. Ich mochte die Kamera, die Betriebsamkeit am Set, ich wiederholte sogar zwanzigmal bereitwillig die gleiche Einstellung, beim Dreh ging es mir besser als in Terminus, und obwohl ich Karénine nicht ausstehen konnte, wußte ich, daß er einer der Großen war und der Ruhm greifbar nah.

Ich verdoppelte meine Dosis an Antidepressiva.

Und dann war dieser Dreh, der nicht zu Ende gehen

wollte, jäh vorbei, genauso jäh wie der Film enden mußte. Ich trieb Adrien in den Selbstmord, und das war der Schluß. Wir packten zusammen, ich nahm eine Szenenklappe zum Andenken mit, und Derek machte sich darüber lustig.

Während wir darauf warteten, daß der Film geschnitten wurde, flogen wir wieder nach New York. Dann nach Tokio. Nach Istanbul. Nach Dubai. Nach London. Nach Monaco, um uns zu erholen – wovon zu erholen? –, bevor wir dann diese vier letzten apokalyptischen Tage in Saint-Tropez verbrachten. In Monaco begriff ich, daß ich das hatte, was man eine Depression nennt, eine Depression, die ganz einfach mein Normalzustand werden sollte: Ich fühlte mich seltsam leer. Ich wartete ungeduldig auf die Promo, dann auf den Film. Einzig der Gedanke an meine Kunst und daß ich der Welt meine Arbeit vorstellen konnte, hielt mich aufrecht, ich hatte es satt, nur ein Topmodel zu sein, ich wollte der Welt sagen: »Seht her, ich bin auch eine Künstlerin.« Ich betrog Derek mit einem argentinischen Polo-Spieler. Ich sagte es ihm noch am selben Abend. Er reagierte kaum.

»Ach ja? Warum?« fragte er nur.

»Ich weiß nicht ... Vielleicht gefiel mir sein Murcielago.«

»Pah«, machte er, »das ist nur ein Mietwagen!«

Dann erzählte er mir die Geschichte dieses Stiers, Murcielago, dieses so schönen und so mutigen Stiers, den sich der Torero nicht entschließen konnte zu töten, und ich fragte ihn: »Warum erzählst du mir diese blöde Geschichte, was habe ich mit deinem Stier zu tun? Laß mich in Frieden mit deinen Scheißstorys, du ödest mich an.«

Und er gab ganz ruhig zurück: »Vielleicht bist du dieser Stier, meine Süße.«

Bei allen unseren Essenseinladungen sprach niemand Französisch. Ich langweilte mich in Monaco zu Tode und irrte mit einem Gefühl tiefster Trauer durch die Korridore des Hôtel de Paris. Oft aß ich alleine zu Mittag und ich mußte meine Bestellung dreimal wiederholen, bis man mich verstand, weil ich so leise sprach. Ich verbrachte lange Tage am Hotelpool, stellte Vermutungen über das Vermögen der anderen an, aus den Lautsprechern klang Tangomusik, und ich hatte den Eindruck, als flöge die Musik zum Horizont, während ich wie festgeklebt in meinem Liegestuhl lag. Ich war so braun, daß ich brauner nicht werden konnte. Man beäugte meine Uhr und meinen Schmuck, alle gafften mich an. Eines Tages floh ich. Man fand mich bei Chanel, wo ich mich in einer Kabine versteckt hatte. Am nächsten Tag stand es in allen Zeitungen. Derek weckte mich, indem er mir die Boulevardblätter ins Gesicht schleuderte und immer wieder wütend sagte: »Würde, meine Süße. Weißt du, was das ist, Würde?«

Ich sagte ihm, ich hätte eine Depression, Derek schimpfte mich launisch. Ich meinte, meine Medikamente wären gepanscht, Derek schimpfte mich paranoid. Ständig hing er am Telefon und legte auf, wenn ich kam. Das Leben war alles andere als lustig. Wir gingen auf viele Galas, wo ich immer dieselben Leute traf. Wir ließen uns fotografieren, die Fotos waren in der folgenden Woche in den Illustrierten. Ich trank fast soviel wie Derek. Wir konnten uns nicht mehr ertragen. Ich beschloß, mir die Haare schneiden und sie platinblond färben zu lassen. Ich ließ mir mit Permanent-Make-up die Lippenkonturen nachziehen. Ich ließ mir Collagen spritzen. Ich ließ mich von meinem Pressereferenten anschnauzen. Ich feuerte ihn. Ich machte ständig Diät. Ich sprach mit italorussischem Akzent. Ich sagte, es sei Tarnung, in Wirklichkeit wollte ich auffallen. Ich konnte nichts und niemanden mehr ertragen. Ich belagerte die Läden, probierte alles an, schüttete Kaffee auf die Verkäuferinnen und ging, ohne etwas zu kaufen. Ich hatte schon zu viele Kleider. Am Ende der Saison warf ich alles weg. Alle Leute, die wir trafen, waren entweder schön oder reich oder berühmt, manchmal auch alles zusammen, und dennoch war überall alles traurig. Ich fürchtete die Tristesse wie eine ansteckende Krankheit. Ich hatte keine Freunde. Die Welt war zu klein, darüber war ich mit Derek einig. Derek im Bademantel des Ritz. Derek im Bademantel des Hôtel de Paris. Derek im Bademantel des Il Pelicano. Derek im Bademantel vom Principe di Savoia. Derek im Bademantel des San-Regis. Derek im Delano-Bademantel, darin kam er sich lächerlich vor. Derek im Bademantel des Château de la Messardière. Derek im Bademantel des Dorchester. Derek im Bademantel des Hilton am Flughafen von Dubai (auf einem ziemlich langen Zwischenstop), Derek im Bademantel des Château Marmont, dann Derek im Bademantel mit seinen aufgestickten Initialen in seinem Haus in Saint-Tropez. Atemberaubend schön, Zigarre im Mund, krause Stirn, und immer mit einem guten Grund, am Ende zu sein. Manchmal fragte ich mich, warum ich ihn so haßte. Vielleicht weil ich mich selbst haßte. Vielleicht auch, weil er alles tat, damit ich ihn haßte. Jedenfalls hatte ich keine Kraft mehr, ihn so zu hassen, wie ich es gewollt hätte.

Ich war ganz einfach müde.

Wir flogen nach Paris zurück, um die Promo zu starten.

DEREK 10

Summertime

Von der Veranda, wo ich mich alleine und ohne alles, ohne ein Buch, ohne Gesellschaft, sogar ohne Telefon, hingelegt habe, betrachte ich abends die müde Sieben-Uhr-Sonne, die ich durch meine Sonnenbrille gelborange, fast im Ocker des Bagdad Café sehe; ihr Spiegelbild verliert sich im weiten Meer; das Meer, das ich trotz aller Klischees glitzernd finde, gibt mir das merkwürdige Gefühl, es woge im Takt der alten Platte von Janis Joplin, die ich gerade hinten in einer Schublade im Zimmer meiner Mutter fand, und weil ich ganz sicher ein bißchen bedröhnt bin von allem und von nichts (Wein, Gras, ein paar Temesta), bin ich absolut überzeugt, daß alles, was ich sehe, diese Musik ist, ob es nun die Rosen sind, die Mimosen und alle Blumen, die sich bewegen und deren Namen ich nicht kenne, diese schimmernde Luftmatratze, die im Pool vergessen wurde und mit der der Mistral spielt, ein Hermès-Handtuch, das fortfliegt und verschwindet, die schwärzlichen Felsen, gepeitscht von den Wellen – die Wellen vor allem, der Rauch meiner Zigarre und mein liegender Schatten auf der weißen Mauer und der Horizont, der Horizont, der Horizont, und mehr noch als die Überzeugung, in einem schlechten Clip zu sein, mehr noch als die Aussicht, die mich mit Begeisterung erfüllt, einer etwas bitteren Begeisterung, weil ihr etwas Menschliches fehlt, mehr noch als dieses alte Joplin-Stück ist da der Schatten meiner Mutter, schön und unscharf wie auf Super-8, mit ihrer Wayfarer von Ray-Ban und ihrem Missoni-Badeanzug, wie sie wankend auf ebendiesen Felsen steht, mit einer ungehaltenen Handbewegung die herausgerutschten Zipfel ihres Turbans feststeckt und mir zuruft, ich solle aus dem Kanu steigen, »Derek, Derek!« ruft sie, damit wir ins Haus zurückgehen. Als die Sonne schließlich hinter dem Hügel gegenüber untergeht, verfliegt der Zauber, und alles färbt sich von Ocker zu Bläulich-Grau, und ich nehme die Sonnenbrille ab, die ich nicht mehr brauche, und merke, daß ich weine.

In diesem Augenblick geht Manon vorbei und sieht mich. Sie hält für den Bruchteil einer Sekunde inne, sie hat mein Gesicht gesehen, die Tränen und wie schnell ich meine Sonnenbrille wieder aufsetze und die Art und Weise, wie ich ihrem Blick ausweiche. Sie wendet die Augen ab und geht weiter.

Auch sie trägt eine Sonnenbrille, dabei wird es doch bald dunkel. Sie ist nun platinblond, hat sich die Haare bis über die Ohrläppchen schneiden lassen. Sie ist nur noch Haut und Knochen. Ihre Lippen sind so geschwollen, als hätte man sie geschlagen. Auf ihrem Walkman hört sie permanent das neueste Lied von Shaggy, es heißt *Salopes*. Sie hatte schon immer einen Scheißgeschmack. Wie eine billige Nutte wiegt sie sich in Zeitlupe in den Hüften. Und ihr Schritt ist unsicher, ich weiß, daß sie gerade etwas eingeworfen hat. Ich weiß auch, was man alles finden würde, wenn man eine Blutprobe bei ihr nehmen würde. Ich weiß, daß sie sich haßt. Ich weiß, daß sie auch mich haßt. Um so besser, das erleichtert mein Gewissen.

Im unwirklichen Licht dieses Clips sieht sie aus wie eine tote Ikone.

Sie geht ins Pool-House, und ich gehe zu ihr, um sie zu vögeln.

Jeden Tag wurde ihre Ähnlichkeit mit Julie deutlicher und mein Unwohlsein größer. Julie war eine Aristokratin mit feinen Gesichtszügen und glasklarer Stimme gewesen, selbst am Meer zerzauste ihre Frisur nicht. Manon hatte nicht Julies Haltung und würde sie nie haben. Sie ähnelte Julie auf merkwürdige und erschreckende Weise, sie ähnelte einer verhärmten, geschwächten, erniedrigten Julie, die man aus ihrem goldenen Käfig gerissen und brutal zusammengeschlagen hatte. Sie ähnelte dem Wrack, das Julie vielleicht geworden wäre, würde sie noch leben. Und in meiner Verwirrung sagte ich mir dann: Besser, daß sie nicht mehr lebt. Das sagte ich mir immer, wenn ich als erster aufwachte und sah, wie Manon quer im Bett auf dem Bauch lag, ihre verlorene Unschuld in einem Traum wiedergefunden und über ihr Gesicht gegossen, bis sie dann auch aufwachte, mich sah, zu sich kam und ihre Pose annahm, bevor sie ins Bad ging und sich mit ihrem Nutten-Make-up zukleisterte; das sagte ich mir, als ich ihre ersten Fotos ansah, ihre vollen Wangen, ihre braunen lockigen Haare, ihre dankbare Miene, das hatte ich mir vor kaum vier Tagen gesagt, als wir auf dem Weg hierher waren, aber heute weiß ich nicht mehr, was ich denken soll, ich glaube, ich bin völlig am Ende.

Wir hatten Monaco nach dieser wahnhaften, schlaflosen Nacht verlassen, in der wir nichts anderes getan hatten, als im Zimmer rumzuhängen, ununterbrochen zu rauchen und eine Stilnox nach der anderen zu schlucken, ohne zu wissen, woher diese Ängste kamen, und vor allem, ohne ein Wort miteinander zu reden. *25 Stunden* war immer noch auf »Menü« eingefroren, mit dieser Schlachthausmusik, die erklang, verstummte, dann wieder begann, ohne daß man wüßte, wieso. Wir bestellten irgendwas beim Zimmerservice – Tee, Cocktails, Rührei mit Trüffeln, Mentholzigaretten –, und wenn das Essen kam, hatten wir keine Lust mehr darauf und ließen alles zurückgehen, nur um es fünf Minuten später erneut zu bestellen. Wir versuchten Backgammon zu spielen, aber Manon schummelte dauernd, wir versuchten den Film anzusehen, aber es riefen so viele Leute an und luden uns zu offiziellen oder inoffiziellen Essen ein, ins Casino, zu Jimmy's. Zu Bono, der mich auf ein Glas ins Sass einlud, sagte ich, daß ich heute abend am liebsten tot umfallen würde, und Manon entriß mir das Telefon, brüllte, sie hätte nichts anzuziehen, und hängte einfach auf. Ich glaube, sie machte sich Sorgen wegen ihres jüngsten Titelfotos für die englische Ausgabe von GQ, das nach ihrem Geschmack nicht ausreichend retuschiert war, sie meinte, mit ihren Augenringen, dem Kajal und den ausgeprägten Wangenknochen sehe sie aus wie eine Gothic-Lesbe, und sie sagte immer wieder: »Hast du meine Fresse im GQ gesehen? Hast du meine Fresse im GQ gesehen? Bestimmt macht sich jetzt ganz England über mich lustig – ich sehe aus wie Kylie Minogue ohne Schminke, nein, wie Victoria Beckham vor ihrer Operation, nein, wie Lara Flynn Boyle letzte Woche in Vanity Fair!« Ich nahm mir vor, das nächste Foto besser auszusuchen, und gab zurück: »Ja, aber Kylie, Victoria und Lara sind nicht mit mir zusammen«, und das regte sie fürchterlich auf (so wie sie alles, was ich sagte, fürchterlich aufregte) und sie schrie: »Ich habe keine Lust, die ›Freundin von‹ zu sein!« Worauf ich erwiderte: »Das ist aber ein Fehler, meine Süße, denn ich kenne ziemlich viele Weiber, die liebend gern die ›Freundin von‹ wären«, und als ich sah, wie sie sich umdrehte und die Krallen ausfuhr, um mir die Augen auszukratzen, fügte ich hinzu: »Und richtig tolle Weiber dazu!« Zum Glück hat mich das Eindringen einer riesigen mutierten Wespe, die auf Ed Nortons geschwollenem Gesicht herumspazierte, vor einem fürchterlichen Tode bewahrt – im Militärjargon nennt man das ein Ablenkungsmanöver –, Manon fuhr ihre Krallen wieder ein, sprang auf und hüpfte brüllend herum wie eine Irre: »Töte sie, töte sie – töte dieses Scheißvieh!« –, was ich auch tapfer tat, und zwar mit dem beanstandeten GQ, und als die Gefahr gebannt war, schmiegte sich Manon in meine Arme und murmelte ganz leise: »Ist sie tot?« Ich zeigte ihr das GQ mit dem Wespenkadaver, der zwischen den Augenbrauen der Gothic-Lesbe klebte, sie brach in Tränen aus und stöhnte: »Ich habe es nicht besser verdient«, und erleichtert stellten wir fest, daß die Sonne aufging.

Wir brachen sehr schnell und sehr schmutzig auf, denn wir hatten keine Lust, uns zu duschen, wir nahmen nur die Alben von *The Gathering*, Counting Crows und Nina Simone mit, hörten aber immer nur ein einziges Lied, und das war *Don't let me be misunderstood*; zusammen mit der aufgehenden Sonne – und sie ging in schwindelerregendem Tempo über den kleinen Küstenstraßen auf –, dem Kaffeeduft, dem Wind in unseren Haaren und unserer Erschöpfung, weil wir seit Tagen nicht geschlafen hatten, gab uns diese Musik das Gefühl, wiedergeboren zu werden. Und ich sah Manon an, sie trug Jeans und ein schlichtes weißes Top mit Kaffeeflecken, ihre große Kinostar-Sonnenbrille, ihre Haare standen ab, ihre nackten Füße hatte sie gegen die Windschutzscheibe gestemmt, und ich hörte sie aus vollem Hals singen und lachen, wenn ich den Refrain mitsang, und da sah ich – und ich wußte ganz genau, daß es eine totale Halluzination war, hervorgerufen durch Stilnox, durch meine fortgeschrittene Gehirnschädigung oder ganz einfach durch die Müdigkeit –, sah ganz deutlich Julies Gesicht vor mir, makellos und aufgeräumt, traurig wie ein Abschied und schillernd wie eine Seifenblase, und gleich darauf drückte Manon meine Hand auf dem Lenkrad, um mich auf eine Wolke aufmerksam zu machen, die ihr ähnelte, stirnrunzelnd kniff sie die Augen zusammen und fragte: »Wann sind wir da?« Dann gähnte sie und legte ihren Kopf an meine Schulter, und ich sagte mir: Ich bin scheißglücklich.

Wir fuhren nach Saint-Tropez, wo es dieses Haus meiner Eltern gab, in dem ich soviel Zeit mit meiner Mutter verbracht hatte. Mein Vater wollte nach ihrem Tod nie wieder dorthin zurückkehren, bis er dann diese Schlampe Anka heiratete, die sich das Ende des Monats Juli nirgendwo anders vorstellen konnte als in Saint-Trop und nirgendwo anders als in meinem Haus, denn sie wurde seekrank und das Byblos konnte sie nicht ausstehen, es gab aber kein anderes Vier-Sterne-Luxus-

hotel in Saint-Tropez, also hat mein Vater das Haus wieder bezogen, die Tücher von den Möbeln genommen, das Bild meiner Mutter abgehängt und ihr Zimmer verschlossen. Anka, mit ihrem guten Geschmack, ihrer Finesse und ihrem Taktgefühl, die sie auszeichneten, machte sich daran, das Haus »umzugestalten«, und das auch noch irrsinnigerweise im Sixties-Stil. Das Haus wurde furchtbar altmodisch und steckte bald voller unerträglichem Westküstenkitsch; für diese Frau mußte es unbedingt weißes Leder sein, rosa Marmor, Säulen, Türmchen und Whirlpools in allen Zimmern. Sie ließ das dunkelblaue Mosaik auf dem Grund des Pools herausreißen und den Boden »südseetürkis« streichen, sie ließ die alte bewachsene Natursteinmauer abreißen, für deren Bepflanzung meine Mutter so viele Jahre aufgewendet hatte. Dann ließ sie den Pool vergrößern, bis er direkt ans Meer stieß, sie ließ den Rosenhag roden, um einen Helikopterlandeplatz anzulegen, und nach kürzester Zeit hatte das Haus meiner Kindheit, das so »Dolce vita«, so »Riviera«, so »Tender is the night« gewesen war, nur mehr den Charme einer gelifteten alten Kalifornierin.

Damals war ich vierzehn Jahre alt, und allein die Erinnerung an meine Mutter machte mich schwindlig. Ich fing an, Anka zu hassen, für die ich bis dahin lediglich eine diffuse Antipathie und eine entsprechende Verachtung gehegt hatte. Ich fragte sie: »Sag mal, Süße, fliegst du nach Las Vegas, um dort architektonische Meisterwerke zu besichtigen?«

»Nein«, hatte sie erwidert, »um ins Casino zu gehen und die Kohle deines Alten auf den Kopf zu hauen.«

»Oh, und wenn du die Jetons einsammelst, denkst du dann an deine Vergangenheit als billige Nutte und sagst dir, daß du stolz sein kannst auf deinen Lebensweg?«

»Derek, warum nennst du mich nie Mama?« höhnte sie.

»Weil du nur eine verkrachte Ivana Trump bist.«

»Ich laß dich enterben, du kleines Arschloch!«

»Ich glaube, du hast die Bedeutung des Begriffs ›einziger Sohn‹ nicht richtig erfaßt.«

»Und du, glaubst du, daß dein Vater die Bedeutung des Begriffs ›einziger heroinsüchtiger Sohn‹ erfassen kann?«

»Ich habe mir noch nie eine Spritze gesetzt, das weißt du ganz genau.«

»Wichtig ist nicht, was ich weiß, wichtig ist, was ich ihm sage ... Und außerdem landest du noch an der Nadel, glaub mir, Derek, du landest noch dort.«

»Ach ja? Und woher willst du das wissen?«

»Du wirst zum Fixer, mein armer Junge, du bekommst Depressionen und wirst zum Fixer, und du wirst noch viel schlimmere Dinge tun, du wirst schon sehen ...«

»Ach ja? Und warum das alles?«

»Aus Langeweile.«

Manon betrat das Haus mit einer derart blasierten Miene, als hätte sie dort ihre Kindheit verbracht –

tatsächlich war es meine Art von Blasiertheit. Sie hatte mich mit einem wenig überzeugenden »Oh, das ist sehr hübsch« bedacht und war auf der listigen Suche nach dem Haar in der Suppe durch den Salon bis zur Veranda gegangen, die auf das Haus von Freunden hinausging; sie hatte mich gefragt, warum die Nachbarn so dicht nebenan wohnten. Ich hatte geantwortet, daß wir kein Geld mehr für eine Trennmauer gehabt hätten, nachdem wir die Fensterläden streichen ließen, darauf folgte verlegenes Schweigen. Es war acht Uhr morgens, wir standen nebeneinander auf der Veranda wie auf einer Insel, das Meer vor uns, und mit einem so intensiven Gefühl von Freiheit, daß es fast nicht zu ertragen war. Ich sog den Wind in großen Atemzügen ein und sagte mir in einer Art Besessenheit immer wieder, daß ich niemand anderen an meiner Seite haben wollte als sie, dann drehte ich mich um und wollte es ihr sagen, doch sie war schlafen gegangen.

Wir verbrachten vier Tage damit, uns aus dem Weg zu gehen, und ich kam mir blöd vor, so blöd wie Pygmalion, ein Pygmalion in einem D&G-T-Shirt, ziemlich trashy und kaputt, der seine Statuen, anstatt sie zu modellieren, mit Hammerschlägen zertrümmert und dann wie aus einem langen Rausch erwacht und merkt, daß er sich in die Trümmer verliebt hat.

Manon war kaputt. Was ich auch tun würde, sie war kaputt. Ich hatte die Statue zertrümmert. Ich konnte nichts mehr für sie tun. Selbst wenn ich mit allem aufgehört hätte … Mit allem aufzuhören, so war es vorgesehen, um die Sache abzuschließen. Mit allem aufzuhören, was bedeutete, sie zu verlieren. Sie zu verlieren und sie in den Wahnsinn zu treiben, indem ich sie wieder in ihr Scheißleben zurückwarf, nachdem ich ihre Milchmädchenträume erfüllt hatte. Ich hätte sie auch wirklich und wahrhaftig erfüllen können, ihre Milchmädchenträume. Doch sie hätte mich verlassen. Irgendwann hatte sie mir gesagt: »Sobald ich ohne dich leben kann, verlasse ich dich.« In diesem Moment war ich echt getroffen, zu allem bereit, und hatte sie im Ernst gefragt: »Kannst du denn ohne mich leben, Süße?« Sie hatte gelacht, dieses schreckliche Lachen, und gesagt: »Ich meine, wenn ich berühmt genug und reich genug bin.« Da hatte ich gelacht, über sie, über mich und über diese festgefahrene Situation, und festgestellt: »Dann wirst du niemals ohne mich leben können, Süße.«

In diesen vier Tagen rief ich niemanden an, ich schlug keine Zeitung auf. Ständig klingelte das Telefon, also steckte ich es aus. Ich kam mir bespitzelt vor und fühlte mich zutiefst unglücklich. Ich hörte **The Gathering**, sogar wenn ich schlief. Jeden Morgen nahm ich mir einen Jet-Ski und drehte eine Runde. Das Meer war dunkelblau, fast schwarz hinter meiner Sonnenbrille voller Salzflecken und schmeckte bitter in meinem Mund. Es war spiegelglatt. Ich hielt Ausschau nach dem Kielwasser von Booten, um darauf zu surfen. Mit Puff Daddy, der mein Haus kaufen wollte, surfte ich um die Wette. Paparazzi verfolgten uns. Ich lief vielen Bekannten und vielen Bekannten meines Vaters über den Weg. Ich grüßte sie nicht.

Manon wachte gegen Mittag auf. Sie bestellte sich etwas und frühstückte auf der Terrasse am Meer, das sie irritiert anstarrte. Dann legte sie sich in einen Liegestuhl am Pool und blieb den ganzen Tag dort. Manchmal leistete ich ihr Gesellschaft, dann langweilten wir uns Seite an Seite, bis es dunkel wurde, und in meinem Kopf, der schwer war von Hitze und Untätigkeit, herrschte ein einziger, ein bedrohlicher Gedanke: kein Zurück, kein Zurück, war alles, was ich dachte, war alles, was ich sah unter diesem wolkenlosen Himmel, vor der glatten Wasseroberfläche des Pools, den weißen Steinplatten, die in der Sonne gesprungen waren. Manon lag träge da, in einem schwarzen Badeanzug, karamelbraune Haut, die Haare ölverklebt. Ihre Augen, so blau wie der Pool in ihrem viel zu gebräunten Gesicht, sahen mich an, und wenn ich sie ansah, wandte sie den Blick ab; das dumpfe Geräusch ihrer Schritte auf dem glühenden Stein, wenn sie, vor Hitze vergehend, in den Pool sprang, das Plätschern des Wassers, ihr schneller Atem, ihre tonlose Stimme, wenn sie sich bei dem Angestellten bedankte, der uns Getränke brachte, das Rascheln der Seiten des Romans, den sie zu lesen vorgab, das Klicken ihres Feuerzeugs, wenn sie sich eine Zigarette anzündete, der blöde Gesang der Zikaden, das Rauschen des Mistral –

alles schien mir ins Ohr zu flüstern, und es machte mich verrückt: »Kein Zurück, kein Zurück.«

Von diesen verschwommenen Tagen in Saint-Tropez waren mir nur meine Rastlosigkeit, die drückende Hitze, das Spiel der eisigen Blicke, das blaue Wasser des Pools und ein Lied von Janis Joplin im Gedächtnis geblieben.

Im Voile Rouge, wohin ich sie am dritten Tag zum Mittagessen ausführe – einer dieser ungeschickten Annäherungsversuche, die unausweichlich in einer noch größeren Distanzierung enden –, trägt Manon ein sehr weites und sehr kurzes Pucci-Kleid, einen passenden Hut, eine passende Sonnenbrille und meine Daytona. Sie wirkt elegant und auffällig, originell und banal, schlicht und raffiniert zugleich, ein unbeteiligter Beobachter könnte sicher nur schwerlich beurteilen, ob sie meine junge Gattin, eine Edelnutte aus dem Ausland, ein Starlet aus dem Ausland oder meine kleine Schwester ist; die Leute sehen sie jedenfalls an, sehen uns an, und es wird still, als wir barfuß aus dem Boot steigen, was uns einen schrillen Schick verleiht, und bei den ersten Klängen des Remix von *Die Verachtung* betreten wir das Restaurant. Der bedröhnte Kellner freut sich, mich zu sehen, und bevor wir noch Platz genommen haben, sagt er zu Manon: »Hallo, Julie, schön, dich zu sehen, ich dachte, du wärst tot, aber du bist einfach nur ein bißchen fertig.«

»Könnte ich noch ein paar Wasserzerstäuber haben, Süßer«, sage ich zum Kellner, natürlich weil ich ablenken will, damit Manon ihm nicht mit der Beaulieu-Flasche den Schädel einschlägt, »man erstickt ja hier. Und stell diesen Tisch um, ich will das Meer sehen und nicht George Clooney.«

»Ich sehe lieber George Clooney.«

»Du hast keinen Sinn für die Schönheiten der Natur, du bist nur ein Groupie, und außerdem bezahle ich, also entscheide auch ich.«

»George Clooney ist eine Schönheit der Natur.«

»Laß George in Ruhe, Süße, ganz Saint-Tropez ist ja schon hinter ihm her. – Hi, George«, sage ich zu George, der auf mich zukommt und mich herzlich begrüßt. Ich schüttle ihm die Hand. »Gratuliere zu deinem Film«, füge ich hinzu.

»Schönes Hemd«, sagt er und macht dann die Tänzerin für tausend Euro die Nacht an.

»Was hat er zu dir gesagt? Was hat er zu dir gesagt?«

»Er hat gesagt, daß er die Königin von England gevögelt hat.«

»Habt ihr gewählt?« fragt der bedröhnte Kellner, der immer bedröhnter wird.

»Ja«, sage ich mit einem gereizten Seufzen, »einen Tisch mit Meerblick.«

»Salatherzen ohne Sauce.«

»Und Cristal Rosé – nicht das Zeug, mit dem die Touristen abgefüllt werden.«

»Die Nummer von George Clooney.«

»Ich habe seine Nummer, du blöde Kuh, aber ich gebe sie dir nicht. Was willst du trinken?«

»Ty Nant.«

»Gibt's nicht«, sagt der völlig bedröhnte Kellner.

»Daß ich mit dieser Schlampe, die mit mir das Leben teilt, so rede, heißt noch lange nicht, daß du das auch darfst.«

»Und außerdem bin ich ein Star«, sagt Manon.

»Gibt's halt nicht. Was kann ich denn dafür?«

»Du sagst gefälligst: Gibt es nicht, Madame.«

»Gibt es nicht, Madame.«

»Madame wird Cristal mit mir trinken und Hummer auf Spaghetti mit mir essen, sonst darf sie zurückschwimmen. Capisce, Süße?«

»Capisco, du Arsch, aber nachher werde ich es wieder auskotzen – und das kannst du nicht ausstehen«, sagt Manon.

»Was du mit deiner Gesundheit machst, geht mich nichts an. Aber wenn ich esse, essen alle anderen auch, Punkt.«

Der bedröhnte Kellner geht, und vierzig Sekunden lang haben wir uns rein gar nichts zu sagen.

»Was ist denn das für eine beknackte Musik?« fragt Manon.

»Das ist *Die Verachtung.*«

»Was ist *Die Verachtung?*«

»Jean-Luc Godard. Sagt dir der Name was?«

»Was ist *Die Verachtung?*«

Ich geb's auf. »Das Gefühl, das ich im Moment für dich empfinde.«

Totenstille, ich höre das Rauschen der Wellen mit

solcher Deutlichkeit, daß ich das Personal im Verdacht habe, eine Aufnahme abzuspielen, was mich nicht wundern würde in dieser Welt, in der nichts wirklich echt ist.

»Derek?«

»Ja, Süße?«

»Hast du die Rushes gesehen? Karénine wollte mir die Rushes nicht zeigen. Ich soll warten, bis der Film geschnitten ist.«

»Ja, ja, ich hab sie gesehen«, lüge ich.

»Und?«

»Was und? Kein Ton, keine Musik, keine Farbe. Das ist kein Kino, das ist genauso häßlich wie das Leben selbst.«

»Aber wie sehe ich aus?«

»So wie jetzt, ohne Brille und weniger gebräunt.«

»Aber ... war ich gut?«

»Beschäftigt dich das so sehr, Süße?«

»Filme zu machen ist doch mein sehnlichster Wunsch, Derek. Wir sind jetzt seit einem Jahr zusammen, und nicht mal das weißt du von mir!«

Wieder Totenstille. Das Voile dröhnt heute vor Stille, der bedröhnte Kellner bringt den Champagner und die Kelche, George Clooney ist topfit und tanzt auf dem Tisch mit der Tänzerin für tausend Euro die Nacht. Ich räuspere mich.

»Pah!« sage ich. »Und du weißt nicht mal, wer Jean-Luc Godard ist ...«

»Das hat doch damit nichts zu tun, Derek.«

»... und, was weiß ich – Stanley Kubrick. Sagt dir der was?«

»War das ein ... Regisseur?«

»Manon, du hast keine Ahnung vom Kino. Du kennst die Komödien mit Hugh Grant auswendig, du dachtest, Karénine wäre ein kommunistischer Diktator aus dem zwanzigsten Jahrhundert und John Wayne ein Präsident der Vereinigten Staaten gewesen, bei einem Schwarzweißfilm schläfst du ein, Nicholas Ray findest du altmodisch, *Taxi Driver* hast du auf französisch gesehen, du meinst, Almodóvar wäre Italiener, Mel Gibson groß, Woody Allen ein Specht und *Der letzte Tango in Paris* ein Titel von Gotan Project. Du findest Pierce Brosnan besser als Steve McQueen, Jude Law besser als Maurice Ronet, im Hotel habe ich zweitausend DVDs, und du ziehst dir ständig nur *La Boum* rein ...«

»Mir gefällt *La Boum* eben, *La Boum* ist genial, ich würde mir wünschen, das Leben wäre *La Boum* ...«, protestiert sie und ist ziemlich am Ende.

»Manon«, sage ich und nehme ihre Hände mit einer schwungvollen Geste, was ganz und gar nicht meine Art ist, »was, wenn der Film, den du gedreht hast, nicht genau das ist, was du glaubst; was, wenn du keine Filme mehr drehen würdest, was, wenn du nicht berühmt wirst ...«

»Aber ich bin doch berühmt«, murmelt sie den Tränen nahe.

»Nehmen wir an, du hörst mit allem auf, man

würde dich vergessen, man würde dich auf der Straße nicht mal mehr um ein Autogramm bitten, du würdest mit mir leben, du hättest alles, was du dir wünschst – und all das, all das würde langsam aus deinem Gedächtnis verschwinden, du würdest mir verzeihen, wir würden versuchen, glücklich zu sein, ich meine, sowenig unglücklich wie möglich, und alles wäre nur eine schlechte Erinnerung, über die wir nie wieder sprechen würden ...«

»Dir was verzeihen, Derek?« stammelt sie und versucht, trotz des Windes und trotz des Zitterns ihrer Hände eine Zigarette anzuzünden.

»Mir verzeihen, daß ... daß ich so komisch bin. Daß ich von Anfang an komisch war, und ich verspreche dir, daß ich nie wieder komisch sein werde, wenn nur, wenn nur ...«

»Wenn nur was? Wenn ich meine Karriere an den Nagel hänge, damit wir beide in der gleichen Situation sind und ... dein gescheitertes Leben teilen?«

»Karriere – das ist ein großes Wort. Und Scheitern auch. Und beruhige dich, die Leute sehen schon herüber«, sage ich, von neuem in der Defensive.

»Ich soll dir verzeihen, daß du ... komisch warst? Daß du mich behandelst wie du dein Auto behandelst?«

»Das ist doch ein Klischee, Süße.«

»Daß du mich Tag für Tag runtermachst, mich für bescheuert hältst, mich ansiehst, ohne mich wirklich zu sehen, meinen Beruf verachtest?«

»Welchen Beruf?«

»Derek, ich habe mich noch nie so erbärmlich gefühlt wie jetzt mit dir.«

»Hast du dich besser gefühlt, als du im Trying So Hard die Tische gewischt hast?«

»Genau das werde ich dir nie verzeihen. Und ich werde dir noch viel weniger verzeihen, daß ich jetzt so bin wie du. Genauso haltlos, genauso oberflächlich, genauso egozentrisch, genauso hart, genauso überheblich, genauso gemein ...«

»Ich bin nicht oberflächlich.«

»Deine Exen auf Fashion TV zu zählen ist doch deine Lieblingsbeschäftigung, Derek.«

»Und deine Lieblingsbeschäftigung ist es, auf Fashion TV zu kontrollieren, wer zugenommen hat.«

»Selbst im Bad trägst du noch deine Sonnenbrille.«

»Und du machst dir die Haare, bevor du an den Strand gehst.«

»Du spielst deinen Aktionären vor, George Bush rufe dich auf deiner privaten Leitung an.«

»Und du hast mir die Handynummer von Leonardo geklaut, um ihn zu ärgern.«

»Du hast mich in den Wahnsinn getrieben, Derek«, schreit sie, und das ganze Voile dreht sich nach uns um und wendet sich für ein paar Sekunden von George Clooney ab, der auf dem Tresen einen Strip macht, »du hast mich in den Wahnsinn getrieben, und jetzt bin ich wahnsinnig. Jeden Morgen, wenn ich aufwache, brauche ich eine Viertelstunde, um mich daran zu erinnern, wie ich heiße, ich nehme Antidepressiva, Schlaftabletten, Aufputschmittel, Beruhigungsmittel, angstlösende Mittel. Ich bin überhaupt nie mehr in einem Normalzustand!«

»Du vergißt das Kokain, die Amphetamine, das Melanin – du weißt doch, das Zeug, das in deinen Bräunungskapseln ist.«

»Ich bin die Karikatur eines kaputten, fertigen Models. Wenn ich nicht mit dir zusammen wäre, würde sich kein Mensch für mich interessieren.«

»Das ist in diesem Gespräch dein erster Abstecher auf ein Gebiet, das man gemeinhin als ›gesunden Menschenverstand‹ bezeichnet.«

»Du hast aus mir ein … Monster gemacht …«

Ich sage nichts mehr, denn es ist die Wahrheit, und ich merke, daß die Maschinerie in Gang gekommen ist und es schon zu weit gegangen war, als daß ich sie noch stoppen könnte, und ich lasse ihr eine letzte Chance, denn was sie gesagt hat, hat mich trotz allem getroffen, und wenn die Antwort auf die letzte Frage, die ich ihr stelle, »ja« ist, werde ich ihr alles gestehen und sie noch einmal um Verzeihung bitten, und wenn sie mir verzeiht, wenn sie mir wirklich verzeiht, werde ich ihre Milchmädchenträume erfüllen, werde sie dieses Mal wirklich und wahrhaftig erfüllen, und wenn sie mich verlassen will, wird sie mich verlassen, dann habe ich eben Pech gehabt, und sie hat Glück gehabt, und ich kann endlich wieder schlafen.

»Manon, du bist doch in mich verliebt, oder?«

»Nein ...«

Wir verließen das Lokal und kehrten zum Haus zurück, wo wir uns geflissentlich aus dem Weg gingen bis auf diesen letzten Fick im Pool-House, bei dem wir kein Wort wechselten, uns nur Befehle und Schläge gaben, dann flogen wir nach Paris und starteten die Promo.

MANON 11

Nur fünfzehn Minuten Ruhm

Paris, und gleich wieder dieses Grau, gestern noch Saint-Tropez in voller Sommerparanoia, Dereks Hirngespinste als einziger Kontakt mit der Wirklichkeit. Kein Wunder, daß ich am Ende bin und mir schwindlig wird, wenn ich an gestern nachmittag denke, als er auf der Veranda geflennt hat wie ein Mädchen – weil er an seine geliebte Mutter oder seinen geliebten Vater oder seine geliebte Julie denken mußte, was weiß denn ich – und ich mich kaum aufrecht halten konnte an der Brüstung über dem Abgrund, denn die Tiefe, das Meer, das sich an den Klippen brach, der Gedanke, Schluß zu machen, zogen mich magisch an. Wir landeten um elf Uhr abends, der Regen empfing uns, ein warmer, schwerer Regen, und ich sah lächerlich aus in meinem rückenfreien Kleid und mit meinen öligen Haaren neben Derek in Jeans und Regenmantel, alle auf dem Flughafen trugen Jeans und Regenmantel, ich hüllte mich in meinen Pashmina-Schal, zündete auf dem letzten Raucherflughafen der Welt eine Zigarette an. Georges II. schob den Caddie voller Vuitton-Koffern, alle sahen uns an, wie immer, und ich fühlte mich wieder zu Hause, und zu Hause, das war nun Paris.

Als wir an der Porte Maillot die Umgehungsstraße verließen, sah ich das erste Plakat. Im 600er fuhren wir so schnell wie die Musik von *Bullet with Butterfly Wings*, der Regen strömte über die getönten Scheiben, Derek hing am Telefon und fluchte auf russisch, und wir wären um ein Haar umgekommen, als wir eine Kurve zu schnell nahmen. Der Wagen kommt schrecklich ins Schlingern, Derek packt meinen Arm, hält das Telefon zu und flüstert: »Ich habe dich geliebt, weißt du«, und brüllt weiter »Doswidania, doswidania« ins Handy, man sieht nichts in diesem Wolkenbruch, nur das wabernde Licht der Scheinwerfer und den funkelnden Palais des Congrès. Georges II. steigt mit aller Kraft auf die Bremse, die Reifen quietschen, ich denke an meinen Vater, den ich seit einem Jahr nicht mehr gesprochen habe, ich denke an meinen Film, den ich nie sehen werde, und dann kommt der Wagen abrupt zum Stehen, wir sind am Leben. »Das ist ein Wunder!« schreit Derek, dann: »Danke, Mercedes!« Dann: »Geben Sie mir wieder Moskau.« Und da taucht aus dem Nichts in zehnfacher Vergrößerung, bleich und überretuschiert, mein Gesicht auf und leuchtet im Neonlicht. Mein Name ist voll ausgeschrieben, es ist der Filmtitel in Großbuchstaben, nun ist der alte Traum Wirklichkeit geworden, glatt und glänzend auf der Wand einer Bushaltestelle, ich kann ihn sehen und berühren, er ist so wirklich, daß wir fast hineingefahren wären, so wirklich, der alte Traum, daß er uns fast umgebracht hätte. Mir stockt der Atem, ich muß unweigerlich lachen, ein eigenartiges Gefühl überkommt mich, eine große Befriedigung, ein gewaltiges Glück, bis ich mich umdrehe und Dereks Gesicht sehe, es ist vor Schreck ganz verzerrt, sein Handy liegt auf dem Boden, seine Hand zittert so, daß die Zigarette mitzittert, und ich sage: »Fahr zum Hotel, Georges, und sieh zu, daß du uns dieses Mal nicht umbringst«, und wir fahren schweigend durch die Avenue de la Grande-Armée, dann über die Champs und die Rue du Faubourg Saint-Honoré. Die Straßen sind verlassen, verlassen, und mein Gesicht ist überall, doch kein Passant ist unterwegs, um es zu sehen, und Paris gehört mir, nur mir, dann sage ich mir, daß ich mich daran gewöhnen werde, und bei dem Gedanken – ein langes Leben, das wie diese Fahrt durch Paris ist, die Stadt, die voll von mir ist, ein Leben wie ein stiller Triumphmarsch – werde ich wieder euphorisch, und nichts mehr kann mir die Freude verderben, nicht mal Derek, der in seiner Ecke schmollt, denn ich weiß: Das Leben, das mich erwartet, ist das Leben, das ich gewählt habe.

In dem Leben, das ich gewählt hatte, schien jeden Tag die Sonne. Das Zimmer sah auf die Place Vendôme, die hohen Fenster mit den bernsteinfarbenen Taftvorhängen ließen gerade so viel Sonne durch, daß ich sanft erwachte, ich streckte mich ausgiebig, legte mich quer über das riesige Bett, zog die Satinlaken zwischen meine schmerzenden Beine, drückte die unberührten Kissen nacheinander an meine Wangen, um ein bißchen Kühle zu finden. Meine Uhr auf dem Nachttisch zeigte neun Uhr. Derek war schon gegangen.

In dem Leben, das ich gewählt hatte, gab es immer die gleichen Fragen und Komplimente, die nicht immer welche waren, ich hätte »die Schönheit einer Bankräuberin«, ich sei »anti-elegant, aber so modern, so ganz neues Jahrtausend«. Ob ich mich mit Karénine gut verstanden habe, und ich log: »Ja.« Ob ich Adrien Brodys Charme erlegen sei, und ich log nicht: »Nein.« Ob ich mich mit der Crew gut verstanden habe, ich log: »Ja.« Ob ich mit meiner Arbeit zufrieden sei – ich konnte mit meiner Arbeit gar nicht zufriedener sein, aber um ihnen eine Freude zu machen, sagte ich, ich sei eine Perfektionistin, eine ewig Unzufriedene – und wie ich es schaffe, so schlank zu sein. »Ich bin so. Das ist wohl genetisch bedingt, ich kann essen, was ich will, und nehme nicht zu«, hatte ich mit meinem gewinnendsten verlegenen Lächeln zu der dicken Journalistin einer Frauenzeitschrift gesagt, die sich in einen Bleistiftrock Größe 38 gezwängt hatte. Ich kannte den ganzen Humbug auf Punkt und

Komma und auf die Sekunde genau auswendig, denn die Journalisten stellten nicht nur alle die gleichen Fragen, sie stellten sie auch noch in genau der gleichen Reihenfolge; manchmal ließ ich mich ablenken, sah zum Beispiel Fashion TV über ihre Köpfe hinweg, damit mir kein Model entging, und dann wurde ich wieder jäh zur Ordnung gerufen, wenn mir diese Hexe Emma, meine Pressereferentin, den Ellbogen in die Rippen rammte und verlangte, daß ich auf blödsinnige Fragen antwortete, und wenn sie noch so höflich formuliert waren wie: »Sind Sie mit Derek Delano wegen seines Geldes zusammen?« Und ich antwortete: »Nein.« – »Sind Sie wegen Ihrer Karriere mit Derek Delano zusammen?« Und ich antwortete: »Nein.« Mit dem Argument, das sei nicht gut für mein Image, und schließlich lag mir etwas an meinem Image, verhinderte Emma, daß ich diese Flegel vor die Tür setzte. Manchmal versuchten sie, mich auf den Leim zu locken: »Sind Sie mit Derek Delano wegen seines Geldes oder wegen Ihrer Karriere zusammen?« Und dann machte ich ihnen gekonnt einen Strich durch die Rechnung und sagte: »Weder – noch.« Manchmal fragten sie zwischen zwei idiotischen Fragen: »Welcher ist Ihr Lieblingsfilm?« – »*La Boum*.« Und: »Was ist das Geheimnis Ihrer Schönheit?« – »Ein gesundes Leben und die Präparate von Harvey Nichols.« Einer schleuderte mir ins Gesicht: »Haben Sie bei den Dreharbeiten mit Adrien Brody gevögelt?« Worauf ich indigniert antwortete: »Nein!« Im Gehen hat sich der Typ dann noch einmal umgedreht, einen Zettel aus der Tasche gezogen und gefragt: »Was wünschen Sie sich denn zum Geburtstag?« Ich antwortete: »Einen Whirlpool von LaScala mit einem Plasmabildschirm. Auf Wiedersehen«, und ich schlug ihm die Tür vor der Nase zu, während er noch schrieb. Ich begriff das alles nicht. Die Journalisten waren verrückt, mindestens so verrückt wie Derek.

»Wenn Sie keine Journalisten mögen, dann wechseln Sie besser den Beruf«, sagte Emma.

»Wenn Sie jetzt nicht die Klappe halten, weiß ich zwar nicht, ob Sie den Beruf wechseln, aber Sie wechseln auf jeden Fall den Arbeitgeber.«

Es war eine komische Zeit, eine neue Ära, meine Ära – ich war überall präsent. »Deine fünfzehn Minuten Ruhm, das wolltest du doch«, sagte Derek. Damals beschäftigten sich die Leute nur mit zwei Themen: erstens mit mir und zweitens mit Kurts Auferstehung. Ein arbeitsloser Puppenspieler hatte ihn in den Straßen von New York aufgelesen, Kurt hatte Tuberkulose und Amnesie, und er war so schwach, daß er keine Gitarre mehr halten konnte, aber er war es, Kurt Cobain, mein altes Idol, und ich hatte seine Handynummer.

Wir traten gemeinsam im Fernsehen auf, wir teilten uns die Titel- und Mittelseiten der Boulevardblätter, die Zeitungskioske strotzten nur so von unseren Gesichtern, wir aßen zusammen im Costes oder im Plaza, wo er wohnte, und die Leute sahen uns ganz seltsam an. Er erzählte mir Vertrauliches. Die eingeleiteten Ermittlungen ergaben, daß Kurts Frau seinen Tod lediglich inszeniert hatte, um den großen Reibach zu machen. Er trank viel Whisky, er verstand sich gut mit Derek, und ich machte große Fortschritte in Englisch.

Damals wurde mir schwindlig, wenn ich durch Paris fuhr und immer diese Plakate sah. Dieses Gesicht, das mein Gesicht war, diesen Teil von mir, den ich weggegeben hatte, all die Blicke, die ich nicht steuern konnte. Es machte mir fast angst. Vor allem meine Augen auf dem Plakat machten mir angst, meine Augen, die mit Kajal zugeschmiert, retuschiert und fast durchsichtig waren, die in die Linse sahen und einem überall folgten, egal, wo man war, die mir folgten, egal, wo ich war. Den ganzen Tag, im Stau, sahen mich meine Augen von allen Bushaltestellen, allen Kinos, allen Werbeflächen in Paris an, und ich verkroch mich im Wagen hinter Hut, Sonnenbrille und getönten Scheiben, versuchte den Blicken zu entkommen, versuchte meinem eigenen Blick zu entkommen, der da oben war, im hellen Licht, ich konnte mir nicht mehr entfliehen, ich senkte den Blick, und er fiel auf die Titelseite von Elle, auf die Titelseite von Studio, auf die Titelseite von Match, auf meine Vuitton-Werbung, auf den Vuitton-Katalog, auf Schnappschüsse, auf Amateuraufnahmen von Derek und mir im Club 55 in Saint-Tropez, auf alte Standfotos, auf meinen aufgeschlagenen Terminplaner, und ich hob wieder den Kopf, es war Nacht geworden, und was ich verschwommen auf der dunkelgrünen, fast schwarzen

Scheibe sah, war mein Spiegelbild: Dieses groteske, abgedrehte Ding mit dunkler Brille in der Dunkelheit war mein Spiegelbild, das mir nicht mehr gehörte.

Oft folgte man mir, man folgte dem Wagen, und wenn ich mal aussteigen wollte, weil ich fast erstickte, weil ich Luft schnappen wollte, weil ich Zigaretten kaufen wollte, dann stieg der aufdringliche Kerl von seinem Roller, beschleunigte seinen Schritt und sprach mich von hinten an, sprang schnell vor, um einen Blick auf mein Profil zu erhaschen, um sich zu vergewissern, daß, ja, sie ist es wirklich, und sagte zu mir: »Sie sind es doch?« Und ich sagte: »Nein, Sie müssen sich irren.« Und andere Passanten drehten sich um und erkannten mich, und in diesem Moment fand ich mich meistens von Angesicht zu Angesicht mit mir selbst an einer Bushaltestelle wieder, und die Nervensäge, ohne einen Hauch von Verlegenheit, fing an zu feixen: »Wußt ich's doch, ich hab Sie im Fernsehen gesehen.« Und ich sagte: »Na und? Ich bin es. Was geht Sie das an?« Und der Typ gab zurück: »Aha, so sprichst du also mit deinen Fans, du blöde Kuh!« Ich stieg schnell wieder ein und schickte Mirko in die nächste Bar zum Zigarettenholen. Ich mied die Straßen, ich mied Menschenansammlungen, doch im Hotel war es auch nicht besser. Die Leute stürzten sich dort zwar nicht auf mich, aber diese starren Seitenblicke, diese Bemerkungen – man gab sich nicht mal die Mühe, leise zu sprechen – waren in der Tat noch schlimmer.

»Haben Sie gesehen, wie dünn sie ist?«

»Sie ist auf Drogen.«

»Magersüchtig.«

»Krank.«

»Hör nicht hin, meine Süße.«

»Derek, hast du gemerkt, daß man nur auf Dinge, Hunde und bekannte Leute mit dem Finger zeigt?«

»Du vergißt die Kriegsverbrecher, Schatz.«

»Na ja, die sind ja auch bekannt.«

Derek war daran gewöhnt. Ich nicht. Und dennoch könnte ich nicht behaupten, daß ich unglücklich gewesen wäre. Manchmal dachte ich an Terminus, an meine schlaflosen Nächte am Fenster, während ich auf den Dorfplatz sah, der unbelebt im gelblichen Licht lag, und dieser Hunger mir den Bauch zusammenschnürte. Ich hörte wie im Traum dieses Chanson von Legrand, das ich ständig abspielte, die Stimme krächzte an den Stellen, wo das Band abgenutzt war, das Piano klang so dünn, so leise, daß ich die Musik eher erriet als hörte. Ich sah mich, als wäre ich eine andere, als wäre es ein Film, sah meine Silhouette, mein Gesicht, das damals noch nicht geschminkt gewesen war, ich hatte noch braune Haare, ich sah noch aus wie ein Mensch und hatte nicht diese total aufgespritzten Lippen und die eingefallenen Wangen einer Kranken, ich hatte noch Augen, aus denen Illusionen strahlten. Kamera-Close-up auf mein Gesicht, ich werfe die Kippe weg, die Kamera fährt auf die Kippe, die in einem rötlichen Funkenschwarm auf den Boden fällt, Kamera fährt wieder auf mich und dann zurück, man sieht nur noch meine Silhouette im Fenster, die Kamera fährt immer weiter zurück, nun sieht man das Haus in der Totale und immer noch mich, ich bin nur noch ein Schatten, der sich abzeichnet und immer kleiner wird, der Himmel kommt ins Bild, ich bin winzig klein, kaum noch zu sehen an meinem blöden Fenster: Nur eine blöde Kuh, die unterm Sternenzelt träumt. Blende.

In der folgenden Sequenz gibt es keine Sterne mehr, und die blöde Kuh träumt nicht mehr. Sie stopft sich auf der Rückbank eines Mercedes mit Tabletten gegen den Streß voll. Da ist sie, die Kleine aus Terminus, das Mädchen vom Land, über das sich alle lustig gemacht haben, das sich von irgendeinem verweichlichten, verblödeten Sommergast in irgendeinem Pool entjungfern ließ, der sie obendrein noch wegen irgendeiner versnobten Schnepfe sitzenließ, die Kleine, die sich bei einer Seifenoper auf die Fingerknöchel biß, die alles und jeden beneidete bis hin zu den Weibern der *Star Academy*, an manchen Tagen hatte sie nicht mal genügend Geld, um Zigaretten zu kaufen, mit angewiderter Miene rauchte sie ihre Stummel, sie rauchte ihre Stummel bis zum Filter herunter. Da ist sie, die kleine Kellnerin aus dem Trying So Hard, die Klos putzte, die Spülhände bekam, die man von oben herab betrachtete, von der Höhe eines Stuhls, auf dem man saß, während sie stand, die man beschimpfte, wenn das Essen zu heiß, zu kalt, zu langsam kam, der man aus Mitleid ein paar Euro Trinkgeld gab, aber nun wird sie nie wieder so dastehen, die kleine Kellnerin, nie wieder wird sie so dastehen, für niemanden, und sie wird angeödet die ganze Welt von oben betrachten, von der Höhe all dessen, was sie erreicht hat, mit ihren Geldbergen und dem Begehren, das sie weckt. Sie geht auf ihre Pressekonferenz, die kleine Schlampe, das Mädchen vom Land, die kleine Kellnerin, in ihrem dicken, klimatisierten Wagen, den sie nicht mal selbst fahren muß, und nebenbei feilt ihr eine Assistentin die Nägel, und ein Muskelmann besieht sich mit kritischem Blick die potentiellen Erotomanen; auf jeder Straßenseite sieht sie ihr Gesicht, so groß wie ein Haus, so durchscheinend wie ein Idealgesicht, und sie säuft wie ein Loch, um zu vergessen, daß sie sich im Traum geirrt hat.

»Los, fahr schon zu mit deiner Rostlaube! Fahr weiter, Mensch, ich komme zu spät! Fahr, du Arschloch aus Marseille! Scheißvorfahrt! Fahr ihm seine Karre zusammen, Georges, Derek bezahlt die Reparatur! Georges, fahr ihm hinten rein, bei Gott, ist doch egal, der Wagen ist gepanzert! Überfahren wir diesen blöden alten Sack doch einfach! Seit einer Viertelstunde blockiert er uns jetzt!«

»Das wird wohl kaum gehen, Madame.«

»Scheißvorfahrt! Kann mir mal einer in diesem Wagen sagen, wer diese Scheißverkehrsregel für diese Scheißstraße aufgestellt hat? Hä? Damit ich auf sein

Grab spucken kann, wenn ich hier mal wieder freie Fahrt habe!«

»Die ganze Straße ist verstopft, Madame, wir müssen umdrehen.«

»Wir drehen nicht um, niemand dreht hier um! Ich muß in Saint-Germain sein um … um … Ich sollte schon seit einer guten halben Stunde in Saint-Germain sein, alle Journalisten dieser Stadt warten auf mich, desgleichen Herr Adrien Brody, Herr Karénine und Herr Derek Delano, der Chef von euch allen hier, ich habe Verpflichtungen, stellt euch vor, ich muß einen Film promoten, ich mache hier keine Spritztour! Also, wir drehen nicht um, wir rammen einfach die Rostlaube von diesem Irren und fahren auf der Busspur, oder ihr fliegt alle raus. Ist das klar?«

»Ich will nicht ins Gefängnis kommen, Madame.«

»Und ich will nicht zu spät kommen!«

»Hier sind überall Polizisten, Madame.«

»Ich bin auch überall, Georges! Da, sieh doch – ich bin überall. Und macht sich deswegen irgendeiner in die Hose?«

Ich zeige ihm das Plakat an der Bushaltestelle links, auf der Werbefläche vor der Nationalversammlung, am Zeitungsstand auf der Titelseite von *Studio*, mein Gesicht, fotografiert von Richard Avedon auf der *Elle*, die ich in der Hand habe, und auch auf dem Bus, der auf seiner Spur vorbeirast, und ich schreie: »Folge dem Bus!«

»Wir sind hier doch nicht auf einer Verfolgungsjagd wie in einem schlechten Hollywood-Streifen«, sagt Derek, und Panik ergreift mich, denn Derek ist gar nicht in diesem Wagen, er wartet mit Karénine, mit Adrien Brody und den genervten Journalisten in Saint-Germain auf mich.

»Mein Leben ist ein schlechter Hollywood-Schinken«, sage ich. »Wo versteckst du dich denn, Derek? Ich höre dich, aber ich sehe dich nicht.«

»Du bist bedröhnt, Manon.«

»Nein.«

»Doch.«

»Nein.«

»Wenn du nicht bedröhnt wärst, würdest du dich an diese revolutionäre Erfindung erinnern: das Telefon. Und an diese andere revolutionäre Erfindung: den Lautsprecher. Dumme Kuh.«

Träume ich oder habe ich gerade gehört, wie meine Pressereferentin losprustet?

»Derek, Schatz«, sage ich, »Emma lacht über mich, wir müssen sie feuern.«

Ich reiche Mirko eine Flasche Champagner, damit er sie entkorkt, denn ich spüre, daß mir gleich die Nerven reißen.

»Niemand wird hier gefeuert«, mault Derek, »du hast deinen Kredit zur Entlassung von Pressereferenten schon ausgeschöpft. Du bist jetzt still und beeilst dich. Wir warten hier auf dich!«

»Meine Güte – ganz schön streng«, sage ich und reiche Mirko mein Glas.

»Träume ich oder habe ich gerade gehört, wie ein Champagnerkorken knallt?«

»Keineswegs, das ist Mirko. Er hat gerade einen Bullen zusammengeschlagen, der seine Papiere sehen wollte.«

»Manon, ich habe dich gewarnt: kein Alkohol mehr vor Pressekonferenzen, sonst fliegst du nächste Woche mit einer Chartermaschine von Paris nach New York, zusammen mit fetten Männern und schwangeren Frauen. Capisce?«

»Derek, du Arsch! Hast du denn die geringste Ahnung, unter welchem Druck ich stehe? Ich kann mich nicht mal mehr im Spiegel anschauen, ich kann meine Fresse nicht mehr sehen. Ich gebe am Tag vierzig Interviews, mein Sexualleben wird vor der ganzen Welt ausgebreitet ...«

»Ich weise dich darauf hin, daß es zugleich auch mein Sexualleben ist und daß du der *Vogue* alles ausgeplaudert hast, weil du deine Beruhigungspillen mit Stilnox verwechselt hattest.«

»Geht's noch? Du bist doch auch ein Stilnox-Junkie!«

»Ja, meine Süße, aber ich schlafe danach, während sie dir unstillbare Lust machen, dich im Namen eines besseren Sexlebens für die Benutzung von Dildo-Gürteln auszusprechen.«

»Mein Publikum hat ein Recht, das zu erfahren!«

»Ja, ja, aber gestern bei der Pressevorstellung haben mich siebzehn Leute gefragt, ob es mir Spaß macht, mich in den Arsch ficken zu lassen, und Stéphane B. hat mich so komisch angeschaut ...«

»Mensch, Derek, was hat dieser finstere Geselle auch bei deiner Pressevorstellung zu suchen? Dazu fällt mir wirklich nichts mehr ein!«

»Manon, ich bitte dich lediglich, dich bei der Konferenz an deinen Vornamen zu erinnern.«

»Dazu muß ich ja nur ... die Zeitungen aufschlagen!«

»Genau, spuck du nur große Töne, du erbärmliches Stück. Da drehst du einen blöden Spielfilm und hältst dich schon für einen Superstar. Ich gebe keinen Pfifferling auf deine zukünftige Karriere. Valérie Kaprisky – sagt dir dieser Name etwas?«

»Wer ist das, Valérie Kaprisky?«

»Jetzt laß diese Säuferin doch«, quatscht Mirko dazwischen, »sie soll sich ihre Pulle geben, dann geht sie uns wenigstens nicht mehr auf die Eier!«

»Du hast recht«, sagt Derek.

»Du bist gefeuert«, stöhne ich.

»Niemand ist gefeuert«, sagt Derek.

»Manon, Telefon«, unterbricht Emma, »Paris-Match, sie wollen Ihnen ein paar Fragen stellen.«

»Die sollen sich die Elle von dieser Woche kaufen und den Artikel abschreiben! Oder die Vogue. Oder Gala oder die portugiesische Ausgabe von GQ oder Inrocks oder den Rolling Stone oder den Esquire oder Vanity Fair. Hauptsache, sie lassen mich in Frieden!«

»Manon, Paris-Match kannst du nicht außen vor lassen. Antworte. Bitte.«

»Sie haben ein Foto von mir gedruckt, auf dem ich eine Speckfalte habe! Was sagst du dazu? Das geht nicht, das muß ich mir nicht gefallen lassen, das lasse ich mir nicht gefallen!«

»Manon, du sprichst jetzt mit Paris-Match und du beantwortest ihre Fragen, sollte allerdings das Wort ›Dildo-Gürtel‹ fallen, fliegst du Charter mit United.«

»Mann! Ich habe diese Fragen satt! Verliefen die Dreharbeiten gut? Haben Sie sich mit Ihren Kollegen gut verstanden? Wie ist es, mit Karénine als Regisseur zu arbeiten? Konnten Sie sich in die Person, die Sie darstellen, hineinversetzen? Weißt du, wie oft ich darauf schon geantwortet habe?«

»Würden Sie bitte Ihre Krallen von meinem Arm nehmen, Madame? Ich fahre, und es ist einigermaßen lästig, wenn ich schalten muß.«

»Unverschämtheit! Du bist gefeuert!«

»Niemand ist gefeuert«, sagt Derek wieder, »und hör auf, Georges zu kratzen, er fährt.«

»Derek, man sollte diese Verrückte einsperren und ihr die Knute geben.«

»Danke, Mirko, aber das ist im Moment nicht nötig.«

»Was ist ›die Knute‹?«

»Eine russische Peitsche, mit der Verbrecher gezüchtigt werden«, antwortet Derek, der immer gern und bereitwillig Auskunft gibt.

»Aha«, sage ich und kippe den Inhalt meines Glases auf Mirkos weißen Anzug. »Arschloch!«

»Schlampe!« brüllt er. »Ich würde dich umlegen, wenn du meinen Boß nicht mit einem Dildo-Gürtel in den Arsch ficken würdest ...«

»Du bist gefeuert, Mirko«, sagt Derek.

»Niemand ist gefeuert«, sage ich. »Mirko hat recht.«

»Mirko würde dich einfach gern umbringen.«

»Manon, Réservoir Prod am Telefon!«

»Réservoir Prod ödet mich an. Sie sollen sich verpissen.«

»Sie öden Manon D. an, Monsieur, also verpissen Sie sich«, übermittelt Emma wortgetreu.

Ich reiße ihr das Telefon aus der Hand.

»Guten Tag, hier spricht Manon D. Entschuldigen Sie bitte die Unhöflichkeit meiner Pressereferentin, sie kommt mit ihrer Geschlechtsumwandlung eher schlecht zurecht.«

»Was soll denn das nun schon wieder?« stöhnt Derek. »Ich bin erschüttert, Emma!«

»Jetzt reißt mir aber die Hutschnur!« regt sich Emma auf. »In fünfzehn Berufsjahren habe ich schon viele Schlampen erlebt, aber so eine – noch nie!«

»Die Knute, wie gesagt. Die Knute muß her!«

»Schon gut, kriegt euch wieder ein, ihr beiden. Diese Frau trägt vielleicht mal meine Kinder aus, also mäßigt eure Zungen!«

»Ja, ja«, fahre ich fort, »vor zwei Wochen, sie hieß

Roberto und schwebte im siebten Himmel mit einem Trapezkünstler … Genau, der große Schöne mit dem hautengen Trikot … Sie hätten sie sehen sollen, unsere Emma, auf ihrer Harley, mit ihren Koteletten …«

Emma springt aus dem fahrenden Wagen.

»So, das wäre erledigt, diese blöde Kuh geht uns nicht mehr auf den Wecker«, sage ich und kappe dem Volontär am Telefon einfach die Leitung, als wir mit genau dreiundfünfzig Minuten Verspätung vor Karénines Hotel ankommen.

Und diese verfluchte Pressekonferenz fing an, ohne daß ich noch Zeit gehabt hätte, einen Kaffee zu trinken; Derek, Karénine und Adrien gaben sich topprofessionell, und ich erwies mich als ausgebuffte Blenderin. Derek hätte mich am liebsten umgebracht, und ich gab es ihm richtig gut zurück. Auf die Frage: »Bei Ihrer ersten Filmrolle hatten Sie die Chance, mit Karénine zu arbeiten. Sind Sie sich bewußt, welches Glück Sie hatten?« antwortete ich: »Für meine erste Filmrolle hatte ich mir etwas Besseres erhofft, als mich den ganzen Tag lang auf einem dreckigen Set von einem alten Arschloch beschimpfen zu lassen, dessen größter Traum es ist, als Notenschlüssel wiedergeboren zu werden.« Auf die Frage: »Was halten Sie von Tschechow?« antwortete ich: »Schlicht und ergreifend nichts weiter, als daß er tot ist und uns nicht mehr mit seinen blöden Stücken auf die Nerven fallen kann.« Auf die Frage: »Konnten Sie sich in die Person, die Sie darstellen, hineinversetzen?« antwortete ich: »Zwischen Nina und mir gibt es drei eklatante Unterschiede: Erstens bin ich keine gescheiterte Schauspielerin – hier der Beweis; zweitens stinke ich vor Geld; drittens wasche ich mir die Haare.« Auf die Frage, ob ich mich gut mit der Crew verstanden habe, antwortete ich, daß die Maskenbildnerin mich geschlagen habe, daraufhin stand Karénine, einem Herzinfarkt nahe, auf und verließ den Saal, und während alle Anwesenden ganz versessen darauf waren, seinen wütenden Abgang und mich, die ich mich vor Triumphgelächter schüttelte, zu fotografieren, packte ich das Mikro und schrie: »Vergessen Sie nicht zu schreiben, daß ich Alkoholikerin bin und immer im besoffenen Zustand gedreht habe und daß dieser verrückte Karénine in acht Wochen zweihundertvierzehn Megaphone geschrottet hat und daß der Produzent jeden Abend nach Rom zu den Nutten gegangen ist. Vergessen Sie vor allem nicht zu schreiben, daß dieser Film ein Scheißdreck ist, der größte Flop, den Sie jemals sehen werden, die größte Scheiße, die jemals gedreht wurde, und vor allem, vergessen Sie vor allem nicht, sich endlich zu verpissen, Sie Bande von Schreiberlingen!«

Dann brachte man mich weg, man ließ den Saal räumen, die Pressekonferenz war zu Ende, und während Mirko mich hinausschleifte, konnte ich mich nicht mehr einkriegen vor Lachen, ich lachte so laut, daß man meinen konnte, ich schrie, daß man meinen konnte, ich heulte, außerdem hatte ich Tränen in den

Augen, sie sprudelten nur so hervor, ich lachte Tränen, und mein Schluckauf klang wie ein Schluchzen, und das war so komisch, so komisch, daß Derek mich schlug, damit ich aufhörte, doch ich hörte nicht auf, mein ganzer Körper lachte, ich lag auf dem Boden, meine Arme, meine Beine zuckten, ich schüttelte mich, schüttelte mich und wußte selbst nicht mehr, warum ich lachte, ich wußte nicht einmal mehr, daß ich überhaupt lachte. Derek hielt meine Arme fest, Mirko meine Beine, und ich hörte, wie jemand, vielleicht Georges, den Rettungsdienst rief, und da war Blut auf dem Boden, dort, wo ich hingefallen war, und ich bekam keine Luft mehr und dann – nichts.

DERER 12

Unterbrechung

Die Welt war schlecht. Ich ging nicht mehr aus. Ich war ein wenig wie Michael Jackson.

Ich war immer noch voller Widerstand, voller postpubertärer Wut. Ich war ein wenig wie Eminem. Ich isolierte mich dort oben in meinem Elfenbeinturm. Ein wenig wie ein verkannter Dichter.

In dieser Welt waren die natürlichen Quellen der Schönheit erschöpft. Man lebte von den Resten. Ich las nur über Tote, ich hörte nur von Toten oder Sterbenden. Manche von ihnen hielten sich für kerngesund, sie wußten nicht, daß sie im Sterben begriffen waren. Weil sie nämlich nur noch durch die Blicke der anderen existierten. Und diese anderen sahen lieber fern anstatt Autorenfilme.

In dieser Welt machten Millionen Menschen, die relativ normal waren, also eher häßlich und eher dumm, wie es der Norm entspricht, das Recht geltend, ihre Häßlichkeit und ihre Dummheit vor Millionen anderen häßlichen und dummen Menschen zu zeigen, die sich an der Erbärmlichkeit ihresgleichen ergötzten und nicht wußten, daß der Bildschirm nur ein Spiegel ist. Man bezahlt den Spiegel in vierundzwanzig Monatsraten, und um den Gürtel nicht enger schnallen zu müssen, nimmt man ein Darlehen auf, um den Kredit zurückzuzahlen, und vielleicht noch ein zweites Darlehen, um das erste zurückzuzahlen. Wenn man dann den Gerichtsvollzieher am Hals hat, wechselt man auf die andere Seite des Spiegels und stellt sich öffentlich zur Schau.

Bekenntnisse – eines der Übel unserer Zeit. Man tritt als Zeuge gegen die Gesellschaft auf, denn es ist ja auch unerhört, daß die Gesellschaft, die heute an fast allen Mißständen schuld ist, nun zurückverlangt, was sie einst bereitgestellt hat. Daß sie rechtschaffene Arbeiterfamilien beraubt, die doch für all ihre Rotznasen sorgen müssen. Daß sie ihnen ihr Heimkino stiehlt! Oh, diese Gesellschaft!

Scheinbar putzen sich gewisse Leute aus freien Stücken nur ein- oder zweimal im Monat die Zähne. Andere erfahren selbst aus dem Maul ihrer Haustiere die ungeheuerlichsten übernatürlichen Wahrheiten. Ihre Hunde und Katzen sprechen zu ihnen, aber Ihnen, Herr Moderator, werden sie nichts verraten, sie kennen Sie nicht, sie sind eingeschüchtert von diesem Lärm, den Technikern, dem Publikum, das hier gleich in den Rängen sitzt, Lulu hat sich so weit gehenlassen, daß sie der Maskenbildnerin schon erzählen wollte, wie schrecklich der Tag war, da sich ihre Mutter von einem Jäger auf einer grünen Wiese in der Normandie abknallen ließ. Lesen Sie ihr Buch, sie hat es geschrieben, da war sie noch ein Welpe, es ist eine Art Psychoanalyse dieses traurigen Erlebnisses ... Nein, nein, sie hat es nicht selbst ins I-Book mit dem 13-Zoll-Bildschirm getippt, sie hat es mir diktiert, wir kommunizieren durch Telepathie ...

Der Moderator stellt seine Fragen mit großem Ernst. Einerseits liegt ihm etwas an seinen Gästen, andererseits – diese Deppen, das kennt man ja, da hat er schon ganz andere gesehen. Beim Cutting wird er sein irres Lachen herausschneiden. Er ist ein abstoßender Mensch, aber immerhin ist er auf der Siegerseite, man kann sich nicht über ihn lustig machen. Die nächste Frage ist: Warum sich noch umbringen wollen in einer Welt, in der der Blick mehr verwundet als alles andere?

In dieser Welt brachte man sich tagtäglich um.

Man wollte erzählen, wie man vergewaltigt wurde, man wollte seine Brüste zur Schau stellen, die ein skrupelloser Schönheitschirurg versaut hatte, wollte ein Produkt verkaufen. Unkenntlich gemachte Gesichter waren außer Mode. Man wollte sich die Brust korrigieren lassen, damit man so einer kleinen ordinären Clip-Schlampe noch ein bißchen ähnlicher sah; und man war vergewaltigt worden, weil man einer kleinen ordinären Clip-Schlampe zu ähnlich sah. Machte das Fernsehen Arschlöcher, oder machten Arschlöcher Fernsehen? Man konnte seine Beziehungsfähigkeit beim Mittagessen unter Beweis stellen und seine Unkultur beim Abendessen. Achtjährige Kinder wollten sexy sein. Andere konnten nur dadurch auf sich aufmerksam machen, daß sie ihr Recht geltend machten, in der Schule das Kopftuch zu tragen. Schließlich hat man sowohl das Kopftuch als auch den String an den Schulen verboten.

Es gab gewissermaßen ein Identitätsproblem.

Die Jugendlichen waren orientierungslos, und alles war out. Arbeiten war out. Eine Hose mit Taillenbund zu tragen war out, man mußte die Säume auf dem Boden schleifen lassen und seinen String zeigen. In die Schule zu gehen war out. Außerdem war Schule beschissen, und die Lehrer waren beschissene Arschlöcher. Wenn sie konnten, demonstrierten die Jugendlichen gegen das staatliche Schulsystem, sie wußten zwar nicht so genau, warum und wofür sie demonstrierten, aber sie demonstrierten. Natürlich erlebte die elterliche Autorität richtig schlechte Zeiten, sie war überhaupt der Inbegriff von out. Und wenn die beiden armen Schlucker, die von den Ereignissen überrollt worden waren, nämlich die Eltern des Jugendlichen, versuchten, ihrem Sprößling gegenüber die Stimme der Vernunft (Vernunft war auch out) walten zu lassen, indem sie ihm eine gesalzene Standpauke hielten, die sich um Themen drehten wie Zukunft, die

Komplexität des Arbeitsmarktes für Jugendliche ohne Abschluß, mit Hosen, die am Boden schleiften, und einem Gehirn, das durch den Mißbrauch von Marihuana ein wenig bematscht war, dann maulte der Jugendliche unter seiner Kappe mit dem Bild von Che Guevara (er wußte nicht genau, wer Che Guevara war, aber Che Guevara war cool), dann maulte also der Jugendliche: »Lasmrmeirua« und schloß sich in sein Zimmer ein, weil *Star Academy* kam.

Das beginnende einundzwanzigste Jahrhundert erlebte das Aufkommen einer neuen Utopie, der Utopie des »Auch du kannst es schaffen«, ein ärmliches Derivat des Meritokratiebegriffs, nach dem allein die Verdienste eines Individuums seine Erfolgschancen bestimmen in einer Welt, in der jedermann die Möglichkeit hat, zur Schule zu gehen, und die Verpflichtung, Steuern zu zahlen ... Von diesem Begriff behielt die Utopie des »Auch du kannst es schaffen« zwar die Idee der Chancengleichheit für alle bei, zappte sich aber an der Idee des individuellen Verdienstes vorbei. Ein geringfügiges Versäumnis. Jedenfalls hatte der Jugendliche keine Lust mehr, zur Schule zu gehen. Und genausowenig hatte er vor, Steuern zu zahlen.

Auch er konnte es schaffen, und was wollte er tun, der Jugendliche?

Er wollte singen.

Damals quälte eine tückische Frage schon seit geraumer Zeit die großen Entscheidungsträger der Schallplattenindustrie: »Warum sollte man sich ein

Bein ausreißen, um etwas gut zu machen, wenn man es doch genausogut auch schlecht machen konnte?«

Musik war eine Kunst, eine schöne Kunst, die unmittelbarste, die zugänglichste Kunst.

Kunst war kompliziert, sie verlangte Talent und Anstrengung. Die Kunst war eine verzweifelte Suche. Sie brachte Leiden, Wut und Haß mit sich. Und sie setzte Künstler voraus – diese verdammte Rasse. Im letzten Jahrhundert schlugen die Künstler in ihren Hotelzimmern alles kurz und klein und brachten sich aus obskuren Gründen um. Im vorletzten Jahrhundert verstümmelten sie sich selbst. Immer mischten sie sich in Dinge ein, die sie nichts angingen, zum Beispiel in die Politik. Sie nahmen Drogen. Künstler waren Nervensägen. Daran konnte man nichts ändern; das, was sie zu Künstlern machte, machte sie auch zu Nervensägen.

Man mußte sie aushalten, ertragen, mit ihnen umgehen können, ihnen schmeicheln, sie trösten, permanent waren sie »im Zweifel«, nach drei unglücklichen Erfolgen gelang ihnen nichts mehr, die Frauen hauten ihnen ab, man mußte sie zurückholen ... Und dann, wenn sie sich als sichere Werte herausgestellt hatten, bedeutete es: einmal auf dem Markt, immer auf dem Markt? Einmal lukrativ, immer lukrativ? Doch der Künstler begnügte sich nicht nur damit, eine Nervensäge zu sein, er war auch unbeständig. Manchmal versiegte der Genius – versiegter Genius, abtrünniges Publikum. Abtrünniges Publikum hat kein Verständnis, schmollt, manifestiert seine Enttäuschung, indem es den Kauf seiner Platten boykottiert und sich schließlich den Platten eines anderen zuwendet.

Man gewöhnt das Publikum nicht ungestraft an Qualität. Wenn die Qualität nachläßt, macht sich das Publikum vom Acker. Und das unverstandene Genie rächt sich am Mobiliar der Suite, und das ist teuer, und das für nichts und wieder nichts. Und doch muß es Genies geben. Das Genie wächst nicht auf Bäumen, vor allem nicht in diesen Zeiten. Und dem Genie, oder eher dem Talent, kam nie das Verdienst zu, alle Leute zu einen. Es provoziert Kritik, Kontroversen, sogar Zurückweisung.

Die Kunst war individuell, die Scheiße universell.

Man mußte also zu einem Konsens kommen und sich dazu entschließen, Scheiße zu produzieren. Zuallererst kam man überein, die Autoren zu umgehen, Autoren waren nämlich zum Kotzen, sie waren besessen von der Idee, Botschaften zu übermitteln, die niemanden interessierten. Man segmentierte die Produktion: Du, du komponierst; du, du schreibst; du, du singst; du, du tanzt; und der erste, der versucht, das zu durchbrechen, fliegt raus. In den Pariser Büros, die wie Fabriken aussahen, schrieben Texter, die wie Beamte aussahen, Lieder, die nach gar nichts klangen.

Die Parole war Oberflächlichkeit. Die Parole war Seichtheit. Die Parole war Angleichung. Nichts durfte herausragen. Niemand durfte dem Los entgehen. Die stimmgewaltigen Sängerinnen mußten häßlich und bescheuert sein, die Videoclip-Figuren mußten ordinär und bescheuert sein. Zumindest sie gab es wie Sand am Meer. Die Sänger mußten den Sängerinnen ähnlich sehen und bescheuert sein. Überhaupt mußten alle bescheuert sein, das vereinfachte die zwischenmenschlichen Beziehungen.

Man erhielt eine Scheiße von heiterer Nichtigkeit. Sie erreichte mühelos ihr Ziel, indem sie auf einen Schlag drei Konsumentengenerationen verblöden ließ. Die Mädchen zwischen sechs und zwölf waren am schlimmsten betroffen, dann kamen die Jugendlichen beider Geschlechter, schließlich die romantischen jungen Frauen mit beschränkter Geisteskapazität. Das war gut, aber es reichte nicht.

Die Presse schimpfte, die Intellektuellen, die Leute mit Geschmack – jene Rasse, die noch nicht zur Gänze ausgerottet war –, sie wüteten und kauften keine Platten.

Man sagte sich, jedes Urteil beruhe auf einem Vergleich. Man beschloß, die Vergleichskriterien auszumerzen. Ohne Vergleich kein Urteil. Ohne Urteil die Einmütigkeit.

Die klassische Musik wurde vom Markt genommen. Klassische Musik war altmodisch, elitär, zum Kotzen. Man leerte die Regale. Man stampfte die Bestände ein. Man steckte Konservatorien in Brand. Man knallte Pianisten ab. Man bot Privatleuten teures Geld für ihre Plattensammlungen, die Privatleute verkauften ihre Sammlungen, auch sie wurden eingestampft.

Dann kamen der Rock dran, der Jazz und die Originalsoundtracks.

Und da man die Originalsoundtracks vom Markt nahm, wollte man auch gleich die Filme vom Markt nehmen. Das Kino war eine Kunst, es war eine Fabrik von Nervensägen. Es sprach verrückte Leute an, und gewisse Filme hatten manchmal die empörende Gabe, gewisse Ideen aufkommen zu lassen, darunter die Idee der Schöngeistigkeit, die man so schlecht ersticken konnte. Zum Glück finanzierte das Fernsehen das Kino, und das Fernsehen war auf unserer Seite. Das Fernsehen ließ das Kino mitsamt seiner Bande von Nervensägen zur Hölle fahren. Statt dessen zeigte man in den Lichtspieltheatern Clips, Werbespots, Sitcoms und Reality-TV. Man nahm die DVDs aus den Regalen. Man stampfte die Bestände ein. Man knallte die Schauspieler ab, die sich nicht zu bescheuerten Sängern umschulen lassen wollten. Man knallte die Regisseure ab, die keine Sitcoms drehen wollten. Man bot Privatleuten teures Geld für ihre DVD-Sammlungen, die Privatleute verkauften ihre Sammlungen, auch sie wurden eingestampft.

Man schloß die Museen.

Die Bücher ließ man in Ruhe. Es war ja schon eine Ewigkeit her, daß man Bücher gelesen hatte.

Man machte viel, viel, viel Geld. Man machte mehr als nur Geld: Man befriedete die Welt. Ohne Gewaltfilme keine Gewalt mehr. Ohne traurige Lieder keine Traurigkeit mehr. Ohne Rock 'n' Roll keine Drogen mehr. Statt dessen wollten die jungen Leute singen. Das war süß! Man hatte die Berufung einer ganzen Generation angesprochen. Es war fast prophetisch. Die Leute waren zufrieden, sie hatten sogar aufgehört zu rauchen.

Das war der Moment, da die Jugendlichen beschlossen, die Schule abzubrechen. Sie gingen auf die Straße. Sie wollten singen, verdammt noch mal. Und wenn diese häßlichen, bescheuerten Sängerinnen so albernes Zeug singen konnten, sich dabei die Taschen füllten und auch noch ins Fernsehen kamen – warum also nicht auch sie? Sie wollten singen, bei Gott, wie alle anderen auch. Also fingen sie an zu singen. Sie sangen auf der Straße, mit dem Mikro in der Hand und dem Verstärker auf dem Rücken, sie sangen, so laut sie konnten, um die Stimme des Nachbarn zu übertönen. Die Prostituierten gesellten sich dazu, die Kosmetikerinnen, die Friseusen, die Kellnerinnen, die Verkäuferinnen, die Sekretärinnen, die Floristinnen, die Journalistinnen von Frauenzeitschriften. Auch sie wollten singen. Dann kamen Automechaniker, Arbeiter, Lebensmittelhändler, Anwälte, Wirte, Unternehmer, Fußballer, Ärzte, Toreros, Barkeeper, Apotheker, Briefträger, Bauern und vor allem die Arbeitslosen. Auch sie wollten singen, verdammt. Sie sangen auf der Straße, mit dem Mikro in der Hand und dem Verstärker auf dem Rücken, und versuchten, lauter zu singen als der Nachbar. Mikros waren frei verkäuflich, man konnte sich leicht welche beschaffen. Dann wurden sie verboten, doch die Leute ließen das nicht mit sich machen. Es entstand ein regelrechter Schwarzmarkt für Mikros. Zwischen rivalisierenden Banden kam es zu Kämpfen um das Mikro-Monopol. Auf der Straße sang niemand mehr: Um sich gegenseitig zum Schweigen zu bringen, kam es unter den Demonstranten zu Handgreiflichkeiten und zu mehr noch als Handgreiflichkeiten: zu Verstärkergreiflichkeiten – die Demonstranten schlugen sich mit Verstärkern nieder. Es gab Tote. Die Welt bestand nur noch aus Gewalt. Man war viel zu verblödet von all den Sitcoms, den Clips, den Scheißunterhaltungssendungen. Die Scheiße, das waren nur seichte Gefühle. »Man erreicht nichts Gutes, wenn man die Welt mit seichten Gefühlen überschwemmt, wo doch starke Gefühle vonnöten sind«, hatte ein Demonstrant geröchelt, bevor er verschied, nachdem er einen Verstärker an den Kopf bekommen hatte. Später stellte sich heraus, daß dieser Mann einer der führenden Köpfe einer Untergrundsplittergruppe war, die in der Kanalisation kampierte und deren Hauptaktivität darin bestand, in die Lager einzubrechen, wo die letzten verbliebenen Exemplare der verbotenen Platten und Filme versteckt waren, sie neu zu pressen und unterderhand zu vertreiben. Die Umstürzler belagerten einen nationalen Radiosender und nahmen ihn im Sturm. Sie hatten einige Minuten Zeit, den Sender zu besetzen und die 6. Symphonie von Ludwig van Beethoven in voller Länge auszustrahlen, dann wurden sie von den regulären Einheiten überwältigt und zerschlagen. Ohne genau zu wissen, warum, fingen die Leute vor dem Radio an zu weinen. Es gab einen Grund: Die Leute hatten nichts mehr zu essen, weil die Bauern sangen; der öffentliche Verkehr lag lahm, weil die Fahrer sangen; die Läden waren geschlossen, weil die Händler sangen. Die Grippe war tödlich, weil niemand mehr die Kranken behandelte. Geld war nichts mehr wert. Man konnte auch keinen Tauschhandel betreiben, weil es nichts mehr zu tauschen gab. Die Gewalt wuchs – es ging nicht mehr ums Singen, es ging ums Überleben. Auf den verwüsteten Straßen sang bald niemand mehr. Die letzten Überreste der Zivilisation, Radio und Fernsehen, hörten auf zu senden. Die Welt ging in einem Rauschen unter.

MANON 13

Und wenn all das ...

»Aufwachen! Aufwachen!«

Mein Schädel dröhnt, als hätte ich zuviel getrunken, und ich sehe alles verschwommen, als hätte ich Wasser in den Augen, ich bin in meinem Zimmer im Ritz, es muß Mittag sein, und alles erscheint irgendwie normal – schweres Erwachen, Kater, die Lust, alles kurz und klein zu schlagen wie bei jedem schweren Erwachen mit Kater –, alles scheint irgendwie normal zu sein, sage ich mir, wäre da nicht dieser livrierte Typ, der mich schüttelt, als wäre ich eine Puppe, und noch dazu brüllt, als wüßte er nicht, daß ich Leute schon aus sehr viel geringerem Anlaß gefeuert habe.

»Aufwachen! Hören Sie mich, Mademoiselle?«

»He, nimm deine dreckigen Pfoten weg, du Abschaum! Wer hat dir erlaubt einzutreten? Ich schlafe!«

»Wer hat *Ihnen* erlaubt einzutreten?«

»Wie bitte?«

»Ja, wer hat Ihnen erlaubt einzutreten? Was soll das? Das ist hier ein Hotel, Mademoiselle, keine Absteige!«

»Ach ja? Ohne Spaß? Das ist komisch, ich hätte schwören können, ich hätte eine rote Laterne an der Tür gesehen.«

»Sie ... Sie haben eine rote Laterne gesehen?«

»Ja, ganz genau, eine rote Laterne, du Arsch. Und jetzt verpiß dich und laß mich schlafen.«

»Aber Mademoiselle ...«

»Ist noch was? Keine Sorge, ich werde mich nicht beim Direktor über deinen übertriebenen Eifer beschweren, ich will schließlich nicht noch einen entlassenen Familienvater auf dem Gewissen haben. Also, hau ab.«

»Ich bin erschüttert, Mademoiselle ... Es muß sich um ein Mißverständnis handeln. George Clooney und seine Freundin, ein Topmodel, dessen Identität ich Ihnen nicht verraten kann, kommen Punkt fünfzehn Uhr. Sie befinden sich in deren Suite, Sie haben hier nichts verloren. Das Zimmermädchen hat mich über Ihre Anwesenheit informiert. Ich habe den Auftrag, Sie des Zimmers zu verweisen. Und wenn Sie Widerstand leisten ...«

»Was? Was ist denn das für ein Schwachsinn? Wenn die Königin von England ein Topmodel ist, dann bin ich die Königin von England.«

»... bin ich berechtigt, Gewalt anzuwenden.«

»Was? Wenn das ein Scherz sein soll, ist er echt geschmacklos.«

»Bedaure, Mademoiselle.«

»Wissen Sie, wer ich bin?«

»Bedaure, ich hatte nicht die Ehre ...«

»Wo ist Derek?«

»Wer? Ich weiß nicht, von wem Sie sprechen.«

»Derek Delano, du Depp. Dreh dich um. Dreh dich um!«

Ich suche nach dem Bademantel, den ich immer in einem Knäuel am Fußende liegenlasse. Er ist nicht da.

»Wie heißt du?« frage ich den Pagen.

»Ernest.«

»Ernest, würdest du mir eben einen Bademantel aus dem Bad holen?«

»Gern, Mademoiselle, doch dann ziehen Sie sich an und gehen, ja?«

Das ist offensichtlich ein schlechter Scherz von diesem Schwachkopf Derek, der nicht mehr weiß, was er tun soll, um zu verhindern, daß unsere Beziehung im Alltagstrott versinkt, und dieser arme unschuldige Page hat keinen Schimmer, wie ich an seiner verdatterten und zerknirschten Miene erkenne. Er hält mich wirklich für eine verirrte Nutte ohne festen Wohnsitz und würde mich vielleicht sogar bei sich aufnehmen, bis ich eine Sozialwohnung und eine Stelle gefunden hätte.

»Hier, bitte, Mademoiselle.«

Ich hülle mich in den Bademantel und gehe zum Schrankzimmer.

»Sehen Sie selbst, ob ich nicht in meinem Zimmer bin. In diesem Schrank hängen alle meine Kleider.«

Ich gehe ins Schrankzimmer – es ist so leer wie das 8. Arrondissement an einem Feiertag; nicht ein einziges Kleid, kein einziger Schuh, und im Schrank gegenüber haben sich auch Dereks Dolce-Anzüge in Wohlgefallen aufgelöst. Hier ist nichts mehr, nur die Kleiderbügel mit dem Logo des Ritz schaukeln klirrend in dieser Einöde.

»Na gut, Ernest, dann gehen wir eben ins Badezimmer.«

»Auch im Bad ist nichts mehr, Mademoiselle, ich war gerade dort.«

»Meine Cremes von La Prairie«, rufe ich aus und laufe ins Bad. Auch hier steht nichts mehr, weder meine Cremes von La Prairie noch das Necessaire mit den Harvey-Nichols-Präparaten, die ich noch nie benutzt habe, noch Dereks Rasierer, kein Kamm, keine Bürste, nicht mein Fön oder mein Schminkkoffer – nichts, nicht mal ein Haar im Whirlpool, kein Spritzer auf dem Spiegel, nicht der Geruch einer kürzlich genommenen Dusche, alles ist leer, leer, verlassen wie ein Hotelbadezimmer. Entsetzt stürze ich aus dem Bad und durchsuche, mit diesem Schwachkopf auf den Fersen, alle Zimmer der Suite. Alle Zimmer sind so leer wie das Schrankzimmer und das Bad – die B&O-Anlage ist verschwunden, die Großleinwand, die DVDs, die Laserdiscs, die riesigen Boxen, die Klavierpartituren, Dereks Fotos, meine Fotos, das Kinoplakat im Glasrahmen im Flur, die Ladegeräte für die Handys neben dem Bett, die Handys selbst und alles, alles ist verschwunden, alles, was sich in anderthalb Jahren gemeinsamen Lebens durch zwanghafte Käufe von diesem und jenem zu beruhigenden Stapeln angehäuft hatte. Hier wohnt niemand, sage ich mir, hier wohnt niemand, und wende mich meiner letzten Hoffnung zu, dem Safe. Ich gebe die Kombination ein und sage mir, da drin ist ein Brief von Derek, vielleicht ein Trennungsbrief, ein suizidaler Abschiedsbrief oder einfach nur eine Erklärung: »Ich habe dich schön zum Narren gehalten, komm ins Peninsula nach Hongkong, vor dem Hotel wartet ein Wagen, und hier ist Bares für die Trinkgelder, zieh dir was Warmes an, die Nächte im Flugzeug sind kalt.« Aber ich habe nicht viel Zeit zu hoffen, kaum zwanzig Sekunden, so lange wie es dauert, dreimal hintereinander die Kombination für den Safe einzugeben; und als er blockiert, weiß ich: Wenn er nicht aufgeht – nicht weil ich zu nervös bin oder weil der Mechanismus verrückt spielt –, wenn er nicht aufgeht, dann nur deshalb, weil ich nicht die richtige Kombination habe, und als ich einen letzten Blick auf das verlassene Zimmer, auf das bestürzte Gesicht des Pagen, auf diesen versperrten Safe werfe, wird mir schwindlig, als hätte sich unter meinen Füßen ein Abgrund aufgetan, hier, in diesem Zimmer des Ritz, das ganz offensichtlich nicht mein Zimmer ist, es vielleicht nie gewesen ist.

»Sie müssen jetzt gehen, Mademoiselle, hier, Ihre Sachen.«

Mein Blick verschwimmt, als hätte ich Unterzucker; ich taste nach dem Fummel aus roter Seide, den er mir reicht, reibe die Augen und halte das Ding ins Licht. Auf den ersten Blick ist es ein Designerkleid von zweifelhafter Qualität, vielleicht Ungaro, ein altes Ungaro-Modell, so altmodisch, daß Michelle Pfeifer es in *Scarface* hätte tragen können, nur daß *Scarface* eben Anfang der achtziger Jahre gedreht wurde.

»Da sind noch Stiefel ...«

Ich will die Stiefel gar nicht sehen, ich bin völlig am Ende.

»Weinen Sie nicht, Mademoiselle, wir werden Ihnen helfen, wo es nur geht ...«

Ich weine.

»Ernest, Sie ... Sie können doch nicht ernsthaft wollen, daß ... daß ich das anziehe ...«

»Sie müssen jetzt gehen, Mademoiselle, alles, was Ihnen gehört, ist dieses Kleid. Diese Stiefel und dieser Schlüsselbund.«

»Ich möchte lieber den Bademantel anbehalten, wenn es Ihnen nichts ausmacht. Ich möchte lieber im Bademantel auf die Straße gehen, möchte Derek lieber splitternackt auf der Straße suchen, als diesen alten Fetzen anzuziehen. Was sollen denn meine Fans denken? Das können Sie mir nicht antun. Holen Sie mir meine Kleider, meinen Schmuck, meine Uhr, meine Cremes von La Prairie zurück. Bringen Sie diesen Safe in Ordnung. Und lassen Sie mich Derek anrufen. Ich bitte Sie, lassen Sie mich Derek anrufen. Ich weiß nicht, warum er mir das antut. Ich habe doch nichts Böses getan. Ich war zwar in letzter Zeit etwas überspannt, aber das wird schon wieder, ich werde wieder netter, wenn der Druck erst mal ein wenig nachläßt ... Wir fahren an die Côte und erholen uns. Das wird uns guttun, ein bißchen Erholung. Wir haben ein sehr schönes Haus dort unten, kommen Sie doch mit Ihrer Familie und machen Sie bei uns Urlaub. Sie sind sehr nett. Sie können nichts dafür. Das war Derek. Derek ist an allem schuld. Wir machen Urlaub an der Côte, die Lage ist schön, es gibt einen schönen Pool. Wir fahren Boot. Sind Sie schon mal mit einer Riva gefahren? Das ist schön, Sie werden sehen, sehr komfortabel. Alles ist sehr schön. Wir leben wie in einem Traum, Sie werden sehen. Können wir heute nachmittag aufbrechen? Es gibt stündlich Flüge. Der Flug dauert nur eine Stunde. Wir könnten vielleicht auch den Privatjet nehmen, wenn wir jetzt Bescheid sagen. Ich will nur kurz duschen und mich umziehen, meine Koffer packen ...«

»Ziehen Sie sich an, Mademoiselle, es ist schon ein Uhr.«

Und wenn all das ...

»Drehen Sie sich bitte um, Ernest.«

Er dreht sich um, ich ziehe das Kleid und die Stiefel an. Dann folge ich ihm, mir ist, als stiege ich aufs Schafott, ich habe einen metallischen Geschmack im Mund, in meinem rechten Stiefel spüre ich etwas, und als die Tür der Suite hinter mir zugeht, schiebe ich die Hand hinein und spüre einen Fünfhundert-Euro-Schein – ich kann die Scheine bei der Berührung erkennen; Derek und ich spielten oft mit verbundenen Augen »Wieviel habe ich in der Hand?« Ich ziehe das Bündel heraus, zwanzig Scheine: zehntausend Euro. Dieser Derek! Und da erinnere ich mich – dieses Kleid, Sissi hatte es mir geliehen, Pavillon des Champs, *Superstars*, Sissis Neid, diese Vorpremiere, wo alle waren, wo Derek war, wo alles begann. Ich trug dieses Kleid, und da war dieser Typ neben Leonardo, er nannte mich »Lady in Red« und füllte mich ab bis zum Blackout, mein erster Rausch, der Raum drehte sich, ich verlor Sissi in der Menge, und das war gut so, Derek brachte mich in dieses Zimmer, unser Zimmer, das ich seitdem nie mehr verlassen habe, das ich heute verlasse. Im selben Kleid. Mit diesen abgewetzten Stiefeln. Und alles, was ich besitze, ist in diesen Stiefeln: fremde Schlüssel und ein Bündel rosa Scheine mit fortlaufender Seriennummer. Ich trete aus dem Aufzug und suche nach einem vertrauten Gesicht – an der Rezeption nur Fremde mit feindseliger Miene. Ich gehe auf sie zu.

»Guten Tag. Ist Lucien da?«

Ernest folgt mir mit mitleidigem Blick.

»Seine Zimmernummer bitte?« fragt der Typ fast unverschämt.

»Lucien ist der Concierge«, sage ich und balle die Fäuste.

»Ich bin der Concierge, Madame.«

»Erzählen Sie mir doch nichts!« sage ich. »Ich wohne seit anderthalb Jahren hier, und Sie sind nicht der Concierge dieses Hotels. Wo ist Lucien?«

»Hier gibt es keinen Lucien, Madame, und ich muß Sie bitten, nicht laut zu werden.«

»Gut«, sage ich, »dann möchte ich den Direktor sprechen.«

»Der Direktor ist beschäftigt, Madame. Was wünschen Sie?«

»Was ich wünsche, was ich wünsche ...«

Gleich flenne ich los, ich spüre, wie sich meine Nägel in die Handballen bohren, mein Kiefer schmerzt, so sehr presse ich die Zähne zusammen, mir steigen die Tränen in die Augen, ich denke: Verfolgung, verbissener Kampf, Komplott, ich werde diesen Scheißkerl erwürgen, gleich kriege ich einen Nervenzusammenbruch.

»Ich denke, Sie hatten das, was Sie wünschten, nicht wahr, Madame?« sagt mir der Scheißkerl ins Gesicht und beäugt das Bündel, das ich seit einer Weile nervös in der Hand herumknete, genauer gesagt, seit ich aus dem Aufzug gekommen bin, und plötzlich sehe ich all diese Leute um mich herum, die mich von oben herab ansehen, angewidert und verächtlich und ohne dieses kleine Flackern, dieses kleine Flackern der Neugier und der Faszination, das ich im Blick derer, die mich erkennen, immer entdecken kann. Doch jetzt erkennt mich niemand in der Lobby des Ritz, niemand, und im Spiegel gegenüber sieht das Mädchen im roten Kleid und mit den Geldlappen, die aus ihren geballten Händen heraushängen, wirklich aus wie die letzte Nutte.

»Ernest begleitet Sie hinaus.«

»Nein!« schreie ich. »Es reicht, ich habe genug. Schluß jetzt mit diesen Scherzen! Ich bitte Sie, sagen Sie mir die Wahrheit, Sie Scheißkerl, sagen Sie mir die Wahrheit: Wo ist Derek? Ich will Derek! – Derek!« brülle ich in den Raum. »Derek! Wo bist du? Zeig dich, du Monster! Der Alptraum soll aufhören. Derek!«

Ziellos gehe ich durch die Lobby des Ritz und rufe: »Derek! Derek!«, und meine Stimme, eine Grabesstimme, hallt dissonant in dieser gedämpften, gediegenen Lobby wider, wo bestimmt seit einer Ewigkeit niemand mehr die Stimme erhoben hat. Ich reiße alle Türen auf, halte die Leute fest und sehe sie eingehend an, ich renne fast, ja, ich renne auf der Stelle, weil ich im Grunde nicht weiß, wohin ich renne, und ich stolpere über den Teppich, klammere mich an eine Säule, die Scheine fallen zu Boden und flattern weg, es ist mir egal, ich suche Derek, Derek kennt die Wahrheit. Ich weiß, daß er sich irgendwo versteckt, vielleicht in dieser Bar, vielleicht im Hemingway oder in diesem langen Korridor, auf der Terrasse, in einem einfachen Zimmer, um die Spuren zu verwischen, draußen hinter einem Arkadenpfeiler als Lastwagenfahrer verkleidet, und wenn ich ihn finde, wird er grinsen wie immer, wenn ich ihn erwische, und wird sagen: »Und, meine Süße? War nicht schlecht, meine kleine Inszenierung, oder?« Und ich weiß nicht, ob ich erleichtert lachen oder ihn umbringen werde. Am Eingang zum Restaurant fängt mich der Scheißkerl von der Rezeption ab, er packt mich am Arm.

»Seien Sie still, seien Sie jetzt still, oder ich rufe die Polizei!«

Er hält mir den Mund zu, ich wehre mich, und dieser Waschlappen ruft den Sicherheitsdienst, diese Kerle habe ich noch nie gesehen, und als ich der Länge nach hinschlage, sehe ich, wie Blut aus meiner Nase tropft, aber ich spüre keinen Schmerz, ich stelle einfach nur fest, wie hoch die Decke ist.

»Was ist denn hier los?« fragt eine Stimme hinter mir. Ich will mich umdrehen, aber der Scheißkerl hat mich fest im Griff.

»Nichts, Herr Direktor, nur eine Nutte unter Drogen, die hier Theater macht, wir wollten sie rauswerfen.«

»In mein Büro«, sagt der Herr Direktor, und man schleift mich hinter ihm her in die heiligen Hallen des Hotels. In den Wandspiegeln betrachte ich sein Gesicht, vergebliche Mühe, auch er ist ein Betrüger, wie alle hier außer mir, und ich speie die Rausschmeißer mehr an, als daß ich sie anbrülle, und speie die verächtlich dreinblickenden gutgekleideten Gäste an: »Ich bin keine Nutte unter Drogen! Ich bin keine Nutte!«

»Ich bin keine Nutte«, murmele ich schluchzend vor dem Direktor, der mich hinter seinem Schreibtisch mustert.

»Sie haben sich heute nacht Zutritt zur Vendôme-Suite verschafft, oder?«

»Ich habe mir nirgendwo Zutritt verschafft, es ist mein Zimmer ...«

»Natürlich ... Ich würde gern wissen, wer Ihnen die Tür geöffnet hat und mit wem Sie die Nacht dort verbracht haben.«

»*Ich* habe die Tür zu *meinem* Zimmer selbst geöffnet, mit *meinem* Schlüssel«, schreie ich.

»Natürlich ...«

»Und ich bin keine Nutte!«

»Mademoiselle, es wäre für uns alle einfacher, wenn Sie sich dazu durchringen könnten, die Wahrheit zu sagen.«

»Ich sage die Wahrheit. *Sie* lügen hier, Sie sind nicht der Hoteldirektor, Sie sind an diesem Komplott beteiligt.«

»Wovon reden Sie eigentlich? – Man sollte besser den Notdienst von Sainte-Anne rufen als die Polizei«, sagt er zu dem Scheißkerl.

»Ich rede von Dereks Komplott. Derek Delano. Er hat mir einen üblen Streich gespielt und Ihnen auch, und Sie werden klein beigeben, wenn Sie es erfahren, das kann ich Ihnen versichern. Ich glaube, Sie wissen nicht, mit wem Sie es zu tun haben.«

Das Namedropping zeigt Wirkung, bei der Erwähnung des Namens Delano tauschen die beiden einen langen verdutzten Blick, und ich fasse wieder Mut – die Gerechtigkeit wird bald wiederhergestellt sein.

»Derek Delano?«

»Ja, ganz genau: Delano. Und ich, ich bin Manon D. Wenn hier alles wieder seinen geregelten Gang geht, werde ich dafür sorgen, daß Sie Ihr ungebührliches Verhalten schwer bereuen, das garantiere ich Ihnen.«

»Manon wer?« fragen sie im Chor und mit der gleichen ungläubigen Miene.

»War ja klar. *Dumm und Dümmer*«, sage ich, weil mir nichts anderes einfällt. »War ja klar. War ja klar. War ja klar.«

»Und was hat Herr Delano mit dieser Geschichte zu tun?«

»Herr Delano ist auf Reisen. Wir haben ihn seit einem halben Jahr nicht mehr gesehen. Er ist, glaube ich, in den Staaten. Kennen Sie ihn?«

»Ich bin seine Frau!« schreie ich.

»Seine Frau?«

»Die Frau von ...?«

Und sie lachen schallend, als hätte ich irgendwas gesagt wie: Tom Cruise ist hetero; sie lachen schallend, ein gemeines, selbstsicheres, ernstes Lachen, so abwegig, grotesk und absurd kommt ihnen das vor, was ich gerade gesagt habe. Und auf einmal frage ich mich, ob das, was ich gesagt habe, nicht tatsächlich abwegig, grotesk und absurd ist.

»Ich muß kurz telefonieren. Ganz kurz.«

Die Sonne sticht, als mich die beiden Rausschmeißer, die ich noch nie gesehen habe, vors Ritz setzen, und ich merke, ein wenig unvermittelt, daß es noch immer Sommer ist. »Ha, es ist ja noch Sommer.« Mit dem »Lacrimosa« aus Mozarts *Requiem* im Ohr stehe ich wankend vor dem Hotel, weil mich Übelkeit überkommt und das, was ich, ohne zu übertreiben, Verzweiflung nennen würde. Offensichtlich weiß ich nicht, wohin, offensichtlich bin ich verloren, verloren, vielleicht sogar reif für die Klapse, vielleicht schlafe ich auch, und bald werden mich Dereks Küsse wecken, und er wird liebevoll über meinen Alptraum spotten und sagen: »Nun hast du gesehen, daß du ohne mich nicht leben kannst«, wobei er sich bemühen wird, nicht allzu ernst zu wirken. Und ich werde sagen, nein, aber die Sonne, die mich blendet, ist sehr real, und der würzige Geruch des Ritz, der schwächer wird, je weiter ich mich entferne, ist auch ziemlich real, und alle Leute sehen mich von oben herab an – mich, von oben herab –, und ich glaube, es gibt nichts Realeres und nichts Schlimmeres als diesen Blick, den ich nicht mehr gewöhnt bin.

Und wenn all das …

Zwei Schlampen in Rosa, kaum volljährig, gehen an mir vorüber, und ich weiß nicht, welche von beiden sagt: »Ich will eine Jaeger oder vielleicht eine Président oder vielleicht doch eine Jaeger. Oder eine Président. Oder eine Jaeger. Was meinst du, soll ich eine Président oder eine Jaeger nehmen?«

Ich packe eine der beiden Tussen am Arm und frage sie: »He, erkennst du mich wieder?«

Das Mädchen macht sich angewidert los und sagt: »Geht's noch?«

Dann gehen sie weiter. »Was für eine bedröhnte Nutte!«

Ich kann mich gerade noch zurückhalten, bevor ich sie schnappe und ihr eine schmiere, dann werde ich von einer Truppe fetter Amerikaner in Shorts halb niedergetrampelt, einer pfeift nach einem Taxi, das Pfeifen geht mir durch Mark und Bein, ich glaube, ich werde ohnmächtig vor der Vendôme-Säule, die das ganze Jahr über meinen Schlaf bewacht hat. Eine Schwuchtel in Eile mit einer Handtasche rempelt mich an und läßt die Sonnenbrille genau vor mir fallen, ich hebe sie auf und schreie:

»He! He, Sie da! Sie mit der Handtasche, die Ihnen nicht steht – Ihre Brille!«

Doch die Schwuchtel dreht sich nicht um und beschleunigt den Schritt, verschwindet dann rennend in der Rue Saint-Honoré. Ich betrachte die Sonnenbrille, das neueste Chanel-Modell, schwarz, redesignt nach einem Modell aus den fünfziger Jahren, das ich letzte Woche bestellt habe, und sage mir: Zufall. Ich setze sie auf und fühle mich schon ein bißchen besser, das getönte Glas erinnert mich unter anderem daran, daß ich unter diesem unwirklich blauen Himmel ein Kinostar bin, und plötzlich wird die zusammengebrochene Welt wieder lebendig, denn nun weiß ich, wohin. Ich laufe über die Place Vendôme, und alle drehen sich nach mir um, und ich laufe um so schneller, da ich weiß, daß dort diese Werbefläche mit meinem Plakat ist, riesig, unverrückbar, vertraut. Sobald ich um die Ecke der Rue Saint-Honoré biege und mein Gesicht und meinen Namen sehe, wird mein Alptraum zu Ende sein, alles wird nur noch eine schlechte Erinnerung sein, sogar mein geschwollenes Auge wird wie durch ein Wunder abschwellen, und der herbe Geschmack in meinem Mund wird verschwinden, vielleicht wartet sogar Derek im Wagen auf mich, und, was weiß ich, vielleicht auch die Besetzung dieses geschmacklosen Stücks, und ich darf nicht vergessen, daß man mich ansieht, wohin ich auch gehe, alles wird nur eine schlechte Erinnerung sein, und die Wahrheit wird so klar und deutlich und so greifbar ans Licht kommen wie der Titel dieses Films, und ich werde alles verstehen, alles, und die Welt wird wieder meine Welt sein, die wirkliche Welt, als hätte sie mich niemals verraten.

Ich komme an die Straßenecke und als ich den Blick auf der Suche nach Erlösung hebe, höre ich für den Bruchteil einer Sekunde von ferne die Titelmusik von *Midnight Express*, sie verklingt und wird dann wieder lauter, dann höre ich das Brummen eines Maranello-Motors und denke: Derek, und ich weiß nicht, warum: Es ist aus, und diese Gewißheit festigt sich, als ich das Gesicht von Natasha Kadysheva wahrnehme, die von irgendeinem Fotografen für das neue Parfüm von Chanel aufgenommen wurde: Dignité. Der Slogan darunter: »Würde ist, was bleibt, alles, was bleibt, wenn man alles verloren hat.« Und nirgends mein Gesicht, nur unter meinen fiebrigen Fingern, die es betasten, und ich sehe die stupide Natasha an und falle vor dem Plakat auf die Knie: »Dignité, Würde ist, was bleibt, alles, was bleibt, wenn man alles verloren hat«, und ich kann keinen Schritt mehr tun, will keinen Schritt mehr tun, würde am liebsten hier verrecken, hier verrecken, denn ich bin verrückt, definitiv verrückt, und ich habe alles verloren.

Jemand berührt mich an der Schulter, und ich drehe mich mit letzter Hoffnung um, einer enttäuschten Hoffnung, es ist nur Ernest, der mir immer noch voller Mitleid mein Geld hinhält. Ja, wenigstens ist mir das noch geblieben, und ich frage mich wirklich, auf welchem Kokaintrip ich gestern nacht war und mit welchem abstoßenden reichen alten sterbenskranken Mann ich zusammen war, um das viele Geld zu bekommen, aber ich nehme es trotzdem, ohne mich zu bedanken, und winke ein Taxi heran. Das Taxi hält eilfertig mit quietschenden Reifen, und bevor ich einsteige, ohne zu wissen, wohin ich fahre, halte ich die Tür auf und frage Ernest, ohne noch Hoffnung zu haben: »Ernest, haben Sie mich eigentlich schon mal irgendwo gesehen?«

»Nein.«

»Wie lange hängt dieses Plakat von Dignité denn da schon?«

»So lange, daß ich mich nicht mal mehr erinnern kann, was vorher da hing.«

»Was glauben Sie, ist mit mir los?«

Er zögert, er sieht so bedröppelt aus, dieser armselige Hotelangestellte, ich tue ihm von ganzem Herzen, mit all seinem gesunden Verstand, leid. »Ich weiß es nicht, Madame.«

Ich schlage die Tür zu und sage zum Fahrer: »Fahren Sie.«

»Wohin?«

»Was weiß ich? Geradeaus. Ist mir egal.«

Er mustert mich argwöhnisch im Rückspiegel und fragt: »Bis wohin?«

Ich halte ihm einen rosa Schein hin und antworte: »Bis fünfhundert.«

Wir durchquerten Paris von oben nach unten und von rechts nach links und hielten vor jeder Werbefläche, jeder Bushaltestelle, jedem Kino, und ich war nirgends zu sehen. Wir hielten an jedem Zeitungsstand, ich verlangte Elle, Gala, VSD, Match, Vogue, Studio, Première, Numéro, Blast, Max, Rolling Stone, Dazed and Confused und alle möglichen GQ, und ich war nirgends. Ich fragte nach alten Ausgaben. Man sagte mir, man müsse sie postalisch bestellen. Ich würde sie postalisch bestellen. Ich musterte die Passanten. Die Passanten musterten mich ihrerseits und wandten den Blick ab. Ich kaufte ein Sandwich. Das Sandwich war trocken. Ich aß es trotzdem. Es wurde Nacht. In einem Café-Tabac an der Place de la Bastille beäugte mich der Typ hinterm Tresen mit diesem speziellen Flackern im Blick. Er sagte: »Ich kenne Sie doch.« Mein Herz fing an zu klopfen. Ich lächelte. »Du bist die kleine Manon vom Bistro in Terminus. Bist du nun auch nach Paris raufgekommen? Wie geht's deinem Vater?«

Als ich aus dem Café kam, regnete es Bindfäden, genau das richtige Wetter, um wieder ins Auto zu steigen; ich war naß bis auf die Knochen. Ich schlotterte in meinem zerschlissenen Cocktailkleid. Neben mir auf der Rückbank lagen über fünfzig Magazine. Nun war es ganz düster, und mit dem Fieber, das ich bekommen hatte, schien mir jedes Werbeplakat, entstellt vom prasselnden Regen, von der Dunkelheit und dem launischen Tanz der Scheinwerfer, mein Abbild zu zeigen.

Der Taxifahrer beobachtete mich im Rückspiegel.

»Gehen Sie doch nach Hause, Sie holen sich ja den Tod«, sagte er zu mir.

»Nein, ich muß telefonieren.«

Es war sehr kalt in der Telefonzelle in der Avenue de la Grande-Armée, wo wir angehalten hatten. Der Regen prasselte an die Scheiben und isolierte mich von der Welt. Bevor ich ohne große Hoffnung Dereks Nummer wählte, lehnte ich mich an den Apparat, holte kurz Luft und dachte an nichts. Ich sah die Leute an, die Leute, die es eilig hatten, mit ihren Schals, ihren langen Mänteln, wie sie gegen den Wind ankämpften, wie sie ihren Schirm umklammerten und versuchten, das Baguette zu schützen, das aus ihrer Tasche ragte, die Leute eilten die Avenue de la Grande-Armée hinunter, drängten sich in die Metro, drückten sich unter den unzureichenden Schutzdächern der Bushaltestellen aneinander und warfen sich böse Blicke zu. Sie eilten zu ihren Wagen, die in den Seitenstraßen geparkt waren, sie winkten besetzte Taxis heran, die sie fast überfuhren und sie mit schmutzigem Wasser vollspritzten, und die Leute tobten, schrien hinter den Taxis her, einige Leute gingen zu Fuß, sie rannten fast, andere rauchten und zogen daraus offensichtlich nicht den geringsten Genuß, und die grauen Rauchschwaden vermischten sich mit den Rauchschwaden aus den Auspufftöpfen und den weißlichen Atemwolken all dieser Leute, all dieser Leute, die nach Hause eilten.

Ich wählte Dereks französische Handynummer.

Die Nummer war nicht freigeschaltet.

Ich wählte seine Schweizer Handynummer.

Die Nummer war nicht freigeschaltet.

Ich wählte seine englische Handynummer.

Die Nummer war nicht freigeschaltet.

Ich wählte seine New Yorker Handynummer.

Es dauerte einige Zeit, bis die Verbindung hergestellt war, dann klingelte es. Nach zwanzig Klingeltönen wurde abgenommen. Ich hörte jemanden am anderen Ende der Leitung atmen, hörte eine Polizeisirene und dann das Thema von *Midnight Express*, so leise, daß es nur eine Einbildung sein konnte. Und dann wurde die Verbindung unterbrochen. Und im Ohr hatte ich immer noch das Thema von *Midnight Express*, als käme es von weit her.

Ich preßte meine Hände an den Kopf, an die Schläfen und drückte so fest, als wollte ich die Wahrheit herauspressen. *Und wenn all das niemals* ... Ich rief im Plaza an. Ich mußte mit Kurt sprechen. Kurt war unbestechlich. Kurt hatte Derek nie besonders gemocht. Kurt würde mir die Wahrheit sagen. Ich bat darum, mit ihm verbunden zu werden. »Mit welchem Kurt?« fragte man. »Kurt Cobain«, sagte ich. »Soll das ein Scherz sein?« fragte man. Und da erinnerte ich mich, daß er sich unter einem anderen Namen eingetragen hatte. »Er hat sich unter dem Namen Travis Bickle eingetragen.«

»Hören Sie«, maulte der Kerl, »ich habe zu tun, wenn Sie mir also einen Bären aufbinden wollen ...«

»Ich weiß, daß er nicht gestört werden will«, sagte ich, »aber er ist einer meiner besten Freunde, sagen Sie ihm ... sagen Sie ihm, Manon D. will ihn sprechen, es ist sehr wichtig.«

Schweigen am anderen der Leitung.

»Hören Sie, Kurt Cobain ist seit zehn Jahren tot!«

Und der Kerl legte einfach auf.

Das Taxometer zeigte dreihundert Euro an. Wir fuhren nun schon gute vier Stunden herum, und ich fand nur schlechte Antworten auf meine Fragen. Ich fror, ich fror so schrecklich und wußte nicht, wohin. Ich fuhr noch mal an der Place Vendôme vorbei und sah

Licht in den Fenstern meiner Suite. Dann wühlte ich in dem Zeitschriftenstapel und fand den Schlüsselbund wieder. Ich wußte nur zu gut, welche Tür mir diese Schlüssel öffnen würden. Ich hatte es von Anfang an gewußt, ich nannte dem Fahrer die Adresse. Die Gare Saint-Lazare war nicht weit von der Place Vendôme entfernt. Und dennoch ... Die Nacht wich langsam dem Morgenrot, je weiter wir uns von meiner vermögenden Vergangenheit entfernten, wir fuhren mitten durch Paris, ich biß mir auf die Knöchel. Ich erinnerte mich an den Weg und an die Einbahnstraßen. Ich gab dem Fahrer das Geld. Der Türcode war noch derselbe. Die Treppe knarzte noch immer. Ich drehte den Schlüssel im Schloß. Ich trat ein.

Die Wohnung war einigermaßen aufgeräumt, alles war an seinem Platz. Es stank nach kaltem Rauch und nach Einsamkeit, so wie ich am Abend zuvor alles verlassen hatte. Auf dem Tisch stand eine halbvolle Kaffeetasse. Ein Aschenbecher mit Kippen. Geschirr in der Spüle. Konservendosen im Schrank. Mein ungemachtes Bett. An einem Radiator trocknete Wäsche. Auf der Armlehne des Sofas lag ein aufgeschlagenes Buch. Ich las den Titel – *Die Möwe* von Tschechow. Ich hatte nicht mal mehr die Kraft zu seufzen. Im Bad fand ich eine leere Flasche Haarbleichmittel.

Der Anrufbeantworter neben dem Telefon blinkte, automatisch drückte ich auf den Knopf.

»Manon! Hier ist Sissi. Wo steckst du denn, verdammt? Wenn du noch später kommst, reißt dir Stück

Dreck den Kopf runter! Beeil dich! Sag mal, was macht dein Kopf? Besser? Ich hab gestern nacht gedacht, du bekommst einen Blutsturz und stirbst, als ich dich mit meinem Tablett angerempelt habe. Also, komm endlich, ja!«

Heute, fünfzehn Uhr dreißig:

»Manon! Du blöde Kuh! Wir haben den ganzen Vormittag auf dich gewartet. Die Mädchen haben sich beim Mittagstisch zu Tode geschuftet. Wir hatten zweihundert Essen. Zweihundert Scheißessen! Zu viert! Wenn du nicht kommen kannst, dann sag Bescheid. Wenn du krank bist, dann sag Bescheid. Und diesmal solltest du dir besser ein Attest besorgen. Sonst schlage ich dir so die Fresse ein, daß du meinst, deine Scheißcastings sind Horrorfilme! Und in deinem eigenen Interesse solltest du zum Abendessen hier antanzen. Blöde Kuh!«

Heute, neunzehn Uhr zwölf ...

Ich steckte das Telefon aus und ließ das Kleid auf den Boden fallen. Ich wollte nur noch eins – schlafen oder sterben. Ich hatte nicht mal mehr die Kraft zu duschen. Ich legte mich schlafen. Morgen dann ... Morgen hätte ich vielleicht die Erklärung für alles. Morgen wird sich alles wieder einrenken. Ich lächelte fast bei dem Gedanken an morgen, denn alles würde sich einrenken.

Ich machte Licht im Schlafzimmer. Über dem Bett hingen Fotos, die ich, soweit ich mich erinnern konnte, nicht aufgehängt hatte. Ich trat näher. Das waren keine Fotos, sondern Seiten aus Illustrierten, die schlampig herausgerissen waren.

Es war Derek.

Derek auf der Titelseite der Fortune. Derek anläßlich dieser Fusion mit Texaco in den Schlagzeilen von Le Monde. Ein langes Interview mit Derek in einem Wohnmagazin, mit einem Foto, auf dem er in seinem Haus in Saint-Tropez posiert. Derek auf der Titelseite des *Match*. Mit Natasha Kadysheva. Derek in der Park Avenue, wie er neben Natasha geht, sie ausgezehrt und mit Augenringen. Derek, wie er sich auf dem Rasen mit Natasha vergnügt. Derek bei der Vorpremiere zu X-*Men* 2 mit Hugh Jackman, Anna Paquin und dieser Soundso, die für Guess modelt. Derek auf der Yacht in der Bucht von Monaco, diese Soundso, die für Guess modelt, reibt ihm den Rücken mit Sonnenöl ein. Sie zieht ein Gesicht. Sie trägt seine Rolex, ein Pucci-Kleid mit passendem Hut und passender Brille. Mirko streckt seinen Arsch in die Kamera. Und wieder: Derek und Natasha beim Bal des Étoiles. Derek und Natasha im Morgengrauen beim Kotzen vor dem VIP auf den Champs. Und in der Mitte zwischen all den anderen Bildern ein sehr schönes Schwarzweißbild von Derek und einer, die Natasha sein muß, in einer Nische des Caves in Saint-Trop, man sieht Natashas Gesicht nicht, weil ich ein anderes Foto darübergeklebt habe. Ein Foto von mir.

Ich war reif für die Klapse.

All das hat nie stattgefunden.

Und irgendwo, ganz bestimmt tief in meinem Inneren, in diesem abgründigen Ich, von dem ich bislang überhaupt nichts gewußt hatte, hallte immer noch dieses teuflische Thema von *Midnight Express* wider, als käme es von ganz weit her.

DEREK 14

Nocturne Nr. 1 in e-Moll op. 48

Da ist dieses Klavier unter meinen Händen, und ich kriege nichts mehr darauf zustande. Ich zittere wie ein Verrückter von all dem Bösen, das in mir ist und das ich nicht ausdrücken kann. Irgend etwas fehlt mir, ich weiß nicht, was. Ich greife einen Mollakkord. Schön, der Beifall der anderen. Komisch, aber vorher in dieser Disco sahen mich die Leute ganz neidisch an. Die Noten fliegen unter meinen Fingern davon, ich kippe einen Whisky, um durchzuhalten, der Tag kommt langsam, ich will nicht schlafen. Die Nacht ist dunkelblau, fast schwarz, und im schwarzen Lack des Pianos sehe ich verflucht bescheuert und verstört aus. Draußen kommt der Tag zögerlich. Zu dieser Stunde kann man sich nicht mehr viel vormachen. Die ein ruhiges Gewissen haben, ruhen, und ich, ich beklage auf den Klaviertasten mein

Schicksal. Mit einer Weise von Chopin, einer Nocturne, die ich so mag, denn sie erinnert mich an einen Trauermarsch. Im schwarzen Lack sehe ich auch meine unpersönliche Suite, mein leeres Bett, den Lüster, der größer ist als ich, den makellosen Glanz des über und über gewachsten Parketts, meinen Rücken, der sich in den ganzen Spiegeln bis ins Unendliche bricht, den kalten Kamin, die Vendôme-Säule, und ich könnte kotzen. Ich sehe alles, was ich verpfuscht habe. Das Morgenrot. Gesichter. Eigentlich nichts Wichtiges. Die Musik ist lichtvoll, gewaltig, und ich bin düster und bedröhnt, und ich werde spielen, bis ich zusammenbreche. Die Unendlichkeit schwebt in der Luft, ich strecke die Hände aus, um sie zu greifen, die Musik verklingt, die Unendlichkeit verfliegt. Ich will nicht, daß die Musik verklingt. Sie strahlt die Klarheit des verlorenen Paradieses aus, das Blau der Erinnerungen, und ich schließe die Augen und phantasiere, wiege mich im langsamen Takt all dessen, was ich vergeudet habe. Ich frage mich, wo diejenigen sind, die ich geliebt habe, und ich betrachte das Parkett. Ich frage mich, wann all dies aufhören wird, und die Jahre, die mir noch bleiben, sind sicherlich – sicherlich, denn man weiß ja nie – weniger zahlreich als die Klaviertasten. Und ich könnte mich fast darüber freuen.

MANON 15

Dekadenz

Ich trage ein Diadem, und das helle Licht blendet mich. Ich sterbe vor Hitze. Ich sage: »Danke, daß Sie gekommen sind.« Ich sage: »Danke Ihnen allen.« Ich drücke das Ding an mich. Ich sage: »Ich mag keine großen Reden.« Ich spreche über die französisch-amerikanischen Beziehungen, ich sage, die Kunst und die Kultur sind universell, sage, wir sind alle eine große Familie, die Kino-Familie. Ich spreche über den Weltfrieden, das Glück, mit Karénine arbeiten zu dürfen. Über meine Mutter, die dort oben richtig stolz sein dürfte. Ich sage: »Danke für diesen Oscar.« Und dann fange ich an zu weinen und lasse die Klobürste fallen. Ich wende den Blick von den Spiegelleuchten im Badezimmer ab ... Ich schluchze: »Danke, danke«, und fahre zusammen. Ich sehe mich im Spiegel. Die Diamanten auf meinem Kopf sind unecht, aber sie funkeln trotzdem. Zwei Streifen Kajal auf meinen hohlen Wangen. Das schulterlange platinblonde Haar, vergilbt an den Schläfen und schwarz am Ansatz ... Gerade vorher im Lokal hat Stück Dreck gesagt, ich solle was mit meinen Haaren machen. »Ist geschmacklos«, fügte er hinzu. »Strichnutte aus der Vorstadt, Gäste entsetzt, müssen unser Image wahren, am Montag hast du braune Haare oder du fliegst, glaubst du vielleicht, mit deinem Fixer-Look kriegst du eine Rolle?«

Ich zähle das Trinkgeld, das ich heute abend bekommen habe. Nicht viel. Drei Zehner, fünf Fünfer und blödes Kleingeld. Morgen gehe ich zum Friseur. Ich habe nicht mehr die Kraft, mich abzuschminken. Ich nehme zwei Stilnox, damit ich besser einschlafen kann.

Scheinbar gewöhnt man sich an alles, vielleicht sogar an den Gedanken, verrückt zu sein. Lisa, eine Kellnerin im Trying, hat zwei Jahre Psychologie studiert. Sie brach das Studium ab, um sich auf diese Karriere zu konzentrieren. Tatsächlich ließ sich ihre Modelkarriere in zwei Billigkatalogen, einem Werbespot für Nahrungsergänzungsmittel und ein paar Aufnahmen fürs Internet zusammenfassen. Sie jobbte im Trying, um die Gage am Monatsende »aufzurunden«. Das sagte sie, aber da gab es nichts aufzurunden, und ihre Gage beschränkte sich auf ihren Lohnzettel. Das war typisch. Ich fragte sie geschickt aus. Das heißt, ich erzählte ihr meine Geschichte, als wäre sie »einer Freundin« zugestoßen. Ich hatte keine Freundin, und meine Methode war völlig durchsichtig, aber es war kein Zufall, daß Lisa ihr Psychologiestudium wegen dem Modeln abgebrochen hatte. Sie beantwortete meine Fragen mit allem Wohlwollen der Welt, wenn es nicht wirkliche Sachkenntnis war, und zweifelte keine Sekunde daran, daß meine Freundin sich in dem Zustand einer erotomanen Schizophrenen befand, »völlig durchgeknallt, echt reif für die Klapse, Zwangsjacke, Gummizelle, Elektroschocks und so«.

Ich war also eine Erotomanin, ich hatte in bezug auf Derek und über Dereks Bild eine Art Leidenschaft entwickelt, von der ich glaubte, daß er sie teilte. Ich war auch schizophren und hatte mir, ich weiß nicht in welcher verborgenen Windung meines kranken Gehirns, dieses Leben ausgemalt, unser Leben, und mein Wahn kannte keine Grenzen: Ich konnte Phantasie und Wirklichkeit nicht auseinanderhalten.

Aber irgendwie war mir das auch egal, lieber war ich verrückt als bucklig. In dieser Welt verrückt zu sein hatte fast Klasse. Es war mir piepegal, ob ich in die Klapse gehörte, solange ich weniger als fünfundvierzig Kilo wog. Nein, wenn ich von nun an meine Abende alleine und stumpfsinnig zu Hause verbrachte, die *Mondscheinsonate* hörte und verliebt mit einer Rasierklinge über meine hervortretenden Adern an den Handgelenken strich – schneiden oder nicht? –, dann weniger aus Enttäuschung darüber, daß ich Phantasie und Wirklichkeit nicht auseinanderhalten konnte, als vielmehr, um aus dieser blöden Wirklichkeit zu flüchten.

Die Wirklichkeit, das war zuallererst das Exil, das Exil mitten in Paris; alles, was Paris mir bedeutete, war mir verschlossen, ich war eine Fremde in meiner Stadt, ich hatte die Schlüssel verloren. In Paris kannte ich nur feindselige Straßen und anonyme Gesichter, nur dieses verhaßte Restaurant, wo ich mein Geld verdiente, nur ein paar düstere Cafés mit klapprigen Bänken, nur meine Bude unterm Dach.

Und ich ging durch die Avenue Montaigne und über die Champs-Élysées, die Place Vendôme und durch die Rue Saint-Honoré, und vor jeder Fassade, jedem Schaufenster, vor jeder verschlossenen Tür beschwor ich meine Erinnerungen und flehte ich weiß nicht welche Gottheit an, mir wieder Zutritt zu gewähren, mir mein Leben wiederherzustellen. Ich war wie eine alte Mimin, die ins Theater geht, ihren Platz in der Loge bezahlt und im Schatten, ohnmächtig und frustriert, ein Stück ansieht, in dem sie einmal die Hauptrolle spielte. Sie flüstert die Dialoge mit, errät hinter den Bewegungen des Vorhangs die Betriebsamkeit, die der Vorstellung vorangeht, sie kennt sie auswendig, die Kulissen und den beißenden, heißen Geruch der Premierenabende, und sie denkt an ihre Garderobe, den Spiegel, die Huldigungen, das Lampenfieber, die Blumen, aber an der Tür steht jetzt der Namen einer anderen, und ein Wärter, den sie noch nie gesehen hat, hat ihr kurz zuvor den Künstlereingang versperrt.

Dennoch ist dieser Wärter seit fast vierzig Jahren da, er ist hier geboren und wird hier sterben, und er hat sie nicht erkannt. Und dieses Stück, das sie meint, auswendig zu kennen, ist brandneu, und heute abend ist Premiere. Und, wie seltsam, man hat ihren Namen, den Namen der alten Mimin, noch nie an der Tür zur Garderobe gelesen, daran würde man sich doch erinnern – ist eben nur eine alte Irre, sie stand bestimmt noch nie auf einer Bühne. Sie hält sich wohl für Gena Rowlands in *Die erste Vorstellung*, sie ist schizophren, hysterisch, dement, sie verbirgt sich hinter ihrem Tuch, dabei hat sie doch nichts zu verbergen, sie hat ihr Leben im Schatten verbracht, und nun, da sie nichts mehr zu verlieren hat, nun, da ihre Tage gezählt sind, kann sie sich endlich mal ausspinnen.

Sie ist keine Exilierte, sie ist keine Has-been: Es hat sie ganz einfach nie gegeben.

Mich auch nicht.

Und dann gab es Derek, und daran, daran will ich auf gar keinen Fall denken.

Die Wirklichkeit war der Hunger, der wieder da war. Schlimmer als alles, schlimmer als in Terminus, schlimmer als der Hunger, den ich seit jeher kannte: das Fasten, das auf das Fest folgt. Imaginär oder nicht – das Fest hat stattgefunden, es schien ewig zu dauern, und dann war es zu Ende, und es gab nichts mehr zu essen.

Die Wirklichkeit, das war meine Mansarde, kaum beheizt, schäbig, erbärmlich, mit niedriger Decke, verschossener Farbe, schwarz an manchen Stellen, die Fenster ohne Vorhänge, die groben Laken, das kalte Wasser, das Klo auf der Treppe, und durch die Wände drang der Geruch billigen Essens aus den armen Haushalten nebenan. Die Wirklichkeit war, in aller Frühe in der Kälte aufzustehen, der stressige Drecksjob, der mich erwartete, und das stressige Wissen, daß mich in meinem Leben nichts anderes mehr erwarten würde, so ein Drecksjob, undankbar, erniedrigend, nervtötend, bis zum Ende meiner Tage in aller Frühe aufzustehen und unter der Dusche zu frieren und diesen widerlichen Kaffee zu trinken in diesem Gestank nach kaltem Rauch und Eingeschlossensein, es war dieser ranzige Gestank in der Metro zur Stoßzeit, und es war die Tatsache, nur eine Passantin zu sein, die man anrempelte, ohne sich zu entschuldigen, die man ansah, ohne sie zu sehen. Die Wirklichkeit war, gähnend zu diesem Scheißrestaurant zu laufen und unter der perversen Aufsicht von Stück Dreck erbärmliche Leute zu bedienen, sich anmotzen zu lassen, weil das Püree kalt und der Champagner warm war. Doch wenn es nur das wäre – die Wirklichkeit, das waren vor allem die Hände im Schmutzwasser zwischen Mittags- und Abendschicht, die Stapel von Tellern, die kein Ende nahmen, das widerliche Geschirrspülen neben dem illegalen Pakistani, der mit seinem Schicksal zufrieden war und sich in seiner Haut wohl fühlte, und man fragte sich, ob es einem in der Haut des illegalen Pakistani denn nicht besser gehen würde. Die Wirklichkeit war, die Klos zu putzen, mit der Nase in der Scheiße der anderen, auf dem Marmor kniend, grotesk in meinem Haute-Couture-Kleid, denn dieses übel verdiente Geld, diese zehntausend Euro für schlechte Zeiten, die ich an jenem Grabesmorgen im Ritz bekommen hatte, hatte ich in zwei Stunden Shopping auf den Kopf gehauen, weil ich mich nicht mehr dazu durchringen konnte, Kleider von der Stange und kratzige Pullover zu tragen. Und so putzte ich die Klos im Chanel-Kleid und besudelte meine Kaschmirpullover mit Spülwasser, und wegen dieses Unsinns hatte ich keinen Cent mehr, und nach einer Woche, am Tag X+7, am siebten Tag nach dem Tag X, wie ich das Erwachen aus dem Koma nannte, kratzte ich mein letztes Geld zusammen, um im Seidenneglige Zigaretten zu kaufen. Die Wirklichkeit, das war der Streß, die Miete zu bezahlen, das war der Überlebensstreß, den ich vergessen hatte, das war, Reste zu essen, den Haushalt zu machen und Rechnungen zu bekommen und sich schließlich glücklich zu schätzen, wenn man sich erniedrigen ließ, denn jede Erniedrigung hatte ihren Lohn, und dieser Lohn war alles, was ich hatte, dieser Hungerlohn, den ich mir Tag für Tag hart verdiente. Und die Tage vergingen ohne Lichtblicke im Alltagstrott. Die Wirklichkeit war, sich abzumühen, damit man überlebte, und zu überleben ohne Grund, und nach der Erniedrigung kam das wilde Rennen zur letzten Metro, den verlassenen, gefährlichen Bahnsteigen, den Waggons voller Pisse, wo die Ratten Reißaus nahmen, und wenn ich die letzte Metro verpaßte, mußte ich mindestens fünfzehn Minuten zu Fuß gehen und mir den Tod holen, um mir die kläglichen zehn Euro für ein Taxi zu sparen. Die Wirklichkeit war die Rückkehr in mein Loch, den Schlüssel zu drehen, meinen Mantel fallen zu lassen, die Aschenbecher zu leeren, mir ein Glas einzuschenken, im Kreis zu laufen, herumzuirren, ohne zu wissen, was tun; die Wirklichkeit, das waren fünf Sender im Fernsehen und keinen Tausender für einen DVD-Player zu haben, die Wirklichkeit war, den Abend zu Hause am Fenster zu verbringen, eingemummt in ein löchriges Federbett, und sich den Hals zu verdrehen beim Versuch, ein paar Töne des Pianisten von gegenüber zu erhaschen. Es war die gestohlene Schönheit der *Mondscheinsonate,* die einzige, die mir zugänglich war, eine schmerzliche Erinnerung an eine Welt, die ich vergessen hatte, eine Welt der Gefühle, der Träume, der Illusionen, und für ein paar selbstvergessene Sekunden bin ich wieder zweiundzwanzig Jahre alt, und die Sonate wiegt mich noch immer in den Schlaf, dann wird die Musik leiser und verklingt, und ich öffne wieder die Augen, sehe in die Stille und die Kälte der Rue d'Amsterdam unter mir und in die Wirklichkeit und würde am liebsten springen.

Sissi ging mein Verfall zu Herzen. Zu sehen, daß ich mich jeden Tag mehr vergrub, erfüllte sie mit solch einer Freude, daß sie deswegen wohl eine Art Schuldgefühl verspürte, was dazu führte, daß sie sich in den Kopf setzte, nicht so sehr, mich dort herauszuholen, dazu hatte sie nicht die Macht und schon gar nicht die Lust, aber mein Leid zu lindern, indem sie mich auf andere Gedanken brachte. Sie wollte mit mir ausgehen. Nun stellte ich keine Gefahr mehr für sie dar, ich war ein Stück Müll. Sie hatte kein Bedürfnis, mehr über mich zu erfahren als das, was mein zerstörtes Gesicht aussagte. Ich hatte keine Mimik mehr, kein Alter, hohle Wangen, gelbe Zähne, strähnige Haare und Tränensäcke, meine Oberlippe hing rechts hinunter und verzerrte meinen Mund zu einem verkniffenen Todesgrinsen. Ich war nur noch Haut und Knochen. Nun konnte Sissi mich vorzeigen.

Und ich ging jeden Tag aus. Wir zogen von Bar zu Bar, gekleidet wie Nutten und behangen mit unechtem Schmuck, wir dröhnten uns die Rübe mit Whisky on the Rocks zu und lauerten auf einen One-Night-Stand. Wir trafen Freunde von Sissi, alte Freunde, die sie nur nachts sah, eine Bande von Revanchisten, die den Anschluß verpaßt hatten, sagte sie, und die mich verstehen, meine Geschichte verstehen würden. Sie verstanden nichts, aber sie hörten zu. Mehr verlangte ich auch nicht. Manchmal warf einer ein Auge auf mich, setzte sich neben mich und füllte mich mit Tequila gerührt, schlechter Cola und abgedroschenen Komplimenten ab. Und ich machte mit, denn man mußte mitmachen. Ich machte mit auf dem Klo, was den Vorteil hatte, daß es schnell wieder vorbei war, oder in geliehenen Wagen. Oder in ärmlichen Zimmern unterm Dach. Ich machte mit am frühen Morgen, in der Dämmerung, wenn man nichts mehr von der Nacht erwartete oder Angst vor dem eigenen Bett hatte. Meistens wurden sie gar nicht richtig steif, ich konnte nicht mal einen Präser überstreifen, die Ficks waren schlecht, man tat es, weil man es eben tat, im Lärm der Mülleimer, die wir umwarfen.

Und am nächsten Abend sah man sich wieder, setzte sich an denselben Tisch. Sie streiften meine Lippen und küßten mich auf die Wange, grinsten ein bißchen verlegen und mit zusammengebissenen Zähnen. Ich war nicht verlegen.

Es war eine richtige Bande von Losern, da hatten sich die Richtigen gefunden. Es gab ein Dutzend Stammelemente und ein Dutzend Gelegenheitselemente. Sissi und ich gehörten zum Stamm. Sissi war das Profi-Groupie, eine verkrachte Schauspielerin, eine glückliche Idiotin. Auch ich war eine verkrachte Schauspielerin, immerhin, ich kam aus der Gosse, ich war schizo. Das war unser Adelsbrief, ohne den wären wir bei den Anonymen Losern nicht aufgenommen worden – eine äußerst düstere Gruppentherapie. Paul war vierzig, er hatte ein Pornotheater und verbrachte den Großteil seiner Zeit damit, Briefe an den Kultusminister zu schreiben, in denen er sich für die Rehabilitierung dieser verkannten Kunst einsetzte. Rick alias Ricardo hatte das Glück, eine Rolle als Junkie bei einer Krimiserie auf M6 ergattert zu haben

– eine Rolle, die ihm auf den Leib geschrieben war; Robert, dessen größte Tragödie nicht die war, Robert zu heißen, da er doch in der zweiten Hälfte der siebziger Jahre geboren war, Robert also war verkannter Drehbuchautor. Er war Drehbuchautor, weil er es beschlossen hatte, und verkannt war er, weil seit fast zehn Jahren, kaum daß er den Schlußpunkt unter die x-te Version des »Jahrhundertdrehbuchs« setzte, nach einer Woche ein anderer genau diesen Film herausbrachte – das Thema, die Handlung, der Titel, sogar die Vornamen der Charaktere und die Namen der Städte, wo sie lebten, stimmten überein. Und das Jahrhundertdrehbuch landete zusammen mit der Moral des Autors im Müll, bis er dann eine neue Jahrhundertidee hatte, der sicherlich das gleiche Schicksal vorbestimmt war. Zu vorgerückter Stunde war Robert nur mehr Bitterkeit und Aufbegehren gegen diese Niederlagen, an denen er nicht schuld war, und dann trug er auch noch die Verantwortung für das Scheitern seines Bruders, eines Regieanwärters, der das Meisterwerk realisieren sollte, nun aber irgendwie über die Runden kommen mußte; den letzten Scheck hatte er von einer Raststättenkette bekommen, für die er einen Werbefilm gedreht hatte.

Dann war da Lukas, der gleichzeitig Gesellschaftschronist bei einem bankrotten Blatt war und Halbtagsredakteur von Fernsehprojekten, die nur selten über den Pilotfilm hinausgingen. Außerdem kannte er ein paar Promis. Claire, Ex-Sitcom-Darstellerin und Ex-

Muse der Zwölf- bis Fünfzehnjährigen, die, seit ihr Foto einmal das Titelblatte des OK Podium und des Jet-Set geziert hatte, nichts mehr vorweisen konnte – Claire und ihre privilegierte Stellung, denn sie war die einzige von uns, die manchmal auf der Straße erkannt wurde; ihre beste Freundin »Guten Abend – Bérénice, Sängerin«, sang unter der Dusche, rannte von einem Reality-TV-Casting zum anderen, hatte die gesamte französische Nationalmannschaft gevögelt und doubelte Models; und schließlich waren da noch Nicolas, der Mägen auf buntem Hintergrund malte und es Kunst nannte, und noch andere, deren Gesichter, Vornamen und Mißerfolge ich immer verwechselte – ganz nette, bereits abgedrehte Mädchen und Jungs von banalem Aussehen, mit banalen Vornamen und banalen Schicksalen.

Wir waren verbittert und versoffen, kleingeistig und pathetisch. Wir waren nicht mal verkannte Künstler, wir waren überhaupt keine Künstler. Wir hatten lediglich versucht, die Kunst zu unserem persönlichen Nutzen zurechtzubiegen – wir wollten Ruhm und Kohle. Man wurde nicht einfach so ein Star. Wir hatten keine Ideen zu verteidigen, keine Ideale, keine Passionen, kein Talent und kaum eine Seele. Das war moralisch, das war nichts für uns. Wir waren verkannte Arrivisten. Wir hätten ohne weiteres jeden Scheiß gemacht, Hauptsache, man vergötterte uns, Hauptsache, die Menge tobte und brüllte unsere berühmten Namen vor den Discos. Wir hätten den Journalisten den vereinbarten Unsinn erzählt, hätten uns im Fernsehen prostituiert und uns noch dafür bedankt, wir hätten die Klatschfotografen zum Teufel gejagt, weil wir sie nicht mehr brauchten, wir hätten für sinnlose wohltätige Zwecke gespendet, damit man Gutes von uns sagte, hätten Kleider von namhaften Couturiers getragen, wären gereist, hätten Frankreich im Ausland vertreten, hätten Voici verklagt und unsere Habgier mit dem Recht auf eine Privatsphäre verteidigt, wir hätten die Open Bars geleert und Kick-offs geplündert, hätten kluge politische Meinungen von uns gegeben, hätten uns, angeblich, im Winter in Saint-Barth und im Sommer auf Korsika versteckt, in Schulen hätten wir gönnerhafte Podiumsdiskussionen veranstaltet und betont, daß man es nicht so machen sollte wie wir. Wir hätten permanent Namedropping betrieben, hätten behauptet, daß wir kein süßes Leben hätten und Menschen wären wie alle anderen, wir hätten kein Wort davon geglaubt und uns schließlich im 16. Arrondissement niedergelassen, weil Los Angeles uns nicht wollte, wir wären älter geworden und hätten unsere Schönheitsoperationen geleugnet, wir hätten einen Kollegen geheiratet, uns scheiden lassen, zur Prime Time geflennt und gefordert, daß Schluß sein soll mit all dieser Publicity, vielleicht hätten wir die Wüste durchwandert und behauptet, es täte gut, sich auf diese Weise von der schlimmen, verderbten Welt des Showbiz zu distanzieren. Beim ersten Anruf hätten wir uns verkauft, hätten wieder andere Kollegen geheiratet, unsere nächsten Schönheitsoperationen geleugnet und Kinder gehabt, die auf unseren herrlichen Spuren gestrauchelt wären und uns die Schuld für ihre Mißerfolge zugeschoben hätten: »Zuviel Druck«, hätten sie, auch gegenüber der Presse, gesagt. Wir wären reich gewesen bis zum Ende und hätten in Fernsehsendungen, wo unsere Jugendfilme ausgestrahlt wurden, gezwungen gelächelt und wären schließlich aus Ermattung gestorben, und ganz Paris hätte sich auf unseren Beerdigungen gedrängt, die von *Paris-Match* dokumentiert worden wären, und *Paris-Match* hätte uns vielleicht ein, zwei oder mehr Titelstorys gewidmet, die die Auflage in die Höhe getrieben hätten, vielleicht auch nur eine Doppelseite mit Schwarzweißfotos und weinerlichen Aussagen der tränenüberströmten Anverwandten, vielleicht aber, und diese Gefahr liefen wir leider, hätte es nur eine mickrige Todesmeldung gegeben, die niemanden interessierte, und das auch nur, weil wir noch einen Kumpel in der Redaktion hatten.

Es ging uns nicht schlecht, wir wohnten in Paris, wir zogen durch die Bars. Wir sammelten die Krumen auf, die Krumen genügten uns. Wir waren das Helldunkel, nicht ganz in, nicht ganz out, nicht so out, daß es uns das Leben nicht vermiest hätte. Wir waren wie Tantalus, wir verdursteten im Wasser. Wir waren im Hintergrund, zur Bühne waren wir nicht zugelassen, wir waren gerade mal hinter den Kulissen geduldet. Wir kannten alle, keiner kannte uns. Wir kolportierten

Klatschgeschichten, in denen wir nicht vorkamen, wir interpretierten Interviews, wir verschafften uns Zutritt zu geschlossenen Gesellschaften und sahen, stehend und ohne die geringste Verlegenheit, den anderen beim Speisen zu. Wir waren die Gestalten neben den Namen auf den Fotos der People-Seiten, manchmal erschien unser Name ganz klein im Abspann, wir tauchten auf drei Internetseiten auf, wir waren halb Zuschauer, halb Mitwirkende, die zweite Garde der Komparsen, wir saßen im Orchestergraben. Wir kannten die Platzanweiserin, wir kannten den DJ, wir waren das Hintergrundbild, der Society-Abschaum, der Straßenrand, die Umgehungsstraße, wir steckten fest in der Schleuse zwischen drinnen und draußen, wir wollten nicht mehr raus, konnten aber auch nicht rein. Wir waren nicht zu bemitleiden, keine Frage; man bemitleidete uns nicht, man beneidete uns aber auch nicht – man beachtete uns gar nicht. Wir waren unbedeutend, farblos, gewöhnlich, in einer Welt, wo Bedeutungslosigkeit die schlimmste Unzulänglichkeit war. Wir waren niemand, und das war unsere Tragödie.

Wir landeten also jede Nacht in derselben Bar, berauschten uns an starkem Alkohol und an den hundertmal wiederholten Berichten über unsere fehlgeschlagenen Großtaten, wir ordneten die Welt neu, eine bessere Welt, wo jeder von uns seinen Platz hätte, denn wenn es sich nun mal ergeben hatte, daß wir standen, wo wir standen, so war es ganz sicher nicht unsere

Schuld, es war die Welt, die schlecht war, und unsere Riesenflügel hinderten uns am Laufen, und aus den Lautsprechern klang leise *Mister Georgina* von Léo Ferré, das wir nicht hörten und trotzdem hörten, und alle unsere Sätze begannen mit »wenn« und endeten mit »hätte« oder »wäre«.

Ich war nun nicht mehr allein, ich hatte das Rumhängen in meiner Bude mit der niedrigen Decke definitiv gegen das kollektive Besäufnis eingetauscht, Beethoven gegen das Blabla und die Mannigfaltigkeit französischer Weinerlichkeit, hatte meine emotionale Einöde durch klägliche Oberflächlichkeit und meine Überzeugung, mein Schicksal hätte in seinem Elend zumindest auch etwas Tragisches und Einzigartiges, durch die Überzeugung ersetzt, einfach nur eine Verkorkste unter anderen Verkorksten und eine Gescheiterte unter anderen Gescheiterten zu sein. Ich hatte meine Wut gegen träges Vergessen, hatte das Bild im Spiegel, den traurigen Clown mit dem verschmierten Kajal, gegen eine alte Nutte auf dem Barhokker eingetauscht und meine Selbstmordgedanken schlichtweg dadurch verdrängt, daß ich mich gehenließ.

Derek betrat die Bar mit geschminkten Mädchen, er setzte sich an einen Tisch im Hintergrund, gab seinen Mantel ab, bestellte Getränke. Dann sah er zerstreut zu den anderen Tischen, und sein Blick blieb an mir hängen, und Claire sagte: »He, das ist Derek Delano, das ist Derek Delano! Habt ihr gesehen, wie er mich angeschaut hat?« Ein paar Sekunden lang musterte er mich, als hätte er mich noch nie gesehen, er hatte mich ja auch noch nie gesehen, dann wandte er den Blick ab. Na und?

DERLEK 16

Pseudofilm

Ich hatte den Pseudofilm erfunden. Das war in der Tat ein neues Genre, ein Genre, das hervorragend in unsere nihilistische Zeit paßte, ein Genre, das auf bezeichnende Weise die Degeneration dieser Jahrhundertwende illustrierte, deren Enfant terrible ich war – Ende des Zitats. Ein Pseudofilm verlangte erst einmal ein Budget – ohne Geld kein Film und folglich auch kein Pseudofilm –, dann ein Drehbuch, das ich mir ausgedacht hatte, die Schaffung einer parallelen Realität und von Szenerien, die zwar echt, aber dennoch Szenerien waren, eine regelrechte Armee von Mitwirkenden, einen Meister – einen Regisseur: Ich war der Regisseur, und dieser Ganove Mirko war mein erster Assistent – und eine Darstellerin, schön, seicht und sexy, und diese Darstellerin war Manon.

Hier hörten die Parallelen zum Film auf, denn kennzeichnend für einen Pseudofilm war, daß es keine Kameras gab.

Pseudofilme waren nicht teuer, es gab ja keine Crew und kein Material; sie waren also nicht teuer, aber sie brachten auch rein gar nichts ein, weil sie ja nicht dazu bestimmt waren, vorgeführt zu werden. Der Pseudofilm war keine Frage des Geldes, sondern pure Kunst.

Pseudofilme hinterließen keine Spuren, sie waren so flüchtig wie Poppers und so unerbittlich wie das Leben. Man investierte sein Schicksal, und es gab nicht einmal eine Vorpremiere. Pseudofilme gingen schlecht aus.

Diesen Film nannte ich *Bubble Gum,* denn alles hier war hohl, rosa und klebrig – die Szenerien, der Text, die Gefühle, die Charaktere selbst, mich inbegriffen, waren hohl, rosa und klebrig, kurz vor dem Platzen, und die sakrosankte Bekanntheit, die sakrosankte Berühmtheit, hinter der die Mitwirkenden her waren, war zu der Zeit, da der Film spielen sollte, genauso hohl, rosa, banal und kurzlebig wie eine armselige kleine Kaugummiblase, die uns unvermeidlich ins Gesicht platzen würde.

Ihre rosa Blase, das wollte Manon, danach strebte Manon, und deshalb hatte sie mir eines Nachts vor bald zwei Jahren ihre Seele verkauft.

Das war die erste Sequenz, die Eröffnungsszene, der Anfang vom Ende. Ich hatte das Mädchen, oder besser, das Thema gefunden, ich hatte ihre Seele zur Musik von *Paint it Black* von den Stones erkauft.

Ich hatte sie mit zu mir genommen und sie recht und schlecht gevögelt. Ich hatte mich vom Acker gemacht, bevor sie aufwachte, weil ich sie schon nicht mehr ertragen konnte.

Musik: *Roxanne* von Police.

Am nächsten Tag schickte ich sie zu Chanel, mit meiner Kreditkarte für die Rechnung und mit meinem Chauffeur, der sie zwangsverwahren sollte. Mit ihren neuen Klamotten und ihren Bedenken zu zwei Mille kam sie wieder ins Hotel zurück. Monolog. Fick.

Musik: *Souvenirs* von The Gathering (Leitmotiv des Pseudofilms). Ende der Exposition.

Dann kaufte ich die Agentur Vanity, die kurz vor der Pleite stand. Ich kaufte sie auf und setzte alle Leute auf die Straße. Ich ließ Manon booken und startete das Casting. Ich brauchte Doppelgänger, viele Doppelgänger. In Paris, New York, Moskau, Mailand, London richtete ich Büros ein oder organisierte sie um, ich ließ Scouts ausschwärmen, gab Annoncen auf. Fünfzig bezahlte Leute durchkämmten unablässig Straßen, Bars, Discos, Modelagenturen, Parks, Schulhöfe und Kaufhäuser auf der Suche nach Doppelgängern. Um das Storyboard zu entwickeln, hatte ich eine erschöpfende Liste der Doppelgänger angefertigt, die ich brauchte. Ich lehnte vier Klone von Werner Schreyer ab, bevor ich den richtigen fand, einen Stricher aus einer Schwulenbar in Montréal. Ich entdeckte Natasha Kadyshevas Zwilling in Natashas eigener Agentur, die arme Kleine war Polin und bekam trotz oder gerade wegen ihrer Ähnlichkeit mit dem Topmodel nicht ein einziges Shooting. Ich brauchte entsprechende Doppelgänger für die ganze Welt der Society, der Mode, aus TV und Kino. Ich brauchte Models und Mitwirkende. Nachdem ich genügend Leute zusammenhatte, quartierte ich sie in einem alten Schweizer Internat ein, das ich eigens renovieren ließ, und Mirko, assistiert von einer alten pensionierten Tanzlehrerin und einem heroinsüchtigen Stylisten, der wegen seines Drogenproblems bei Balenciaga rausgeflogen war, brachte ihnen das nötige Know-how bei, das sie brauchten, um auszusehen wie perfekte Clip-Figuren. Auf dem Programm standen: Relooking; die Jungs lernten, mit Peeling-Gel umzugehen und sich zu kleiden wie Fashion Victims, ohne daß sie allzu deppenmäßig aussahen; die Mädchen lernten, den Arsch zu schwenken, und wurden in der Kunst des »Fuck me Look« unterwiesen, es gab Kurse für den New Yorker Slang, Anstandsunterricht – die Doppelgänger mußten in allen Situationen bestens zurechtkommen, also mußten wir ihnen beibringen, wie man Messer und Gabel richtig hält –, es gab auch nachgestellte Photocall-Sessions, Kurse in Namedropping, Literaturtests – »Kommentieren Sie diesen Satz von Bret Easton Ellis: *Je besser du aussiehst, desto besser siehst du*« –, Hauptseminare in Allgemeinbildung: das Who is who der Promipärchen; wer vögelt wen in Hollywood; die zehn Fotografen, mit denen jedes Model unbedingt arbeiten will; das Werk von David Lynch, Larry Clark, Gregg Araki, mit Anekdoten vom Set und allgemeinen Betrachtungen zum Underground-Film; Hotels in Rußland; Irakkrieg pro und contra; Beckhams pro und contra – das lief dann auf praktische Übungen in weltgewandter Konversation hinaus – und vor allem, vor allem den übergreifenden Stoff mit dem Thema: »Tausendundein Schwachsinn, den Manon schlucken soll«. Meine Äffchen lernten schnell und hurten abscheulich in den Schlafsälen herum, alle waren begeistert, fleißig und glücklich, daß sie dabeisein durften, alle waren überzeugt, daß sie heimlich gefilmt wurden, mehr verlangten sie nicht. Doch sie wurden nicht gefilmt. Sie wurden großzügig entlohnt und hatten knebelharte Geheimhaltungsverträge unterschrieben. Nach drei Monaten waren alle ausgebildet, dekadent, mit allen Wassern gewaschen: perfekte gedungene kleine Äffchen – endlich konnte das große Spiel beginnen.

Vierte Sequenz: New York im vergangenen Frühling. Tageseinstellung Studio: die Präsidentensuite im Pierre (meine Suite); Manon hat ihr erstes gestelltes Shooting. Hinter der Kamera eine Doppelgängerin mit einer vagen Ähnlichkeit mit Inez Van Lamsweerd, frisch von der Schule, assistiert von einem meiner schlechtesten Rekruten, der für alles andere unbrauchbar war – ein Möchtegern-Doppelgänger von Guillaume Canet. Auf dem Parkettboden lag die gesamte neue Herbst-Winter-Kollektion von Dolce &

Gabbana. Drei Ventilatoren waren voll aufgedreht und ließen das Gebäude fast einstürzen. Die falsche Inez ist von den Ereignissen ein wenig überfordert. Manon posiert und hält alles für total echt. Echt lustig! Ich gehe aus, um mir bei Nello eine Piccata milanese zu genehmigen.

Aus dem einzigen halbwegs tauglichen Foto dieses chaotischen Shootings produzierte ich eine gefälschte italienische Ausgabe von *Vogue*. Ich hatte eine leerstehende Druckerei an der A6 aufgekauft und dort einen ehemaligen Falschmünzer postiert, gewissermaßen einen alten Geschäftsfreund von Mirko, jedenfalls einen genialen Typen, zynisch und erfinderisch, der für mich tolle gefälschte Titelblätter fabrizierte.

Fast ein Jahr lang wiederholte ich einmal pro Woche diese Prozedur, ohne daß Manon das geringste merkte. Sie merkte nicht mal – wenn sie kratzbürstig war und Migräne vorschützte, um sich dem Vollzug unserer Liaison zu entziehen –, daß ihre Bookerin (eine hervorragende Absolventin meiner Schule) sie kaum anrief und wenn, dann nur, um ihr aufzutragen, weitere fünf Kilo abzunehmen, sonst drohe ihr der Rausschmiß; wenn sie dafür aber nett und willig war und im Bett den Gebrauch diverser Sex Toys (Dildos, Peitschen, Handschellen) sowie die zeitweilige Teilnahme eines Fremden oder mehrerer Fremder akzeptierte, war ihr schon am nächsten Morgen ihre Bookerin auf den Fersen und schlug ihr ganz aufgeregt Kampagnen für Ginger Coke oder Vuitton vor, die von

Avedon geschossen wurden und die wunderbare Mitwirkung des prächtigen Unterleibs von Werner Schreyer vorsahen, der einer der am häufigsten eingesetzten Doppelgänger war.

Der falsche Avedon schoß Fotos, der falsche Werner posierte, der Maskenbildnerinnenstab kicherte leise, wenn Manon herumzickte und klagte, weil sie so gefragt war. Ich schickte die Negative ins Labor, das sie zur Retusche weiterschickte, und alles landete in der Druckerpresse des Fälschers, der mir unverzüglich ganze Stapel gefälschter Elle, gefälschter Vogue und gefälschter GQ voller gefälschter hyperrealistischer Werbung schickte, auf der Manon zugegebenermaßen gar keine schlechte Figur machte – ganze Kampagnen, von denen ich auch Plakate machen ließ, und in allen Städten, wo wir uns aufhielten, bezahlte ich illegale Plakatierer und trug ihnen auf, Manons Gesicht überall anzuschlagen, wo sie möglicherweise vorbeikommen würde, und danach wieder alles abzureißen, während eine andere Mannschaft hundert Meter weiter das gleiche machte, und so weiter und so fort. Und Manon ging durch die Szenerie, ohne zu ahnen, daß die Szenerie mit ihr ging.

Manon wurde täglich kaputter. Sie lebte in einer Pseudowelt, die nur in ihren Augen, nur für ihre Augen, nur durch ihre Augen existierte, gefangen in einem Pappmachéschloß, von dem sie glaubte, es wäre aus Gold und Marmor. Sie machte Fotos, im folgenden Monat waren die Fotos in den Illustrierten;

wenn sie durch die Straßen ging, waren die Mauern mit ihrem Gesicht zugekleistert, sie ging in Bars und Discos, die ich für den Abend gemietet hatte, zu Vorpremieren von Filmen, die schon längst herausgekommen waren, zu Kick-offs sonderbarer Magazine, von denen es nur je zwei Exemplare gab – eines für sie, eines für mich –, zu Geburtstagen von Weltstars, die nur schlechte Imitate waren, sie lehnte Interviews für Télé 5, Nulle Part Ailleurs und Khalifa-TV ab, sie aß mit verkrachten Models, die als Topmodels verkleidet waren und ihr die Stiefel leckten, weil ich sie so instruiert hatte, sie scharwenzelte um Robbie Williams herum, der nicht Robbie Williams war, sie ließ Laetitia Casta feuern, die für Manons Geschmack etwas zu erfolgreich war, die aber auch nicht die echte Laetitia Casta war – echt war vielleicht gerade mal das Sushi auf den Tellern –, und ich, ich jubilierte, wenn ich sah, wie Manon selbstgefällig, bedröhnt vom Koks und von den bestellten Komplimenten in ihrem überzogenen Ego ertrank, ein Pseudostar unter Pseudostars, im gekauften Blitzlicht der Pseudo-People-Fotografen, im größten absoluten Pseudononsens.

Das Ganze war nicht ohne Risiko. Ich lebte in der ständigen und vor allem in der aufreibenden Angst vor dem möglichen Schnitzer eines Doppelgängers oder, schlimmer noch, vor einem Verrat, der Manons Zweifel geweckt hätte, und vor allem fürchtete ich, nachdem die Täuschung auf Manons völligem Eintauchen in ihre Pseudowelt beruhte, einen unwiderruflichen

Eingriff von außen, das geringste Aufeinandertreffen von Manon, ihrer Überzeugung, jemand zu sein, und der Realität, in der sie ein Niemand war.

Nächste Sequenz: Festival von Cannes; ich nutzte das große Aufgebot an amerikanischen Stars, um mit viel Aufhebens meinen letzten Spielzug zu machen – es war eine echte Gala, und die Geladenen waren echt. Ich sorgte dafür, daß Manon tags darauf um acht Uhr früh ein Pseudo-Shooting hatte, ich füllte sie mit Stilnox und Wodka ab – normalerweise hätte sie umfallen müssen wie ein Stein, aber man durfte nicht unterschätzen, wieviel Alkohol und Tabletten sie vertrug, was sich in den Monaten zuvor durch den stetigen Genuß von allem möglichen Stoff in rauhen Mengen noch beträchtlich gesteigert hatte –, und um elf Uhr am Abend tritt Manon hysterisch in der prallen Realität auf, in dieser Disco, die überfüllt ist mit den Originalen ihres Hofstaats an Doppelgängern, und sie bringt es tatsächlich fertig, nichts zu merken – was mir zeigt, in welchem Maß mein Coup geglückt ist. Manon war bereit, an alles zu glauben, sie hatte Augen, aber sie sah nichts, weil sie nichts sehen wollte. In der Annahme, eine Kampagne mit ihm geschossen zu haben, unterhält sie sich kurz mit dem echten Werner Schreyer, der sie natürlich nicht erkennt, er hatte sie ja noch nie gesehen, doch da fängt bei ihr nichts an zu klingeln, nein, daraus schließt sie sofort, daß dieser Werner ein Hochstapler ist. Und wenn alle Anwesenden sie mit Steinen beworfen und gebrüllt hätten: »Hau ab, du Hexe, du gehörst nicht zu uns«, hätte Manon sicherlich daraus geschlossen, daß sie neidisch waren oder daß Laetitia Casta sie bestochen hatte, oder, schlimmer noch, sie hätte die Beschimpfung als eine Huldigung und die Steine als Rosen interpretiert und hätte sich, ohne den geringsten Schmerz zu spüren, blutüberströmt, mit wunder Schläfe und geplatzter Lippe vor ihnen verneigt und gesagt: »Danke, danke.« An jenem Abend stand ich Höllenängste aus.

Manon kam langsam völlig runter, sie wurde immer launischer, trank zuviel, hatte Depressionen, drehte ab. Sie sagte, sie habe genug davon, nur ein Topmodel zu sein, sie wolle, daß man sie als das anerkenne, was sie wirklich war, nämlich eine Künstlerin. Eine Künstlerin! Sie wollte zum Film, das war ihr größter Traum, verstehst du, Derek, mein Traum, mein einziger Traum, der Film, blablabla.

Also tat ich so, als drehte sie einen Film. Meine Tussi hatte einen Traum, und daß ich ihn ihr erfüllte, war das mindeste. Das war lustig und aufregend zugleich, der Pseudofilm im Pseudofilm, die Pseudo-Mise-en-Abyme auf dem abgelegenen Set in der Cinecittà, auf der wackligen Veranda eines Pappmaché-Gutshofes, eine Pseudoschauspielerin auf Lithium, die vor einer Kulisse und vor einer Kamera ohne Film Tschechow deklamierte.

Am Monitor war Karénines älterer Bruder, stockbesoffen und mit der Freiheit, die ganze Crew zu quälen in seinem Frust, der sein Leben zerstört hatte, nämlich der verkrachte Bruder eines Genies zu sein. Ich hatte ihn bei den Dreharbeiten zu *Superstars* kennengelernt, irgendwo am Mulholland Drive. Ich hatte ihn für Karénine gehalten, den richtigen – gleiche Statur, gleiches Gesicht, gleicher Bart –, er hatte auf dem Set die letzte Scheiße gemacht, er hatte seine frappierende Ähnlichkeit mit seinem Bruder ausgenutzt, sich reingeschmuggelt und dessen Anweisungen hintertrieben. Durch ihn verloren wir einen Drehtag zu dreihunderttausend Dollar. Er war total naiv. Ich holte ihn freundlich vom Set, und wir gingen in der Bar eines anrüchigen Hotels auf dem Sunset Boulevard einen trinken. Schließlich verbrachten wir die Nacht vor dem Hotel, aus dem man uns wegen Rauchens in öffentlichen Räumen rausgeworfen hatte. Er war ein gescheiterter Pianist, genau wie ich, und an jenem Abend hatten wir unvergängliche Bande geknüpft, indem wir auf einem behelfsmäßigen Xylophon, das wir aus leeren Flaschen improvisierten, vierhändig ein Präludium von Bach spielten. Doch eine musikliebende Hure, die vorbeikam, beschimpfte unsere Interpretation als nichts weiter als eine unsägliche Kakophonie. Wir hörten es allerdings auf einem anderen Ohr – das Präludium war in uns. Die Streifenpolizisten forderten uns auf, besser unsere jeweiligen Domizile aufzusuchen. Wir kamen der Aufforderung nach und nahmen die Hure gleich mit. Es war ein wunderschöner Abend.

Karénine II. war hellauf begeistert von der Idee, *Die Möwe* von Tschechow zu pseudoadaptieren und vor allem einen Pseudofilm daraus zu machen; er sah darin eine Allegorie auf die Absurdität seines eigenen Lebens, die fatale Reprise eines Themas, ein neues Motiv, das hieß, nach dem Pseudodreh zurückzublicken und sich zu fragen: »Was habe ich aus diesem Leben gemacht?« und darauf zu antworten: »Nichts.«

Ich hatte meinen Pseudoregisseur, nun mußte ich ihm nur noch eine Crew zusammenstellen. Ich besorgte die Backlist meiner Produktionsfirma und rief alle Techniker an, die irgend etwas ausgefressen hatten: Kameradiebe, Filmvernichter, Erotomanen und Lasterhafte aller Art, sogar einen Regisseur und Koksdealer, der sich übrigens während des Pseudodrehs als äußerst nützlich erwies. Ich holte sie aus ihrer Arbeitslosigkeit oder aus ihrem Gefängnis heraus, schickte sie zum Briefing auf meine Schule und brachte sie dann in die Cinecittà. Sie wußten, was sie zu tun hatten, und sie waren so beispiellos zynisch, daß sie es sehr lustig fanden, wie übel Manon mitgespielt wurde, und ich mußte ihnen mehr als nur eine Standpauke halten, damit sie nicht bei jedem »Film ab« unisono in schallendes Gelächter ausbrachen.

Nun mußte ich nur noch den Pseudohauptdarsteller finden. Ich brauchte ein bekanntes Gesicht, einen Typen, der Manon veranlaßte, sich vor dem Schlafengehen im Spiegel zu bewundern und zu sagen: »Mann, ich drehe mit Soundso, ich bin die Partnerin von Soundso, mein Name neben dem Namen von Soundso auf dem Plakat, ich bin ein Star, ein richtiger Star wie Soundso.« Dabei ging es nicht um eine Pseudogala, bei der es so dunkel ist, daß man keine drei Meter weit sieht, und alles vom richtigen Make-up abhängt, oder um ein unseliges Pseudo-Shooting, bei dem alles nur eine Sache des Stylings und der Bauchmuskeln ist – Manon wäre Tag und Nacht mit dem Doppelgänger von Soundso zusammen, im hellen Licht der Studios, sie würde ihm das Stichwort geben, sie würde in der Maske um ihn herumscharwenzeln, beim Cut würden sie sich ein Sandwich teilen, sie würden sich im Spa des Hotels treffen, er müßte den Text lernen, müßte schauspielern, und am Ende gab es sogar einen Selbstmord. Eine solche Verantwortung konnte ich nicht einfach irgend jemandem übertragen, und schon gar nicht irgendeinem Deppen von Doppelgänger, der nur in seinem Heimat-Slum oder in seiner Provinzschwulenbar berühmt-berüchtigt war und lediglich in meiner improvisierten Schweizer Schule zur Berühmtheit ausgebildet wurde. Ich brauchte einen echten Kerl, selbstverständlich einen entsprechenden Klon, aber mit dem gewissen Etwas wie Karénine II.; die Ähnlichkeit mit seinem Bruder war in seinem Fall nur zweitrangig im Vergleich zu dem ungezügelten, für einen verkannten Künstler typischen Wahnsinn, der ihn antrieb und ihn noch echter als echt machte. In dieser Phase meiner Überlegungen kam mir Constantin, Stanislas' geistig gesunder

Bruder, dieses Monster mit den grünen Augen, in den Sinn – meine erste und im übrigen einzige homosexuelle Erfahrung, an die ich eine verschwommene, aber dennoch angenehme Erinnerung habe. Constantin verbrachte sein Leben auf der Straße, er war Bassist in einer Ethno-Heavy-Metal-Band und lebte in London in einer Obdachlosenbude, er hatte seine Erziehung als Kind des Jet-set, sein Wirtschaftsstudium und jede gesellschaftliche Konvention in den Wind geschrieben. Er war omnisexuell und zitierte gerne Oscar Wilde. Trotz seines slawisch-blonden Haars war er der perfekte Doppelgänger von Adrien Brody, den ich vor drei Jahren in Cannes einen Augenblick lang tatsächlich für Constantin mit einer neuen Identität gehalten hatte. Constantin war die naheliegende Wahl, zumal die Person im Stück auch noch den gleichen Vornamen trug und sein Urgroßvater irgendwo im Osten um 1900 Konstantin Stanislawski gut gekannt hatte. Aus all diesen guten Gründen nahm Costa die Rolle in diesem bösen Spiel an, außerdem interessierten ihn Gut und Böse nur insoweit, als es ihm erlaubt war, die Moral nicht nur zu ignorieren, sondern sie mit seinem Handeln nach bestem Wissen und Gewissen zu verdammen. Jedenfalls hatte er mir das in Harry's Bar erklärt, bevor er einen würdevollen älteren Herrn anpöbelte. In Anbetracht der Tatsache, daß dies gewissermaßen die Ausrichtung der Texte seiner Band war, die auf den sinnigen Namen And then what? hörte – die Musik paßte sich dabei Form und

Inhalt der Texte gleichermaßen an, hatte Costa hinzugefügt –, war es alles andere als überraschend, daß die And then what? immer noch krampfhaft einen Produzenten suchten, und so denke ich, daß mein Versprechen, ihm eine Single zu finanzieren, sicher maßgeblich zu seiner Entscheidung beigetragen hat, sich meiner Sache anzuschließen. Wir machten also einen Termin bei John Nollet, der dieses verräterische Blond beseitigen sollte, und als Jugendfreund, zukünftiger Produzent und Ex-Fick übernahm ich es persönlich, mit dem Wunderknaben zu proben, seine Rolle als Adrien Brody und seine Rolle in der Rolle des Treplew einzustudieren, in dessen Scheitern er sich leicht wiederfinden konnte.

Das Gute an Tschechow war, daß sich bei ihm jeder wiederfinden konnte. Alle außer Manon, die während der ganzen Dreharbeiten die Anspielung nicht einmal im Ansatz blickte. Nein, nein, Manon nahm kleine Pillen, damit sie ruhig blieb trotz der allgemeinen Hatz, deren Opfer sie war; sie spielte schlecht, trank zuviel, stritt sich mit Karénine II., der sie nicht verputzen konnte. Ich wiederum hatte Manons Naivität und Unterwürfigkeit langsam satt. Karénine schlug ihr das Megaphon auf den Kopf – sie verlangte lediglich, daß er sich entschuldigte. Ich verbat ihr, mit Costa und den Technikern zu sprechen – sie beugte sich und fragte stöhnend, ob ihr wenigstens gestattet sei, sich mit der Maskenbildnern anzufreunden … Jeden Abend trieben Karénine II., Costa, die Ganoventruppe und ich in

Karénines Suite unser doppeltes Spiel, wir sahen Fußball und rauchten Tüten, und zu Manon sagte ich, wir würden uns die Probekopien ansehen. Sie quengelte: »Kann ich mit?« Ich sagte: »Geht nicht. Karénine will dich nicht dabeihaben.« Es gab keine Probekopien. Manon schimpfte vor sich hin und aß allein oder mit ihrer Maskenbildnerin auf der Terrasse des Hotels und schüttete sich mit Bellinis zu. Karénine II., der sich jeden Tag eine neue Gemeinheit einfallen ließ, untersagte ihr, sich die Haare zu waschen. Er schrieb ihr hysterische Szenen vor, in denen sie brüllen, trampeln, spucken sollte; sie spuckte mit all der Anmut, zu der sie fähig war. Man beschimpfte sie – es machte ihr überhaupt nichts aus. Während dieses Pseudodrehs begann sie zu welken, sie spürte nicht mehr viel, sie saß in den Pausen da, mit fernem Blick und ziemlich belemmerter Miene, sie war nur noch ein Schatten ihrer selbst. Wie geplant. Es war zu einfach. Und als ich spürte, wie mich die Absurdität des Ganzen belastete, verließ ich das Set und fuhr nach Rom, um die Sixtinische Kapelle zu besichtigen. Und dann trieb Manon Costa in den Selbstmord, ohne darin das leiseste dunkle Omen zu sehen. Wir verließen Italien.

Während der darauffolgenden Monate der Pseudopostproduktion arbeitete ich ständig auf die Pseudopromotion des Films hin. Von New York aus, wo ich das Haus, in dem Stanislas wohnte, mit Schmierereien überzog, von Tokio aus, wo ich eine Überdosis Sushi und Buddhas bekam (Manon wollte unbedingt alles besichtigen wie eine alte amerikanische Mum), von Dubai, Los Angeles, Istanbul, London oder von der Côte aus telefonierte ich ständig nur herum, um die Pseudoplakatierung, die Pseudopresse, den Pseudofernsehauftritt bis ins kleinste zu regeln. Ich entwarf das Filmplakat, von dem ich tausend Abzüge machen ließ – mein Falschmünzer mußte zehn Helfer einstellen –, ich kaufte Busse, Werbeflächen, Kinos, und wenn ich die Objekte nicht kaufen konnte, trug ich meinen illegalen Plakatierern auf, sich zum Kleistern bereitzuhalten. Ich wies Mitwirkende an, Manon auf der Straße zu folgen und sie mit Autogrammwünschen zu bestürmen, ich verfaßte alle Pseudointerviews, ganz persönlich auf den jeweiligen Pseudojournalisten zugeschnitten – davon hatte ich zwanzig ausersehen: hungerleidende Setzer, suspendierte Lehrer, skrupellose Studenten, die mitmachten und auf ein Sommerpraktikum an meiner Schule mit dem Doppelgänger von Thierry Ardisson warteten, dem ich einen schwarzen Anzug gekauft hatte. In einem Hangar in Plaine-Saint-Denis ließ ich ein entsprechendes Studio aufbauen, ich mietete Konferenzsäle an, ich mühte mich ab, dem unverhofft gefundenen falschen Kurt Cobain drei Gitarrenakkorde einzutrichtern, doch er hatte so etwas wie einen Kurzschluß zwischen seinem Gehirn und den Nervenenden seiner Finger, und obwohl er unablässig wiederholte: »I can play, I can play«, entschied ich, daß er unter Amnesie leiden sollte, dann ließ ich ihn seine pseudoautorisierte Biographie auswendig lernen, ich stylte ihn um, quartierte ihn im Plaza ein, erklärte ihm, wie ein Whirlpool funktionierte, und schickte ihm meine Maniküre. Ich schuftete zwei Monate lang, und Manon wurde völlig unerträglich; wenn wir zusammen waren, ließ ich so laut wie möglich *Bullet with Butterfly Wings* laufen, damit ich sie nicht mehr hören mußte; um zu vergessen, daß ich dieselbe Luft wie sie atmete, mußten ständig die Smashing Pumpkins zwischen uns geschaltet werden, und was anfänglich nur ein anthropologisches Experiment gewesen war, nur ein Pakt, den ich mit mir selbst geschlossen hatte, nur der Wille des Künstlers, ein Werk zu vollenden – wurde nun zu einer Abrechnung, und ich hatte immer größere Schwierigkeiten, mir die Auflösung ohne ein Blutbad vorzustellen, und wenn ich mich so abrackerte, um für Manon die Pseudopromo des Jahrhunderts zu organisieren, dann nur, weil ich wußte, daß ihr Fall um so tiefer sein würde, je höher ich diese blöde Kuh fliegen ließ, und der Fall mußte tief sein, abgrundtief, lang, schwindelerregend, hart und tödlich.

Wir fuhren zurück, um die Promo zu starten, und Manon glaubte felsenfest daran. Sie glaubte felsenfest daran, wenn sie durch Paris fuhr und überall und immer ihre Fresse in Überlebensgröße sah, sie glaubte felsenfest daran, wenn sie Interviews gab, sie feuerte ihre Pressereferenten, schickte die Leute zum Teufel, die sie auf der Straße um ein Autogramm baten, sie kam sich so einzigartig vor, so privilegiert, sie hatte das Gefühl, das Geheimnis der Entstehung der Welt zu erfassen, sie jubelte innerlich, beklagte sich aber künstlich darüber, so im Rampenlicht zu stehen. Ihr Ego hatte alle Grenzen gesprengt. Sie war bedröhnt von ihrer eigenen Pseudoberühmtheit, platinblond, aufgeputscht, overbookt, und während dieser Zeit fing ich langsam an, die Szenerie abzubauen.

Manon lebte abgeschieden in ihrer Pseudowelt, einer Theaterkulisse, einem Pappmachéschloß. Um ihr alles zu nehmen, mußte ich nur eins tun: sie freilassen. Ich ließ Manon frei. Manon war verloren.

Ich arbeitete nachts mit kleiner Besetzung, nur mit Sissi und Mirko. Während Manon auf Anxiolytika war und sich langsam von dem Nervenzusammenbruch erholte, der den Höhepunkt ihrer letzten Pressekonferenz markiert hatte, nahm ich den Ferrari, fuhr alle Werbeflächen, Kinos und Bushaltestellen ab und vergewisserte mich, daß ihr Plakat nirgends mehr hing, ich ließ meine Busse verschrotten, schickte alle Mitwirkenden, alle Doppelgänger, Karénine II., Costa und Emma nach Thailand in die Ferien, instruierte das Hotelpersonal, kündigte meine Telefonverbindungen, ging in Manons Wohnung in der Rue de Rome, unweit der Gare Saint-Lazare, und verspürte keinerlei Gewissensbisse, als ich feststellte, in welches Elend ich sie zurückwerfen würde. Ich hatte dafür gesorgt, daß die Miete monatlich bezahlt wurde, und die Wohnung war so, wie Manon sie damals verlassen hatte. Ich drückte Zigaretten im Aschenbecher aus. Ich leerte den Kühlschrank und trug Mirko auf, einzukaufen und ihn neu zu füllen. Ich wechselte die Bettwäsche und zerknitterte sie. Ich beschmutzte Geschirr und stellte es in die Spüle. Auf Sissis Vorschlag hin holte ich Wäsche aus dem Schrank und hängte sie über einen Radiator, wie um sie zu trocknen. Ich legte beiläufig *Die Möwe* auf den Tisch. Ich leerte die Flasche mit billigem Haarbleichmittel aus, die Sissi gebracht hatte, und warf sie im Bad auf den Boden. Dann hängte ich Fotos übers Bett. Auf den Fotos war nicht Natasha abgebildet, sondern eine Doppelgängerin. Ich hatte mit ihr in der Park Avenue, in Saint-Tropez, auf dem Boot, auf den Champs vor Mirkos Kamera posiert, der in einem anderen Leben Paparazzo gewesen war. Ich hatte ihr Manons Klamotten angezogen, ich hatte die Fotos an Voici und Match geschickt, Voici und Match hatten sie abgedruckt. Die echte Natasha hatte ihnen einen Prozeß angehängt. Auch ich hatte so getan, als wäre ich empört. Ich hatte die Seiten herausgerissen und aufbewahrt. Ich war vorausschauend, erfinderisch, genial gewesen. Ich hängte die Fotos von Voici, mein Titelfoto von Fortune, mein Titelfoto von Match und eine Dior-Werbung auf, die ich vor langer Zeit einmal aus Jux gemacht hatte. Und um Manon den Gnadenstoß zu geben, überklebte ich die Amateuraufnahme von der Pseudo-Natasha und mir im Caves in Saint-Tropez mit einem Bild, einem mißglückten Foto von Manon, das mir Sissi gegeben hatte.

Ich vögelte Sissi im Flur, und wir verließen dieses

erbärmliche Loch. Nun mußte ich mich nur noch verabschieden. Mirko fuhr Sissi nach Hause und vögelte sie, glaube ich, im Wagen, und ich fuhr allein zum Hotel zurück, um Manon ein letztes Mal zu sehen. Es war vier Uhr morgens, als ich durch die Tür ging, und es erfüllte mich seltsamerweise mit unendlicher Traurigkeit, diesem stillen Ballett der Zimmermädchen zuzusehen, die unsere Vergangenheit beseitigten. Ich hatte den Eindruck, unsere Geschichte im Rücklauf zu sehen, und als immer mehr von ihr verschwand – bis hin zu der Vorstellung, daß Manon und ich zusammengewesen waren –, sagte ich mir, daß nur Schlechtes an dieser Geschichte gewesen war, die ich nun zerstörte, und während das Zimmer immer unwirklicher wurde und das ursprüngliche Aussehen eines Hotelzimmers annahm, in dem man nur vorübergehend wohnt, schlenderte ich wie ein Idiot zwischen den Zimmermädchen umher und blieb an den Stellen stehen, wo wir beinahe nicht gescheitert wären – an der Stelle, wo wir unseren ersten Fick hatten, am Fenster, an dem sie stundenlang stand und hinausblickte, um zu sehen, ob es draußen besser sei, im Badezimmer mit dem Spiegel, der so oft Zeuge unserer schlaflosen Nächte gewesen war, unserer Auseinandersetzungen und unserer selbstgefälligen Blicke, Seite an Seite, bevor wir ausgingen. Ich wog unsere Sachen in der Hand, ohne zu wissen, warum, ihre Schminksachen und die CDs, die wir angehört hatten, und legte sie mit einem Seufzer wieder hin, ich sog ihr Parfüm ein, bevor gelüftet wurde, und sah zu, wie der Schrank sich leerte, unsere Fotos verschwanden, unsere Erinnerungen sich auflösten, und einen kurzen Augenblick lang hätte ich am liebsten die Zimmermädchen zurückgerufen, sie gebeten, zurückzukommen und alles wieder so hinzustellen, als wäre nichts gewesen, als ginge alles weiter, und hätte mich am liebsten neben Manon gelegt, die schlief wie ein Baby (ein Baby auf Valium) und keine Ahnung hatte, daß ihr Leben sich gerade auflöste. Doch statt dessen ging ich automatisch zum Safe, denn so war es seit langem geplant, unwiderruflich, weil ich es so entschieden hatte, ich nahm ihr rotes Kleid und die Stiefel der ersten Nacht heraus und legte sie wie zufällig an die Stelle, wo ich sie ihr vor zwei Jahren vom Leib gerissen hatte, ich steckte Geld und die Schlüssel ihrer Bude in die Stiefel, ich änderte die Kombination. Die Zimmermädchen gingen lautlos, und ich war allein mit Manon, ein letztes Mal mit ihr allein, und weil ich nicht wußte, was ich tun sollte, setzte ich mich neben sie, und weil ich nicht wußte, was ich tun sollte, sah ich ihr beim Schlafen zu, und vielleicht wünschte ich mir nur eins: daß sie aufwachte, mich ansah, verstand und mir verzieh, aber sie wachte nicht auf, und ich blieb sitzen, Stunden vielleicht, vielleicht nur Sekunden, bis mir die Morgendämmerung in Erinnerung rief, daß ich gehen mußte, als wäre es so bestimmt, weil ich es so bestimmt hatte, und ich küßte Manon ein letztes Mal und verließ das Zimmer.

Heute ist Manon allein wie früher, sie verflucht ihr Schicksal und ihren Wahn, sie ist wieder Kellnerin und haßt ihr Leben, sie ist Trinkerin und quasi Prostituierte. Scheinbar treibt sie sich jeden Abend in dieser Bar herum, wo es mich von Zeit zu Zeit hinzieht, nur um sie zu sehen. Dann sehe ich ein verunstaltetes, verzweifeltes Wrack, und ich wende den Blick ab, als würde ich sie nicht kennen. Als wäre ich ganz zufällig dort. Um meine Moral zu heben, sage ich mir, daß mein Coup geglückt ist und daß ich stolz sein kann, aber Manons erloschener Blick, ihr unsicherer Schritt, ihre gebrochene Stimme verfolgen mich bis in meine Alpträume. Und in einem dieser Alpträume fand ich auch das Pseudoende: Manon mußte sterben.

MANON 17

Auf der Straße

Ein Blowjob ist gar nicht so widerlich. Es ist nicht so persönlich. Die Körper berühren sich kaum. Man darf nur nicht hinsehen. Ich, ich schließe die Augen. Man darf nur nicht hinhören. Ich denke ganz intensiv an ein Lied von Nina Simone, das ich immer mit Derek zusammen hörte, und habe es statt des Stöhnens im Ohr. Der Typ ist alt und fett und häßlich, und ich habe ihn mir nicht ausgesucht. Ich habe seinen Schwanz in der rechten Hand, meine verkrampften Finger streichen auf und ab – nicht zu stark pressen, das tut ihm weh, aber ausreichend drücken, damit ich ihn in der Hand habe. Ich reibe schneller, und er wird in meinem Mund steif. Ich achte darauf, seinen vorstehenden Bauch nicht zu berühren. Ich isoliere seinen Schwanz vom Rest dieses abstoßenden Körpers, und dann ist es kein

Schwanz mehr, und ich tue nichts Schlimmes. Beim ersten Mal weinte und fluchte ich, und der Kerl mochte das. Nun weine und fluche ich nicht mehr, all das ist für mich nicht mehr von Bedeutung. Es sind nur Gesten und das Wissen, daß ich meine Arbeit gut mache. Von oben nach unten, von unten nach oben, von oben nach unten, stärker, schneller, sanfter, langsamer, das Tempo variieren, den Druck variieren, Mund und Hände spielen zusammen, ich nehme seinen Schwanz bis zu den Eiern in den Mund und höre seinen gedämpften Schrei nicht; ich tanze fast im Takt meiner Musik und sehe seine Visage nicht, die von den ersten Zuckungen des Orgasmus verzerrt ist. Unter meinen geschlossenen Lidern ziehen Erinnerungen und Bilder zukünftigen Glücks vorüber, und es ist fast ein Augenblick reiner Schönheit. Doch es ist ein Fast, und da ist dieser Geruch, dem ich mich nicht entziehen kann, der Geruch meiner Schande, der Geruch meines Scheiterns – der Gestank erbärmlicher Orgasmen, vergangener, gegenwärtiger oder kommender Orgasmen, der aus Polstern, Gesichtern und Wänden dringt. Mein eigener Leichengeruch. Der Strahl spritzt mir ins Gesicht, und ich muß so tun, als gefiele es mir, ich tue mein Möglichstes und lächle weiter, und meine Haut rötet sich an den Stellen, wo sie besudelt wurde, ich stehe auf und verneige mich, und da sind Leute, die mir Beifall klatschen. Da sind Leute, die mir Beifall klatschen, und endlich stehe ich auf der Bühne.

Hinten im Saal macht Paul das Siegeszeichen. Der

Vorhang fällt, bevor ich noch reagieren kann, und ich gehe langsam in meine Garderobe. Ich lösche die Neonleuchten am Spiegel, bevor ich mir das Gesicht wasche. Paul klopft und fragt, ob ich etwas trinken gehen will. Ich will nichts trinken gehen. Ich habe keine Lust, das Theater zu verlassen. Am liebsten würde ich bis morgen abend hierbleiben und vor Aufregung hinter den Kulissen zittern und all das geben, was ich auf der Bühne geben kann, ich möchte, daß man mir weiterapplaudiert. Ich möchte nur, daß man mir weiterapplaudiert.

Jeden Abend verkaufte man mich an die Meistbietenden. Ich war jung, schön, fast noch frisch, noch nicht zu tief gesunken, um ansteckende Krankheiten zu haben, aber ausreichend tief gesunken, um mitzumachen. Sie waren alt und häßlich und meist maskiert, gegen gutes Geld kamen sie auf die Bühne und gegen gutes Geld konnten sie sich weigern, sich auszuziehen. Aus ihren abgewetzten Hosenschlitzen kramten sie gesichtslose Schwänze, die ich lutschte, so gut ich konnte und als machte es mir Spaß, und ich wollte mir einreden: »Das ist der Preis des Ruhms«, aber es war der astronomische Preis meines Scheiterns. Sie waren alt und häßlich und meist maskiert, und sie streichelten mir mit dem Handrücken über den Kopf. Mir tat das Kreuz weh, weil ich mich bücken mußte, mir tat der Kopf weh, weil ich nicht denken wollte, mir tat der Kiefer weh, der sich um zwei Uhr nachts verrenken mußte. Und ich verschloß die Augen vor diesem Anblick des Grauens und die Ohren vor diesem triefenden Slowfox, der komponiert worden war, um eine beginnende Liebe zum Tanzen zu bringen, hier aber nur zwischen den leeren Sitzen widerhallte. Ich stellte mir eine tobende Menge vor, ich stellte mir Fans vor, die für ein Handzeichen von mir bereitwillig ihre Seele verkauft hätten, ich sah mich als Star, wie ich selbstlos und vergöttert von meinem Sockel herunterstieg, einen Unbekannten auswählte und ihm seine fünfzehn Minuten Glück zugestand. Ich sah mich ... Ich sah mich dort nicht. Durch meine Musik hindurch hörte ich nur klatschende Hände und Stimmen, die meinen Namen riefen: »Manon, Manon!« Und ich wollte mir ganz einfach vorstellen, daß die Leute etwas anderes beklatschten als nur meinen Arsch, die Krümmung meines Rückens und die Geschicklichkeit meines Mundwerkzeugs. Dann verließ ich das Theater und ging zu Fuß durch die Straßen an der Pigalle. So kalt es auch sein konnte – so schön war Paris. Am liebsten hätte ich es gemalt, doch ich ging nur durch die Straßen. Immer noch hatte ich Nina Simone im Ohr, und der feuchte Asphalt an der Place Blanche spiegelte das Leben der anderen wider. Und meine Flucht. Ich flüchtete durch die Straßen, ohne jemanden an meiner Seite zu haben, da waren all die Leuchtreklamen und die blinkenden Schilder, die das trostlose Fest in verrufenen Hinterzimmern bewarben, anrüchige Neologismen, exotische Frauennamen, amputierte Wörter, zufällig durch geplatzte

Glühbirnen entstanden. Es war zuviel Licht an der Pigalle für meine müden Gesichtszüge, zu viele blasierte Paare, zuviel Verkehr, zu viele Wagen mit aufblendenden Scheinwerfern, zuviel einvernehmliche Dekadenz, zuviel schreckliche Einsamkeit. Im Takt meiner Musik zogen die Gehwege vorbei wie in einer Fernsehsendung, und in dieser Musik lag die Lust des Sichgehenlassens, meines Schicksals, gegen das ich nicht ankämpfen wollte; die Gehwege verdoppelten sich in meinen glasigen Augen, denn ich weinte wie ein Wrack, ich weinte, ohne richtig gelebt zu haben, ohne Trauer, ohne Tragödie, ich beweinte nur meine Mittelmäßigkeit, und die Bürgersteige nahmen kein Ende. Ich ging ohne Ziel, nach Hause zu gehen war kein Ziel, ich ging, ohne irgendwohin zu gehen, und es war mir egal, ob mich meine Schritte an einen Ort trugen, wo es ein Bett gab, einen Ort, für den ich Miete bezahlte, in meine Bude unterm Dach, oder ob meine Beine mich im Stich ließen und meine Kräfte schwanden und ich irgendwo auf der Straße zwischen dem Theater und der Rue d'Amsterdam verreckt wäre. Manchmal ging ich in irgendeine Kneipe, trat in das gelbliche Licht, das alle Zufluchtshäfen erleuchtet, die rund um die Uhr geöffnet sind, und trank ein Glas am Tresen, um mich aufzuwärmen. Nebenbei verfolgte ich, kraftlos auf den Tresen gestützt, mit einem Auge die Wiederholung einer Melville-Verfilmung unter dem mitleidigen Blick eines schläfrigen Wirts, der schon andere wie mich gesehen hatte, und unter den altmodischen Komplimenten gelehrter Säufer, und hörte, wie eine Fixerin mit rotgefärbten Haaren der Decke erzählte, daß sie sich mit fünfzehn in einen Dealer verliebt und ihn jeden Tag unter dem Vorwand, ein oder zwei Gramm zu brauchen, angerufen habe, daß er schließlich in den Knast gewandert und sie schließlich auf die Nadel gekommen sei, und schließlich beschloß ich, ein Taxi zu rufen.

Damals hatte jeder den Eindruck, mich zu kennen, und ich redete mir ein, daß ich total wichtig sein mußte, obwohl ich doch einfach nur gewöhnlich war. Ich war gewöhnlich. Ich jobbte im Restaurant, erschöpft von meiner bezahlten Ficknacht, ich kam zu spät, zerschlug Geschirr, nahm falsche Bestellungen auf und selbst um den Preis übermenschlicher Anstrengungen schaffte ich es nicht mehr, die Gäste freundlich anzulächeln. Stück Dreck motzte mich an, und ich sagte nichts. Sissi schritt kaum zu meiner Verteidigung ein und musterte mich mit angewiderter Miene; sicherlich verdiente ich es nicht besser – war ich doch so tief gesunken, daß ich selbst Sissi noch überholt hatte. Ich war also der allerletzte Dreck. Na und? Sissi verpetzte mich bei Stück Dreck, und der schmiß mich raus, weil ich dem Ruf des Lokals schadete. Am liebsten hätte ich erwidert, daß ich lediglich den verkommenen Charakter des Etablissements verinnerlicht hätte und daß ich doch als Maskottchen herhalten könne, aber ich war lieber still und nahm meine Sachen, ich verabschiedete mich von niemandem, und ich schlug auch nicht die Tür hinter mir zu.

Keine Menschenseele war auf der Straße, als ich ging, und als ich die Augen zum fahlen Himmel hob, einem Katastrophenhimmel, sah ich nur geschlossene Fensterläden. Ein Kameramann filmte mich rückwärts gehend durch die ganze Avenue Montaigne, ich lief schnell und zeigte nur mein schlechtes Dreiviertelprofil, denn diesen Kameramann gab es in Wirklichkeit bestimmt nicht. Es ging ein Wind, der die Herbstblätter aufwirbelte, und da war ein dumpfes Geräusch, wie ein Weltuntergang. Wieder einmal war ich allein, und ich fror, und es hätte mich nicht gewundert, wenn die hellen Steinhäuser plötzlich kapituliert hätten und eingestürzt wären. Und dann rannte ein Typ an mir vorbei, rempelte mich an, ich fiel zu Boden, und als ich wieder aufstand, kam aus dem Nichts ein Bus und hielt vor mir an. Ich stieg ein, der Bus war nicht geheizt, aber es waren Leute darin, und ich fühlte mich erleichtert. Ich setzte mich auf eine Bank gegenüber einer alten Frau und einem Arbeiter, die Alte und der Kerl musterten mich, dann sprangen beide auf und flüchteten in den hinteren Teil des Busses. Nach und nach standen alle Anwesenden auf, und durch das Dröhnen des Motors hörte ich nur ein beunruhigendes Flüstern, von dem ich lediglich Bruchstücke verstand – verstümmelte Beschimpfungen und Proteste –, man zeigte verächtlich mit dem Finger auf mich, und am Ende war ich die einzige, die saß – mir gegenüber eine feindselige Meute –, und als die Alte mir etwas an den Kopf warf, stieg ich aus. Ich stand auf dem Gehweg der Rue d'Amsterdam, zweihundert Meter von meinem Haus entfernt, und ging die Straße hinauf, mit einem Kloß im Hals und Tränen in den Augen, sicherlich wegen des Windes. Eine Gruppe Rowdys verfolgte mich, einer versuchte mich an der Taille zu fassen und schob seine Hand zwischen meine Beine, ich stieß ihn zurück, sie umzingelten mich und schimpften mich eine Hure, dann spuckten sie mir ins Gesicht, griffen zu viert an und wollten mich zu Boden strecken, ich fiel auf die Fresse, die Sachen aus meiner Tasche fielen in den Rinnstein, auf den Knien sammelte ich meine Schlüssel und mein Geld ein, da stieß mich wieder einer an, ein anderer trat mir auf die Hand, und sie umringten mich zu zehnt und schrien Beschimpfungen, die ich nicht verstand, und sie bewarfen mich mit Dreck und mit was weiß ich was, also trat ich die Flucht an, ich rannte, so schnell ich konnte, durch die Rue d'Amsterdam, und jeder Passant, an dem ich vorbeilief, rempelte mich an oder beschimpfte mich, und die Meute, die hinter mir her war, wurde von Sekunde zu Sekunde größer, ich hatte Angst und ich rannte, ohne zu sehen, wohin ich rannte, und fast hätte mich ein Auto angefahren, sie rissen mir den Mantel vom Leib, sie packten mich an den Haaren, und zu meiner Angst kam nun auch noch der Schmerz. Ich erreichte mein Haus, gab blind den Türcode ein, stieß mit aller Kraft die Tür auf und lehnte mich dagegen, um Luft zu holen, und dahinter hörte ich die Menge, die gegen die Tür donnerte und brüllte, ich rannte die Treppe hinauf, ich stolperte bei jeder Stufe, und erst im vierten Stock sah ich die Schmierereien, die Wände waren voller Obszönitäten, und da stand HURE in schwarzen Großbuchstaben mit Pfeilen, die zu meiner Wohnung wiesen, die Tür stand offen, meine Wohnung war verwüstet, und ich dachte, man hätte mich ausgeraubt, aber es war nichts gestohlen, weder der Fernseher mit dem zertrümmerten Bildschirm noch meine zerschlissenen Kleider auf den Bügeln, alles lag auf dem Boden und war klatschnaß vom strömenden Regen, den ich draußen gar nicht wahrgenommen hatte und in dem die ausgerissenen Kabel knisterten, die Schranktüren waren eingetreten, und die grauen Wände verschwanden unter Kraftausdrücken und Obszönitäten, da stand wieder HURE und SCHWANZLOCH und DAS IST DEINE SCHULD, und da hörte ich wieder diese Musik, die aus dem Nichts kam und bei jedem Schritt lauter wurde, und die Pfeile deuteten auf einen Zeitungsausschnitt, der an der Wand vor mir klebte, ich trat näher, das Adagio wurde so laut, daß mir fast das Trommelfell platzte, und da sah ich das Bild meines Vaters auf der herausgerissenen Titelseite, und in dem Moment, als ich die Schlagzeile entziffert und auf den Wänden wieder DAS IST DEINE SCHULD gelesen hatte, explodierte das Adagio in meinem Kopf, und da sah ich die Knarre mitten auf dem Tisch, und eine Sekunde später hatte ich die Waffe in der Hand und steckte sie mir in den Mund, der Abzug leistete Widerstand, dann gab er unter meinem Finger nach, und ich wandte mich einfach dem Himmel zu und zwischen meinen beiden Fenstern sah ich ein Schild mit dem Schriftzug: ENDE.

Da klingelte das Telefon.

Ich fuhr zusammen, ich ließ die Knarre in Zeitlupe los, die Musik verstummte abrupt. Ganz verdattert stand ich da, ich konnte mich für Sekunden, Minuten oder Stunden nicht regen, und das Klingeln tönte beharrlich und durchdringend durch diese Wüstenei. Ich nahm nicht ab. Das Klingeln hörte auf, dann fing es wieder an. Es hörte auf zu regnen. Ich zündete eine Zigarette an. Ich wollte nicht nachdenken.

Ich nahm ab. »Hallo?«

»Hallo, Manon?«

Diese Stimme kannte ich nicht – es war ein Mann, nicht sehr alt, mit osteuropäischem Akzent.

»Ja«, sagte ich.

»Die Probeaufnahmen ... Sie können nun kommen. Unten wartet ein Wagen, er bringt Sie her.«

»Was für Probeaufnahmen? Wovon reden Sie überhaupt? Wer sind Sie?«

»Ihr Foto wurde markiert. Sie müssen nun Probeaufnahmen machen. Unten wartet ein Wagen, er bringt Sie ...«

»Ich habe kein Foto eingeschickt.«

»Meinen Sie etwa, Sie seien in der Position, hier herumzudiskutieren? Haben Sie denn überhaupt eine

Vorstellung was es bedeutet, ›nichts mehr zu verlieren haben‹?«

»Mein Vater ist gestorben«, sagte ich, damit er mich in Ruhe ließ.

»Das stimmt nicht. Nichts stimmt!« rief er fast empört und hängte auf.

Unten wartete wirklich ein Wagen, ein schwarzer Mercedes, ein furchteinflößendes Modell. Ich fürchtete mich aber nicht, weil ich, vox dixit, zum einen nichts mehr zu verlieren hatte, zum anderen hatte ich die Knarre dabei. Der Wagen fuhr ins 8. Arrondissement, ich drehte und wendete dieses Scheißschild ENDE und käute die Worte der Stimme wieder: »Das stimmt nicht. Nichts stimmt!« Ich hatte keine Würde mehr, keine Hoffnung, ich hatte nicht mal mehr eine Wohnung. Ein komischer Wagen brachte mich irgendwohin, es war acht Uhr abends, es gab keine Staus. Ich war gerade einem ferngesteuerten Selbstmord entkommen. Mich erstaunte nichts mehr, jedenfalls nicht seit diesem fatalen Morgen im Ritz, als ich aus einem zweijährigen Koma aufgewacht war und begriffen hatte, daß mein Gehirn wohl ernstlich beschädigt war. Ich fragte mich, was ich hier in diesem Mietwagen verloren hatte, davon abgesehen, daß es ganz nett war, wieder mal chauffiert zu werden. Ich, die ich nichts mehr erwartete, nichts mehr erwarten wollte. Als mir dann klar wurde, daß ich nur eigentlich Antworten suchte, hielt der Wagen vor einem großen, schwarzen, schmiedeeisernen Portal mitten auf dem Boulevard Haussmann.

Der Fahrer stieg gleichzeitig mit mir aus. Er lehnte sich an die Tür und rauchte.

»Hinten im Hof«, sagte er und musterte mich.

Die Tür ging auf, ich trat ein.

»He«, sagte er dann noch, »ich bin hier, ich warte auf Sie.«

»Danke«, sagte ich.

»Ich fahre Sie, wohin Sie wollen.«

Ich ging über den Hof. Der Boden war gefliest, die Lichter waren so gedämpft, daß sie fast erloschen, es roch nach feuchtem Holz, irgendwo im oberen Stockwerk spielte jemand auf dem Klavier ein Stück von Lou Reed, *Berlin*, und sang falsch dazu.

Es gab nur eine Tür, dünne Lichtstrahlen drangen durch die Rollos hinter den vergitterten Fenstern. »Klingeln und eintreten« stand da. Ich klingelte nicht und trat ein.

Es war ein Büro, das auch ganz nach einem Büro aussah. Es gab eine Empfangstheke mit einem Telefon und einer ordinären Brünetten, die sich die Nägel feilte. Ein schwarzes Ledersofa. Einen Couchtisch mit Zeitschriften. Einen Kaffeeautomaten. Einen dunkler Korridor, der zu geschlossenen Türen führte.

»Sind Sie Manon?« fragte mich die Empfangsdame.

»Ja.«

»Er wird Sie in wenigen Minuten empfangen. Nehmen Sie Platz.«

Das Mädchen hatte ihre Brille aufgesetzt und ihren Mantel angezogen. Ich hatte den Eindruck, sie zu kennen.

»Könnte ich einen Kaffee haben?« fragte ich, dabei hatte sie schon die Hand am Türknauf.

»Natürlich.«

Sie ging zum Kaffeeautomaten, steckte erst einen Schlüssel hinein, dann eine Münze, und als sie nicht hinunterfiel, schlug sie mit dem Handrücken an die Seite, und die Schläge hallten in dem leeren Büro unheimlich wider.

»Das passiert andauernd«, sagte sie mit einem verlegenen Lächeln.

»Macht nichts«, sagte ich, und weg war sie.

Ich ging eine Weile auf und ab. Rauchte eine Zigarette. Betrachtete mich im Spiegel. Über der Empfangstheke hing eine Überwachungskamera, was mich davon abhielt, herumzuschnüffeln. Ich wartete eine halbe Stunde, ohne wirklich zu wissen, ob irgend etwas oder irgend jemand diesem Warten ein Ende machen würde. Ich wartete dennoch, weil ich Antworten suchte. Im ersten Stock sang jetzt der Typ, der *Berlin* spielte, ein wenig besser. Ich warf einen Blick auf den Couchtisch, da lagen nur englische Wirtschaftszeitschriften, doch schließlich hatte ich das Glück, ein altes Match vom letzten Jahr zu erspähen. Ich blätterte das Magazin durch und erinnerte mich, es schon gelesen zu haben. Aus Langeweile las ich es noch mal. Ich las den Bericht über einen alten Sänger, die Rezension eines längst vergessenen Bestsellers, die Ankündigung einer Modigliani-Ausstellung, die ich verpaßt hatte, die Vorhersage eines Krieges, der inzwischen stattgefunden hatte, dann war ich durch, und während ich auf der Wanduhr nach der Zeit sah, spürte ich eher, als daß ich es sah, mein Gesicht auf der letzten Seite.

Ich habe noch braune Haare, die mir zu Berge stehen, ich sehe genervt aus. Ich trage ein schwarzes Spitzenkorsett und weiß gleich, daß es von Dolce ist, und an meiner Seite posiert Derek mit einem verkrampften Lächeln. Derek posiert an meiner Seite, und vor allem muß diese Gala ein voller Erfolg gewesen sein, denn Britney Spears, Werner Schreyer, Miss France, Joey Starr und Dannii Minogue drängen sich bedröhnt in kleinen Nischen. »Derek Delano und eine Freundin«, so die Bildunterschrift, und im reißerischen Fließtext lese ich: »Ist das Herz der besten Partie in Europa nun vergeben? Der Milliardär Derek Delano, der sich seit einigen Monaten rar gemacht hatte, erschien nun lächelnd und in bemerkenswerter Begleitung auf der Gala zum Kick-off seines jüngsten Spielzeugs, eines Wahnsinnshandys, mit dem man auch DVDs brennen kann. Nach dem geheimnisvollen jungen Mädchen, das ihm nicht von der Seite wich, und einer möglichen Verlobung befragt, lächelt er nur und gibt kurz angebunden zurück: ›Sie ist in gewisser Weise meine Pseudomuse.‹«

Ich steckte das Magazin in die Tasche zu der Knarre

und dem Schild ENDE; nun wollte ich nicht mehr wissen, ob in diesem komischen Büro noch jemand war oder nicht, es war mir egal. Ich suchte Antworten, und ich hatte sie gefunden.

»Wechsle den Beruf«, schrie ich vom Hof zu dem Kerl hinauf, der Lou Reed malträtierte, und rannte zum Portal.

Ich hatte Antworten gefunden, fast alle Antworten, die ich suchte, sogar Antworten auf Fragen, die ich mir gar nicht gestellt hatte, doch da war eine Frage, die wichtigste Frage, die noch auf eine Antwort wartete, und diese Antwort wollte ich um jeden Preis – die Frage lautete: Warum?

Der Typ trat eine Kippe auf dem Gehweg aus, er war da, er wartete auf mich. Ich stieg in den Wagen und schlug die Tür zu.

»Zum Ritz.«

DEREK 18

Und die Musik verstummte

Ich bin ganz allein in meiner Suite, sie ist in einem grauenvollen Zustand. Ich auch.

Ich frage mich, welcher Schwachmat entscheidet, wie viele Flaschen Whisky eine Minibar in einer Luxussuite zu ich weiß nicht wieviel Euro die Nacht enthalten darf, aber ich kann mit Sicherheit sagen, daß es ein schrecklicher Schwachmat sein muß. Ist man etwa der Ansicht, es sei besser, die Bar nicht über die statistisch festgesetzte Dosis eines durchschnittlichen Alkoholikers hinaus zu füllen? Oder fürchtet man sich zufällig vor den Verwüstungen, die der durchschnittliche Alkoholiker dem Mobiliar angedeihen lassen könnte, wenn er einen über den Durst trinkt? Man muß schon auf sein Scheißmobiliar aufpassen, was? Das hat schon meine Mutter immer gesagt, und meine Mutter hatte immer recht:

»Der Nachteil eines Lebens im Hotel ist, daß man nicht alles demolieren kann.« Aus diesem Grund braucht man Besitz. Wenn man etwas besitzt, schuldet man niemandem Rechenschaft, sollte man eines Tages beschließen, es auf den Boden zu werfen, mit den Füßen darauf herumzutrampeln und es schließlich mit dem Mülleimerdeckel endgültig zu zertrümmern.

Oh, das traute Heim ... Wenn Ihre Frau Sie betrügt, Sie verläßt, Sie schlägt, wenn Ihre Kinder auf den Strich gehen, an der Nadel hängen, in Snuff-Videos mitwirken, an einer unheilbaren Geschlechtskrankheit, bei einem Hubschrauberabsturz, an einer postabortalen Blutvergiftung oder an so etwas Unwahrscheinlichem wie einer Selbstverbrennung sterben oder wenn Sie einfach zur beliebtesten Sendezeit zuviel fernsehen, dann haben Sie, wenn Sie im Hotel wohnen, schlicht und ergreifend nicht die Möglichkeit, sich anständig vollaufen zu lassen, um zu vergessen, nein, man verweigert Ihnen sogar diesen Trost – Sie sind völlig am Ende, verloren, verwitwet, zugedröhnt, das Leben hat jeglichen Reiz verloren. Im Vergleich zu der Tragödie, die Ihre ohnehin schon wenig ruhmreiche Existenz nun endgültig zerstört hat, erscheinen Ihnen die blutrünstigsten Mangas beschaulich wie *Unsere kleine Farm*; Sie irren wie ein Verrückter umher und versuchen auf Biegen und Brechen der Verzweiflung zu entkommen, die Sie verzehrt, und was gesteht man Ihnen zu, worauf können

Sie zurückgreifen, was ist Ihre einzige und letzte Zuflucht?

Ein Minifläschchen Jack Daniels.

Denn wenn man Ihnen die Möglichkeit geben würde, sich richtig zu besaufen, würden Sie sich vielleicht zu Vandalismusexzessen hinreißen lassen und etwa Stühle und Konsolen mit einem Schweizer Messer zerstückeln, Reisig daraus machen und mitten im Salon ein Lagerfeuer anzünden. Warum auch nicht? Sie haben gerade Ihre ganze Familie durch die Beulenpest oder bei einem Flugzeugabsturz verloren, Sie sind in diesem Moment sogar dabei, die Schlampe zu ermorden, in die Sie fast verliebt sind, und zwar auf Ihre Art, und das ist nicht die Art der anderen, und das ohne den kleinen Finger zu rühren, denn Sie haben ja noch nie im Leben den kleinen Finger gerührt, was mit dreißig Jahren langsam zu einer Art Komplex führt, und Sie finden dennoch, daß Sie durchaus das Recht haben, sich ein wenig Luft zu verschaffen.

Aber nein! Minifläschchen. Beschissene Minifläschchen.

Damit kann man nicht mal ein Groupie abfüllen. Doch der durchschnittliche Alkoholiker, der Sie sind, kann sich immer einen Pay-Porno im Whirlpool reinziehen und darauf warten – daß was? Daß Gott sich zeigt? Sie haben keine Familie, kein Heim, Sie leben ganz allein und unglücklich im Ritz, und wenn die Einsamkeit an Ihnen nagt, haben Sie keine Wahl – nur Pornos, Schaum und Kniefall.

Und wenn Sie Lust auf ein Besäufnis haben, dann müssen Sie ja nur den Zimmerservice rufen. Damit der Zimmerservice etwa das Lagerfeuer sieht und meine kleine technische Installation und den Zustand des Pianos und damit ich mich wie ein gewöhnlicher Kinostar aus dem Hotel werfen und mich von einer Jugendbande fertigmachen lassen muß? So dumm bin ich nicht. Ich werde nicht den Zimmerservice rufen. Das Telefon habe ich sowieso schon aus dem Fenster geworfen. Ist mir egal, ich habe genügend Koks. Damit habe ich dank einer schönen Schablone, die ich hatte, ein Gesicht auf den Couchtisch gemalt. Ich habe mir erst die rechte Braue und das Kinn reingezogen. Gerade hat sich das Feuer ein wenig an den Seiten ausgebreitet, ich habe die Vorhänge heruntergerissen und es erstickt. Nun gibt es nur noch einen erbärmlichen kleinen Aschefleck mit einem schwarzen Rand mitten im Salon. Ich gehe auf und ab, mit der Flasche in der Hand, und ich weiß, daß ich sie am Ende auf meinem Kopf zerschlagen werde, bevor es hell wird – wenn man allein ist, ist es nämlich schlimmer, niemanden zu haben, den man schlagen kann, als niemanden zu haben, den man lieben kann. Ich gehe auf und ab, ich höre Mozart. Denn Mozart ist schön! Aber es reicht nicht. Zu dem *Requiem*, das durchaus angebracht ist, höre ich auch *Satellite Love* von Lou Reed und *Ne me quitte pas*, mit Akzent interpretiert von Nina Simone, und ich singe mit und äffe sie nach, weil ich ein spaßiger Typ bin, und *Souvenirs* von *The Gathering* und

My Girl von Nirvana und eine Oper von Puccini und *Creap* von Radiohead und den Chor der Roten Armee, *The Unforgiven* von Metallica, *The Future* von Leonard Cohen und *Don't Cry* von Guns 'n' Roses, die *Nocturne* op. 48, den Soundtrack von *Midnight Express* – etwas Besseres habe ich nicht verdient –, das Adagio für Streicher von Samuel Barber, das ganze letzte Album von White Stripes, ich weiß nicht welchen Song von Marilyn Manson, den Soundtrack von *Kill Bill*, *Tainted love* von Softcell, *Der Ritt der Walküren* von Wagner und Gainsbourg, ich höre *Manon*. Manon, Manon, Manon. Immer wieder *Manon* und lauter als alles andere, denn das ist genau in diesem Moment mein Seelenzustand.

Ich gehe auf und ab, mit der Flasche in der Hand, und meine Suite sieht aus wie die Backstage von Woodstock oder das Lager des Hi-Fi-Ladens von Virgin. Im Salon sind dreiundzwanzig Anlagen, von der billigsten bis hin zur teuersten, und genauso viele Lautsprecher röhren, daß mir fast das Trommelfell platzt, und lustig, sehr lustig daran ist, daß diese ganze Apparatur nichts mehr hermacht, rein gar nichts, oder doch: Diese Kakophonie – und eine Kakophonie ist es ganz eindeutig – ist der genaue Ausdruck, sage ich mir, der genaue und übersteigerte Ausdruck dessen, was ich im Moment fühle. Ich bin eine Kakophonie, ich bin ein Sauladen, ich bin eine verwüstete Suite, ich habe sie nach meinem Bild verwüstet als der perfekte Pseudokünstler, der ich bin, und ich warte jeden Moment darauf, daß Mirko, der Bote der Finsternis, kommt und mir die Nachricht von Manons Tod überbringt, die entschieden mehr Zeit braucht, um sich umzubringen, als geplant; ich hätte nicht gedacht, daß sie so zäh ist. Und in diesem schrecklich entzückenden Zustand der seelischen Verschmelzung mit meiner äußeren Umgebung und der Erwartung – die Erwartung ist für mich die einzige zulässige Manifestation einer skurrilen Vorstellung von Glück, die ich mir gestatte – fällt ein Schatten, ein Schatten, ein einfacher kleiner Schatten aufs Bild: Es ist die Tatsache, daß ich nichts zu diesem Rudelbums beitragen kann. Zum akustischen Rudelbums, versteht sich. Was sage ich – Rudelbums? Der akustische Gangbang! Und wenn ich in diesem Gangbang nicht schweißüberströmt und mit dem Schwanz in der Hand dastehe und mich gleich ins Getümmel stürze und ein Opfer stopfe, dann, weil ich selbst das Opfer bin. Ich bin das Opfer – meine Beine sind gespreizt, meine Nerven brennen, mein Kopf platzt fast, und mein Piano hat die Seele ausgehaucht, o ja, mein Piano hat seine Seele ausgehaucht, sonst könnte ich mich darauf stürzen und zu diesem kakophonischen Fick beitragen, aber ich habe es vor einer Viertelstunde mit dem Feuerlöscher zertrümmert. Nun liegt es in der Ecke, das arme Piano, wie ein Haufen Dreck, und es ist mir fast eine Freude, es dort zu sehen – unbrauchbar, massakriert, erbärmlich, für immer stumm –, und ich sage: »Na, du Verräter, Abtrünniger, nun verhöhnst du mich nicht mehr, oder?«

Und als ich ihm Tritte versetze, um das Wort in die Tat umzusetzen, stöhnt es kläglich, wie um Gnade zu erbitten, es stöhnt mit falschen Tönen, und ich schalte die Musik ab, um sein Todesröcheln besser zu hören.

»Du bist die größte Scheiße, der stinkendste Abfall, der schlimmste Abschaum, der widerlichste und erbärmlichste Mistkäfer, der je sein Kohlendioxyd auf diesem mißratenen Planeten, den man Erde nennt, ausgeatmet hat.«

Gerade ist Manons Geist durch die Tür gekommen.

»Du bist nur eine Halluzination, verursacht durch die Flüssigkeit, die zu vierzig Prozent aus Alkohol besteht und die ich gerade zu mir genommen habe, und du wirst verschwinden, wenn die Wirkung nachläßt.«

»Und das, ist das auch eine Halluzination, du Arsch?«

Ich kriege ihre Faust in die Fresse, und als meine Augenbraue platzt, noch bevor ich Sternchen sehen kann, weiß ich, daß etwas schiefgelaufen ist und daß sie nicht nur nicht tot ist, sondern daß sie auch noch irgend etwas erfahren haben muß, weil sie ziemlich wütend aussieht und außerdem eine Waffe hat.

»›Meine Pseudomuse‹, was? Ich gebe dir gleich Pseudomusen, du Schwein, du Abschaum, du mieser Schuft!«

»Beruhige dich doch, Chérie, Gewalt war noch nie eine Lösung. Zuviel Gewalt führt im allgemeinen zu Handlungen, die man nicht rückgängig machen kann und die man sein ganzes Leben lang bereut. Leg also das Schießeisen weg und laß uns in aller Ruhe reden wie zwei Ex-Zivilisierte, die sich freuen, sich wiederzusehen, wenn sie auch nicht mehr viel gemeinsam haben.«

»Ich freue mich nicht!« schreit Manon und schießt auf den Spiegel über dem Kamin.

»Manon, Chérie, dieser Spiegel gehört mir nicht, er gehört dem Ritz. Es ist mir also piepegal, ob er in tausend Stücke zerspringt; was du gerade gemacht hast, schädigt ein unschuldiges Hotel, das dir noch nie etwas getan hat, es ist eine sinnlose und schäbige Tat, und um weitere sinnlose und schäbige Taten zu verhindern, rate ich dir, die Waffe niederzulegen.«

»Ach ja? Und was ist mit dem Direktor, der mich eine bedrogte Hure schimpfte und mich von zwei Gorillas rauswerfen ließ, als du mich so schnöde hast sitzenlassen?«

»Das waren Mitwirkende, Chérie, Mitwirkende, die ich bezahlt und angewiesen habe, dich wie eine bedrogte Hure zu behandeln und rauszuschmeißen.«

»Das war es also? Das war es?« murmelt sie unter Schock.

»Und bedenke, daß sie dir nichts angetan haben, als sie dich rausgeworfen haben, und das nur, weil ich es so wollte.«

»Dann hast also wirklich du das alles eingefädelt? Von Anfang an? Die ganze Zeit?« murmelt sie weiter, und die Knarre zittert in ihrer Hand.

»Ja«, sage ich nur.

»Vanity?« fragt sie.

»Vanity gehört mir.«

»Das Shooting? New York? Die italienische Vogue?«

»Nun, Chérie, du kannst dir sicherlich vorstellen, daß es nicht besonders kompliziert ist, zwei große Kameras, irgendwelche blöden Klamotten und drei Ventilatoren zu kaufen.«

»Aber Vogue?«

»Ein Fälscher, eine Druckerei, ein paar Tricks.«

»Meine Werbekampagnen?«

»Dito.«

»Werner Schreyer?«

»Ein Doppelgänger.«

»Die Plakate?«

»Es ist nicht schwierig, ein Plakat aufzuhängen.«

»Ha! Das hätte ich gern gesehen, wie du mit Kleistereimer und Pinsel in der Hand Plakate klebst, mein armer Derek!«

Ich sage nichts, sie hat recht.

»Und die Galas?« fängt sie wieder an. »All die Galas, auf denen wir waren?«

»Doppelgänger, Chérie, wie ich gerade sagte.«

»Das waren alles Doppelgänger? Alle? Und du ... du hast ihnen weisgemacht, was du mir weisgemacht hast – daß ich ein Star bin, ein Topmodel, all das?«

»Natürlich nicht.«

»Aber ... Sie haben mir die Stiefel geleckt ... Sie sprachen mit mir über ... Gregg Araki!«

»Sie hatten einen Text. Also wirklich, Manon, ich bin nicht blöd, ich denke an alles.«

»Und der Film?«

»Karénines Bruder. Und ein Doppelgänger von Adrien Brody – übrigens mein Ex, ein guter Junge, dieser Costa.«

»Cinecittà?«

»Zehntausend Dollar am Tag.«

»Die Crew?«

»Eine Bande Ganoven im Ruhestand.«

»Tschechow?«

»Tschechow ist schon lange tot.«

»Aber dieser Film muß doch irgendwo sein, es muß doch Probekopien geben.«

»Mein armes Kind, es war kein Film in der Kamera.«

»Kein Film?«

»Kein Film. Sie drehten ins Blaue, so wie du.«

»Und meine Promo? Die Journalisten?«

»Mitwirkende.«

»Dann habe ich also nicht geträumt an jenem Morgen, als ... als ich aufgewacht bin?«

»Natürlich nicht.«

»Und das Plakat? Dieses Plakat, Dignité – warst das auch du?«

»Ja, es war so etwas wie ein guter Rat zum Abschied. Den du ja, wohlgemerkt, nicht wirklich befolgt hast.«

»Und die Fotos bei mir? Das Durcheinander? Die Kippen in den Aschenbechern?«

»Ich habe die Fotos aufgehängt, ich habe deine Sachen ein bißchen durcheinandergebracht, ich habe die Zigaretten geraucht.«

»Das Restaurant? Sissi? Stück Dreck?«

»Mitwirkende der ersten Kategorie. Dreitausend Euro im Monat.«

»Und ich dachte, ich sei schizo ...«

»Das ist normal, Chérie. Das ist das allermindeste, was ein normal veranlagter Mensch gedacht hätte – wenn dich das beruhigt.«

»Und das Theater?«

»Also damit habe ich nichts zu tun. In diese Pornoscheiße hast du dich ganz allein reingeritten. Wenn man seine Natur unterdrückt, bricht sie eben irgendwann mit Gewalt durch.«

»Und das jetzt? Die Leute auf der Straße? Der Bus? Die Beschimpfungen? Die Schmierereien? Die Knarre?«

»Welche Knarre?« frage ich.

Sie fuchtelt mir damit vor der Nase herum und droht: »Die da, du Arsch!«

»Schon gut«, grummle ich, »ich hab nur versucht, die Atmosphäre etwas zu entspannen.«

»Und mein Vater? Wo ist mein Vater?«

»Dein Vater, dein Vater! Ich habe keine Ahnung, wo dein Vater ist. Und überhaupt – in den zwei Jahren Dolce vita in meiner Gesellschaft und vor allem auf meine Kosten war dein Vater ja wohl deine geringste Sorge.«

»Verdammt noch mal, Derek, ich hätte mir fast eine Kugel in den Kopf gejagt!«

»Das war das Ziel. Aber irgendwas ist da im Vorfeld schiefgelaufen. Wer hat da Mist gebaut? Ich begreife das nicht, ich hatte an alles gedacht. Ein Monat Vorbereitung für diese Szene, ein subtiles Crescendo im moralischen Störfeuer, die Musik, der falsche Regen, der tote Vater ... Perfekt, raffiniert, genial. Oder? Wer hat da Mist gebaut?«

»Warum, Derek?«

»Warum was?«

»Warum hast du mir das angetan?«

»So stand es im Drehbuch. Ich habe mich ans Drehbuch gehalten.«

»Welches Drehbuch?«

»Das Pseudodrehbuch des Pseudofilms. Weißt du, Manon, du bist nicht zwei Jahre mit einem Loser zusammengewesen, ich habe eine Kunstrichtung erfunden, stell dir das mal vor! Ich habe den Pseudofilm erfunden, und du warst wirklich meine Pseudomuse, wie ich dem Match gesagt habe. Das war kein Scherz.«

»Du bist wahnsinnig, Derek«, sagt sie ganz leise.

»Ja, das stimmt, es kommt manchmal vor, daß das Genie sich an die Grenzen des Wahnsinns verirrt ...«

»Du bist mehr als nur wahnsinnig, man sollte dich in eine Zwangsjacke stecken ...«, fügt sie etwas lauter hinzu.

»Hast du dich vielleicht selbst mal angesehen?«

»Typen wie dich sollte man einsperren«, fängt sie

wieder an, und ich finde, sie wiederholt sich, und dann erhebt sie auch noch die Stimme:

»Du mieser Schuft! Du hast mein Leben zerstört!«

»Übertreib mal nicht!«

»Warum? Warum, Derek?«

Sie schießt ziellos in die Gegend, meine Koksvase zerspringt.

»Warum nicht?« sage ich.

»Warum, Derek?«

Sie packt mich an den Ellbogen, und ihre glasigen Augen flehen mich an, und plötzlich werde ich wieder ernst.

»Aus ... aus Langeweile.«

»Aus Langeweile ... Aus Langeweile hast du mein Leben zerstört?«

Sie brüllt wie eine Irre, ich spiele mit dem Gedanken, den Sicherheitsdienst zu rufen, doch statt dessen werfe ich mich vor ihr auf die Knie.

»Ich weiß, Chérie, aber ich wollte ... wollte nur ein bißchen ... Kintopp in meinem Leben ..., und wenn du mich geliebt hättest, wäre alles anders gekommen.«

»Ach! Dann ist das wohl alles auch noch meine Schuld?«

»Ich wollte jemanden vernichten, einfach so ..., um zu sehen, wie es ist. Ich fand das ... unterhaltsam.«

»Unterhaltsam.«

»Und so habe ich dich ausgewählt. Und der Pseudofilm hat begonnen.«

»Laß meine Knie los, du widerst mich an!«

»Ich habe mich in dich verliebt, ich wollte alles stoppen, aber es war zu spät, ich hatte das Drehbuch schon geschrieben. Es war perfekt, ich konnte nichts mehr daran ändern.«

»Laß meine Knie los, hab ich gesagt!«

»Ich habe mich nur ans Drehbuch gehalten, das ist alles.«

»Du widerst mich an!« zischt sie.

»Ich flehe dich an, Manon, verzeih mir, gib mir noch eine Chance, wir können doch noch mal ganz von vorn anfangen, als wäre nichts gewesen – ich bringe dich zu Chanel, ich gebe dir die Hauptrolle im nächsten Film von Karénine, dem echten Karénine, wir heiraten in Las Vegas, wir bekommen überkluge Kinder, wir werden überglücklich und überberühmt sein!«

»Verpiß dich!«

»Ich mache aus deinem Leben einen Film ... Wie wär's, Chérie? Du lebst wie in einem Film, davon hast du doch immer geträumt.«

»Verpiß dich, hab ich gesagt!«

Sie stößt mir das Knie in den Kiefer, ich falle nach hinten und voll auf die Fernbedienung meiner dreiundzwanzig Anlagen, und sie schalten sich in voller Lautstärke ein, die Kakophonie ertönt wieder. Manon fährt zusammen, ich rapple mich auf, ich wische das Blut weg, das mir aus dem Mund rinnt, und ich sage ihr, daß sie nur bekommen hat, was sie verdient.

»Wie bitte?«

»Ganz genau. Du hast nur das bekommen, was du verdienst. Was glaubst du, Manon? Daß ich das Schlimmste bin, was dir in deinem Leben passiert ist?«

»Schalt diese Musik ab!«

»Nein!« schreie ich. »So einfach kommst du mir nicht davon!« brülle ich und stehe auf. »Diesen Schuh ziehe ich mir nicht an. Du kreuzt hier einfach auf, mit deiner verunstalteten Fresse, deiner Knarre in der Hand und deinen Scheißvorwürfen. Du ballerst auf Spiegel und Vasen. Du schlägst alles kurz und klein. Du hältst mir deinen Vater vor. Dein zerstörtes Leben. Du wärst besser in deinem Kaff geblieben, Süße! Ich hätte dich dort nicht herausgeholt.«

»Schalt endlich diese Scheißmusik ab, Derek!«

»Du wolltest ein Star sein! Du wolltest das schöne Leben! Das schöne Leben habe ich dir gegeben, aber die Welt wollte dich nicht. Also habe ich die Welt verändert. Ist das nicht toll? Und ich möchte, daß du mir eine Person nennst ...«

»Schalt diese Musik ab!«

»Sei still! Unterbrich mich nicht, wenn ich spreche, ich kann es nicht ausstehen, daß du mich unterbrichst, wenn ich spreche, immer fällst du mir ins Wort, wenn ich etwas sage, sei jetzt ausnahmsweise mal still. Also, ich sagte, du sollst mir eine Person auf dieser Welt nennen, die das für dich getan hätte. Ich habe dir eine Welt erschaffen, Manon, damit es dir gut geht. Und du sagst, ich hätte dein Leben zerstört! Aber, meine Süße, ich habe dein Leben erst dann zerstört, als ich beschloß, aus deinem Leben zu verschwinden. Und wenn du mich geliebt hättest, wäre ich nicht verschwunden.«

»Gib mir die Fernbedienung.«

»Nein, das ist *meine* Fernbedienung. In Wahrheit bist du nur eine dreckige kleine Clip-Schlampe!«

»Das stimmt nicht!«

Sie schießt auf einen Lautsprecher, das *Requiem* verstummt.

»Du bist nur ein kleines Luder, ein dreckiges kleines Groupie, das keine Rücksicht auf Verluste nimmt. Du würdest deinen Vater und deine Mutter umbringen, um in einer Sitcom mitzuspielen. Du würdest mit dem Elefantenmenschen schlafen, wenn der Elefantenmensch ein namhafter Regisseur wäre. Du würdest deiner Schwester Salzsäure ins Gesicht schütten, wenn sie an deiner Stelle ein Casting bekommen würde.«

»Ich habe keine Schwester.«

Sie schießt auf einen anderen Lautsprecher, und die Walküren hören auf zu reiten.

»Und dein Argentinier? War es ein guter Fick, du Schlampe?«

»Was?«

»Dein Argentinier. Dein Polospieler, der dich wie eine Nutte auf dem Rücksitz seines gemieteten Lamborghini genagelt hat.«

»Ja, das war ein guter Fick, ein sehr guter Fick, der

beste meines Lebens, ich habe geschrien, Derek, ich habe ganz Monaco aufgeweckt.«

»Ach ja?« Mein Ablenkungsmanöver hat geklappt. Denn während ich sie anschreie und beschimpfe, schaffe ich es zu dem Sessel, auf dem mein Regenmantel liegt, und in der rechten Innentasche steckt meine Knarre.

»Ach ja? Sag das noch mal!« sage ich und ziehe das Ding heraus.

»Ich hatte drei vaginale Orgasmen.«

»Drei?«

»Drei.«

»Das stimmt nicht«, schreie ich, »du bist frigide!«

Ich schieße auf einen Lautsprecher, und Lou Reed verstummt.

»Ich bin nicht frigide«, gibt sie zurück, schießt auf einen Lautsprecher, und Kurt Cobain verstummt.

»Hör auf, auf die Lautsprecher zu schießen!« brülle ich und schieße dann aus Reflex selbst auf den Lautsprecher, aus dem Guns 'n' Roses röhren, und Guns 'n' Roses verstummen.

»Nein«, erwidert sie, und, gesagt, getan, verstummt der Chor der Roten Armee, und da es nun leiser ist, kann ich sprechen, ohne schreien zu müssen.

»Weißt du, ich habe sehr gelitten, als ich das mit dem Argentinier erfahren habe.«

»Hast du vielleicht ein bißchen Koks?«

»Auf dem Tisch; da ist noch eine Braue, die linke.«

Sie kniet sich vor den Tisch und streicht sich die

Haare aus dem Gesicht, dann zieht sie einen kleinen Schein aus der Jeanstasche. Mit gesenktem Blick rollt sie den Schein, ihre Bewegungen sind kraftlos, und auf einmal bin ich unendlich traurig. »Willst du einen Fünfhunderter? Ich habe viele davon.«

»Nein, danke, sehr nett, aber es geht schon«, sagt sie und zieht sich Nase, Mund und Augen rein.

»Ha, du hast ja jetzt einen höllischen Zug«, sage ich bewundernd.

»Danke«, sagt sie bescheiden. »Die Gewohnheit. Hast du etwas zu trinken?«

Ich reiche ihr das fast leere Minifläschchen.

»Ach, diese beschissenen Minifläschchen«, sagt sie. »Ich frage mich wirklich, welcher Scheißschwachmat die erfunden hat.«

Sie setzt die Flasche an, und als sie sie auf den Tisch stellt, schaut sie mich mit einem merkwürdigen Gesichtsausdruck an, und ich sehe, daß sie weint.

»Warum weinst du?«

»Derek, hast du die leiseste Ahnung, was das Wort ›Verschwendung‹ bedeutet?«

Ich überlege, aber trotz all meiner Mühen habe ich nicht die leiseste Ahnung.

»Ich habe nicht die leiseste Ahnung.«

»Und ›unwiderruflich‹?«

»Könnte ein genialer Filmtitel sein.«

»Derek ... spielst du immer noch dein Scheißspiel?«

Da ich nicht weiß, was ich sagen soll, knie ich mich

einfach neben sie, nehme ihr das Röhrchen aus der Hand und ziehe mir praktisch das ganze Haar rein. Ich ziehe laut die Nase hoch, und kurz bevor es in meinem Hirn knallt, streichle ich Manons Haar, und wir werfen uns einen Blick zu, einen schlichten Blick, langsam, glasig, ewig, und in diesem schlichten Blick liegt unser erstes Zusammentreffen, die Unschuld und alle Gespenster zwischen uns, darin liegt das Hämmern der nun verstummten High-Heels auf dem Parkett, darin liegt die offensichtliche Bedeutung des Wortes »Verschwendung« und die offensichtlich noch unerträglichere Bedeutung des Wortes »unwiderruflich«, darin liegt das, was nicht im Drehbuch steht, und es ist mir nun egal, darin liegen meine unvollendete Sonate und der Kadaver eines Pianos, darin liegen unsere unvollendete Geschichte und ein Wrack mit glasigem Blick, darin liegt auch ein Tränennebel und mehr noch als das, was wir gelebt haben, liegt darin das, was wir nicht gelebt haben.

Sie führt die Hand ans Gesicht und wischt den Kokainstaub weg, als wischte sie eine Träne ab, und ihre Bewegung hat etwas Entschlossenes; sie ist nun eine Frau, und weil ich es hasse, vor einer Frau loszuflennen, ziehe ich meine Sonnenbrille auf, und Manon sieht mich ungläubig an, dann wendet sie sich jäh von mir ab und steht auf, müde wie eine alte Schindmähre, sie tritt auf der Stelle und blickt in die Luft, die Hände um die Knarre geschlossen, als flehte sie – wen? Den Lüster? – an. Dann gehen die Schüsse los, und ich denke, ich bin tot und sie hoffentlich auch, doch ich schlage die Augen wieder auf und sehe, daß sie einfach drauflosgeschossen hat, sicherlich um sich abzureagieren, das ist verständlich, dann sehe ich in Zeitlupe, wie sich eine Schranktür aus den Angeln löst und mit Getöse auf den Boden fällt, und der Schrank, der zum Bersten voll war, spuckt langsam seinen Inhalt aus, und ich sage mir: Scheiße, und es fängt an, Fotos auf uns herunterzuregnen, anmutig hin und her geweht von Ventilator zu Ventilator, und ein Foto flattert – natürlich – in Manons Hand, und ich erkenne das Foto von der italienischen Vogue, das erste Foto; Manon nimmt es und starrt es an, als sähe sie es zum ersten Mal, und dann zerknüllt sie es in der Hand, zermalmt es vielmehr mit düsterer Miene, und ich hätte nicht dieses Foto sein wollen. Dann schießt Manon, die sich ganz entschieden für eine zweite Lara Croft hält, auf den anderen Schrank und auf die Schränke gegenüber, drei Türen fallen, eine nach der anderen, und die Fotos fliegen, regnen, flattern, die Luft ist voll davon, das Parkett ist voll davon, ich hatte vergessen, daß es so viele waren, und Manon wirbelt herum, will sie fangen, und sie sieht aus wie ein kleines dummes Mädchen im Schnee, das die Flocken einfangen will, die ihr in der Hand schmelzen, oder eher wie eine komplett Irre, aber die Sequenz ist nicht schlecht.

Dann dreht sich Manon zu mir, mit einer exakt berechneten, millimetergenauen stroboskopischen Bewegung, auch ihre Augen sind stroboskopisch und ihre Pupillen weit, sie dominiert das Bild, und mit einer exakt berechneten, millimetergenauen Bewegung streckt sie den Arm hin zur Musik und schießt, und *Souvenirs* verstummt, sie schießt, und Leonard Cohen verstummt, sie schießt, und die White Stripes verstummen, das Adagio verstummt, und Gainsbourg verstummt, und Marilyn Manson verstummt, *Midnight Express* und Softcell und Metallica und Puccini und Radiohead und Nirvana und Chopin, alle verstummen, und nach dem Massaker gibt es keine Musik mehr, fast keine Musik mehr, außer Nina Simone, sie singt *Don't Let Me Be Misunderstood*. Es gibt nichts mehr außer Nina Simone, Manon und mir.

Und mit einer exakt berechneten, millimetergenauen Bewegung packt Manon die Fernbedienung und dreht die Lautstärke voll auf, sicherlich weil sie nach all den Schüssen nun wirklich, aber auch wirklich nichts mehr hören dürfte, und dann richtet sie die Waffe auf mich und verlangt, daß ich zurückweiche.

»Zurück!«

»He«, erwidere ich, »du scheinst eine Kleinigkeit zu vergessen – daß ich nämlich auch bewaffnet bin.«

»Zurück!«

»Und meine Knarre ist besser als deine«, sage ich.

»Zurück!« wiederholt sie, und was mir dann das Blut in den Adern gefrieren läßt, ist, daß sie mit einem Zynismus hinzufügt, dessen ich sie gar nicht für fähig gehalten hätte: »Ich führe Regie. Zurück!«

Und ich weiche zurück.

»Du wolltest doch nur ein bißchen Kintopp in deinem Leben, Derek.«

»Ich habe in der Tat ...«

»Wolltest du Kintopp?« brüllt sie.

»Ja«, sage ich, »ja, ja.«

»Gefällt dir das Bühnenbild? Das Licht? Die Musik? Geht's so? Kommst du zurecht?«

»Ich ... ich bin nicht geschminkt.«

»Film ab!« schreit sie. »Action!«

Und sie nähert sich mir.

»Sieh in die Kamera!«

»Welche Kamera?«

»Das da ist die Kamera!«

Sie richtet die Waffe auf mein Gesicht.

»Aha, gut«, sage ich, »in Ordnung, ich sehe sie.«

»Und jetzt leide!«

»Wie bitte?«

»Leide! Spiele jemanden, der leidet. Die Person, die du spielst, hat einen unschuldigen Menschen manipuliert, der unschuldige Mensch hat sich nun gegen ihn gewandt. In wenigen Sekunden wird deine Person gefoltert und hingerichtet. Deine Person erlebt ihre letzten Augenblicke. Du mußt also zittern, stöhnen, schreien, betteln, um Gnade flehen. Jetzt! Und ein bißchen überzeugend, wenn ich bitten darf!«

»Ja, gut«, sage ich, »in Ordnung, ich habe verstanden. – Aaah!«

»Das ist miserabel!« urteilt sie, als hätte sie es besser gekonnt.

»Na ja, weißt du, im Improvisieren bin ich ...«

»Man manipuliert nicht ungestraft unschuldige Menschen!« brüllt sie.

»So?«

»Leide!«

»Aaah!« mache ich. »Aah ... Bitte, erspar mir das, Manon!«

»Das ist miserabel! Miserabel!«

»Ja, nun, ich hab's dir ja gesagt.«

»Und wie geht's damit?«

Sie schießt mir ins Bein, ich schreie auf.

»Nicht schlecht. Das ist schon besser. Siehst du, wozu du mit ein bißchen Anleitung fähig bist?«

Ich schreie: »Geht's eigentlich noch, oder was? Bist du übergeschnappt?«

»Das steht nicht im Drehbuch, Derek. Halte dich bitte schön ans Drehbuch. Du sollst mich nicht fragen, ob ich übergeschnappt bin – ich habe gesagt, du sollst stöhnen, schreien, heulen, betteln. Also, tu's auch!«

Und sie schießt mir ins andere Bein, und ich schreie noch lauter auf und sehe, wie sich unter mir eine Blutlache bildet, und ich kann mir nicht vorstellen, daß das mein eigenes Blut ist.

»Gut, toll, du bist drin! Siehst du, du kannst es! Los, heul jetzt, ich will deine dreckige, verheulte Fresse mit deiner lächerlichen Sonnenbrille im Close-up. Heulen! Heul, du Arsch!«

Und sie schießt mir ins Knie. Da schieße ich, die Kugel streift ihre Schulter, ich sehe ein wenig Blut spritzen, sie bricht in schallendes Gelächter aus und sagt: »Daneben!«

Und sie schießt mir in den Arm und ins andere Knie, und dieses Scheißblut, das nicht mein Blut ist, fließt in Strömen, und ich nehme all meine verbleibenden Kräfte zusammen und danke meinen Dämonen, die mich soviel Koks reinziehen ließen, daß ich fünf verdammte Kugeln in meinem Körper aushalten kann, und ich könnte kotzen, und ich schieße noch mal und verfehle sie, ich schieße wieder und wieder und wieder, bis das Magazin leer ist, und ich höre sie immer noch lachen, dann schreien, und denke, ich habe sie getroffen, aber sie lacht immer noch, und ich sehe nicht mehr viel, und ich spüre nicht mehr viel, spüre nur noch meinen Finger, der vergeblich den Abzug drückt, sehe nur noch Manon, die mit einem Schild in der Hand auf mich zukommt, es mir ins Gesicht schleudert und schreit: »Zurück an Absender, du Arsch!« Und ich glaube, ich bin auch noch voll auf Speedball, und ich denke »Weiterleben«, aber der Gedanke verflüchtigt sich sofort, wird weggefegt von der Musik, die ich immer noch höre, immer noch höre ich Nina Simone und bin schon nicht mehr hier, ich bin an der Côte, ganz wie früher, und ich drücke aufs Gas, und die Sonne geht auf, ich habe nicht geschlafen und rieche Manons Parfüm, Dolce Vita, vermischt mit Zigarettenrauch und der Schwüle der Nacht, vermischt mit Kaffeeduft, und es ist der süßeste Duft der Welt, und ich weiß, ich werde mir einen schrecklichen Sonnenbrand holen, wenn ich im Cabrio in diesem kurzärmligen T-Shirt bis nach Saint-Tropez fahre, in dieser gleißenden Sonne, ihr Glast fährt mir ins Gesicht, wenn ich die dunkle Brille absetze, um die Farben des Morgens auf Manons Gesicht besser zu sehen, und wir fahren mit Vollgas an den Pinien und den Baustellen vorbei, lässig, schwebend, und der Motor brummt, wenn ich langsamer werde, um eine Zigarette anzuzünden, die mir Manon aus der Hand schnappt, und das Meer brennt im Rückspiegel, und wir sind so jung und so schön, und Nina Simone singt, Manon singt auch, Mensch, was bin ich glücklich, aber nein, Manon singt nicht, Manon schreit, Manon stöhnt, und es ist dunkel, und ich bin so schrecklich starr, noch nie war ich so starr, ich versuche nicht mal, mich zu bewegen, und ich versuche nicht mal zu weinen. Manon schreit: »Und jetzt verrecke!« Ich weiß nicht genau, in welcher Reihenfolge ich drei Schüsse hintereinander höre, ich spüre noch den Schmerz im Trommelfell und fast gleichzeitig in der Lunge, und der rauhe Karton auf meiner Brust saugt sich voll mit Blut, das nicht mein Blut ist, bis es das Wort ENDE überflutet – ich glaube, ich selbst habe dieses Wort geschrieben –, bis es auch meinen Hals überflutet und das Atmen eine Qual wird, alles ist eine Qual, aber nicht mehr lange, nicht mehr lange, sage ich mir, es gibt keine Sonne mehr, keine Musik mehr, kein Dahinrasen mehr, der jähe Halt, was ist los, meine Finger, die sich um das Lenkrad geklammert hatten, lösen sich, der Rückspiegel färbt sich mit einem Meer aus Blut, es ist dunkel, ich habe Schmerzen, und die Musik verstummt, Stille, Dunkelheit, Schmerz, Stille, Dunkelheit … Dunkelheit … Und nichts mehr, nur noch Manon, und ich weiß nicht, wie es mir in diesem Zustand gelingen soll, ganz klar und deutlich zu sagen:

»Lieber will ich von deiner Hand sterben, als ohne dich leben … Und, ehrlich gesagt, meine Süße, du nimmst eine große Last von mir.«

MANON 19

Vorhang, Applaus

Am Anfang hörte ich nichts, nur gedämpfte Schwingungen wie Geräusche unter Wasser oder das Zittern von Scheiben, wenn in der Morgendämmerung ein Auto die Stille der verlassenen Straße zerreißt. Ich dachte, meine Sinne spielten mir einen Streich, nach all den Schüssen, nach alldem, was ich gerade getan hatte. Dann verwandelten sich die Schwingungen in einen vertrauten Lärm, den ich in meinem Schock nicht gleich einordnen konnte. Ich hörte auf zu rennen. Im Korridor war niemand. Es war Applaus.

Der Lärm wurde lauter, schwoll zu einem wahren Getöse an, ich hörte jemanden pfeifen, bald darauf fielen andere ein, dann ertönte ein Bravo und noch eins und noch eins, und der Beifall wurde stärker. Irgendwo in diesem Hotel trampelten und schrien mindestens fünfzig Personen und klatschten, daß ihnen die Hände weh taten. Eine Tür ging auf, die nächste Tür ging auf, alle Türen auf dieser Etage gingen auf, und eine Menschenmenge kam heraus, und alle klatschten, die Menge umringte mich, alle sahen mich an, und ich glaube, sie applaudierten mir. Ein Typ mit einem Mikrophon schwenkte eine Champagnerflasche, ich hörte einen Korken knallen, alle hatten ein Mikro oder einen Kopfhörer oder irgendeinen Apparat, und alle hoben einen Plastikbecher. Und der Typ mit der Flasche kam auf mich zu und reichte mir auch einen Becher. Er war häßlich, unauffällig, gut gekleidet, besser gekleidet als die anderen, und ich, ich hatte immer noch die Knarre in der Hand. Der Typ sagte: »Guten Abend. Kommen Sie, ich werde Ihnen etwas zeigen«, und er rollte das R wie ein Moskowiter Stricher. Er nahm mich an der Taille, die Menge teilte sich vor uns, und wir gingen in die Suite gegenüber. Der Eingang war genau der gleiche wie der Eingang der Suite, die ich damals, als ich mit Derek zusammenlebte, jeden Abend betreten hatte, mit dem großen Spiegel über der Kommode, auf die ich immer genervt meine Tasche geschleudert hatte, denn damals hatte ich immer einen guten Grund, genervt zu sein, und im Spiegel sah ich Derek.

Ich dachte, ich müßte vor Bammel sterben, ich drehte mich um und machte ein paar Schritte. Es war natürlich nicht Derek – Derek wurde ein paar Wände von hier entfernt langsam immer kälter und würde nicht zurückkommen, es sei denn, um mich in meinen Alpträumen heimzusuchen. Nein, es war eine lebensgroße Pappfigur von Derek im schwarzen Anzug und mit diesem Arschlochgesicht, das er immer aufsetzte, wenn er ein Gespräch abbrechen wollte, das ihm lästig war. Da stand Derek in Originalgröße, eine Pappzigarre in seinem Pappmund, und hinter dem Pappkarton füllten dreißig, vielleicht auch fünfzig Dereks den Raum und versperrten die Fenster. Derek im Regenmantel, schlecht rasiert und mit verzerrtem Gesicht in einer schummrigen Kneipe, er hält seinen Cognacschwenker mit zwei Fingern, als wäre er in was weiß ich welchem Club. Derek im Market, glaube ich, umringt von Weibern, er zündet mit einem Fünfhunderter eine Zigarre an, Derek vor dem Plasmabildschirm, er sieht sich *Blast Killer* mit kantonesischen Untertiteln für Gehörlose und Hörgeschädigte an und zieht sich gelangweilt ein bißchen Koks rein. Auch ich war auf den Standbildern. Brünett im Stillstand, mit diesem blöden roten Kleid, das ich jetzt endlich mal verbrennen muß, bei der Vorpremiere zu *Superstars*, ich küßte Derek im Stillstand, ich vögelte mit Derek im Stillstand, ich schminkte mich ab im Stillstand, ich lag auf dem Boot in einem Pucci-Bikini im Stillstand, ich ging im Stillstand die Madison Avenue hinauf, Mirko im Schlepptau, er trägt meine Pakete, ich sprach *Die Möwe* im Stillstand, im Hintergrund dieser Dreckskerl von Karénine, der sich am Monitor über mich lustig macht, ich schlief im Stillstand, ich weinte im Stillstand. Fünfzig Scheißbildschirme waren in diesem Raum, ausgedrückte Kippen schwammen in Plastikbechern voll kaltem Kaffee, halb aufgegessene Sandwichs lagen auf Sesseln, und da war eine Wahnsinnscomputerkonsole.

Aus dem Nichts hörte ich mich schreien: »Und jetzt verrecke!«, und dann hörte ich drei aufeinanderfolgende Schüsse. Auf dem fünfzigsten Bildschirm, dem einzigen, der lief, sah ich Derek im Todeskampf mit seiner Sonnenbrille und dem Schild ENDE und ich flüsterte: »Anhalten!«

Und der Typ an der Computerkonsole drehte sich um und sagte: »O nein! Nicht die schon wieder!« Und ich erkannte Mirko.

Und das Mädchen an der Computerkonsole drehte sich um und sagte: »Stanislas, willst du mich nicht vorstellen?«

Und ich erkannte die Brünette mit Brille, die mir auf dem Flug nach New York heimlich eine ganze Flasche Champagner eingeflößt hatte.

Und auf einem Bildschirm sah ich Derek im Dunkeln, er sitzt am Klavier, kraftlos und niedergeschlagen, und hält wie eine Partitur ein Foto von mir in der Hand.

MANON 20

Derek, der Milliardär

Es war ein gigantisches Projekt. Der Produzent Stanislas Vojnikodjakovic hatte vor fast zehn Jahren, als er noch an der gleichen Universität studierte wie Derek, die Idee dazu gehabt. Die beiden kannten sich seit ihrer Kindheit und waren sehr eng befreundet gewesen. Warum sie sich aus den Augen verloren hatten? Stanislas wollte mir die Gründe lieber nicht nennen.

Ende der neunziger Jahre, als das Phänomen Reality-TV aufkam, hatte Stanislas – er arbeitete damals bei einer New Yorker Handelsbank, die Spekulationsgeschäfte in der Medien- und Unterhaltungsbranche tätigte – einem führenden Mitarbeiter eines amerikanischen Fernsehsenders sein Projekt ohne große Hoffnungen unterbreitet. Dieser Mann, der anonym bleiben will, war von Stanislas' zynischer und visionärer Idee begeistert, außerdem brauchte er dringend Geld, um sein kränkelndes Studio zu sanieren, und so kaufte er Stanislas die Idee ab – für eine Summe, deren genauen Betrag ich nicht kenne, die sich aber nach Schätzungen der Wirtschaftspresse auf einen zweistelligen Millionenbetrag belaufen soll –, unter der Bedingung, daß Stanilas von Derek persönlich, oder im Falle seines Ablebens freilich von seinen Rechtsnachfolgern, ordnungsgemäß die Sendefreigabe erhielt.

Ohne diese Freigabe hätte Stanislas den garantierten Mindestbetrag in voller Höhe zurückbezahlen müssen, nicht eingerechnet die Schadenersatz- und Zinsforderungen des Senders.

Er ging ein großes Risiko ein, der Sender auch.

Das Projekt war auf dreißig Millionen budgetiert; abgesehen von Stanilas' Honorar war das nicht viel. Zumal es von Frankreich, wo die Handlung größtenteils spielen sollte, Großbritannien, Hongkong, Japan, Deutschland und Venezuela, wo sich Dereks Familie viele Feinde gemacht hatte, koproduziert wurde. Stanislas konnte die Investoren von seiner Durchsetzungsfähigkeit und seiner Effizienz überzeugen und hatte freie Hand. Offiziell wurden die dreißig Millionen für die Anmietung der Ausrüstung, für die Entlohnung der Techniker und für Werbezwecke verwendet, inoffiziell wurde mit einem Großteil des Geldes Dereks Entourage geschmiert, besonders sein Leibdiener Mirko.

Hochauflösende Videokameras und hochempfindliche Mikros wurden in Dereks Suite hinter den Spiegeln, auf den Balkonen, an Stelle der Überwachungskameras sowie in seinen sechsundzwanzig Autos, in seinem Haus in Saint-Tropez, ja, selbst im Konferenzzimmer seines Trusts, wo er sich nie blicken ließ, angebracht, und das gegen den Widerstand seiner Aktionäre, die eine eventuelle Industriespionage fürchteten. Zum Glück mochte Derek hellerleuchtete Räume. Jedesmal, wenn er den Ort wechselte, benachrichtigte Mirko, der gleichzeitig Diener, Dealer und Schlepper sowie Reiseleiter war, der Hotels und Flüge buchen oder dafür sorgen sollte, daß der Privatjet bereitstand – der Pilot war natürlich eingeweiht –, Mirko also benachrichtigte Stanislas rechtzeitig, damit er eine Crew schicken konnte. Im Falle einer unvorhergesehenen Abreise waren die zwei Kameraleute, die Derek vierundzwanzig Stunden am Tag folgten, angewiesen, ihn unter keinen Umständen aus den Augen zu verlieren, selbst wenn er ans Ende der Welt flog. Alle Personen, die Derek möglicherweise begegneten oder mit ihm sprachen, mußten ständig ein Mikro tragen. Die Kopfenden aller Betten, in denen Derek auf dieser Welt hätte schlafen können, waren mit Mikros gespickt. So konnte ich auch hören, wie ich vögelte. Das war lustig. So erfuhr ich auch, daß Derek mich nie betrogen hatte.

Der Dreh begann an einem Herbstabend vor zwei Jahren in einer schummrigen Kneipe unweit der Opéra, die ein ehemaliges Schauspielerehepaar betrieb, Albert und Lullaby. Was nur eine Probeaufnahme, nur ein Pilotfilm werden sollte, hatte sich als so überzeugend herausgestellt, daß die gefilmte Sequenz die erste

Episode in der Endbearbeitung ergab. Die letzte Episode endet mit Dereks letzten Worten, als ich ihn an diesem Abend erschoß.

Am Ende, nach zweijährigen Dreharbeiten und aus einer beachtlichen Menge an Probekopien, von denen sich ein Großteil als unbrauchbar erwiesen hatte, hatte Stanislas nur drei Filme von je hundertzwanzig Minuten produziert, die zuerst im Kino gezeigt werden sollten, dann sollten sie noch mal in achtzehn Episoden zu je zwanzig Minuten in den USA exklusiv sonntags im Spätabendprogramm, dann in Frankreich und in den Partnerländern mit dem Titel Derek, der Milliardär ausgestrahlt werden.

Was Stanislas ursprünglich dazu getrieben hatte, sich für die Realisierung des Projekts einzusetzen, war sein hehrer Wunsch, dem Konzept des Reality-TV, dessen Initialzündung Wahrheit zu verleihen, eine Wahrheit, von der sich all die anderen Ausformungen des Reality-TV jeden Tag mehr entfernten, indem sie die Reaktionen von Menschen, die nur zu gut wußten, daß sie gefilmt wurden, als spontan und natürlich verkauften. Derek und ich wußten nicht, daß wir gefilmt wurden, und das verleiht dem Programm Seriosität sowie einen echten Dokumentationswert, wegen der Kreise, in denen wir uns bewegten, und wegen des außergewöhnlichen Lebens, das wir führten.

Neben der Herausforderung, die das nicht zu vernachlässigende Risiko mit sich brachte, daß Derek und ich den Film vielleicht nicht freigaben und Stanislas

Knall auf Fall dreißig Millionen verlor, war es ihm wichtig, aus Derek, der Milliardär im Rahmen seiner verfügbaren Mittel einen richtigen Spielfilm zu machen, mit all der erforderlichen technischen und dramaturgischen Qualität. Die Trilogie lag in den Händen der besten Techniker, sie waren mit dem besten Material ausgestattet und konnten unter bestmöglichen Bedingungen postproduzieren. Die Wette war gewonnen: Durch die ausgefeilte Montage stand die Endversion dessen, was anfänglich nur einen einfachen Lebensausschnitt zeigte, den genialsten Hollywood-Filmen in nichts nach. Auch wenn die Bild- und Tonqualität bei weitem nicht mit der von Spielfilmen konkurrieren kann, die unter normalen Bedingungen gedreht werden, liegt sie dennoch weit über dem Niveau, das eine Fernsehproduktion erreicht.

Dieser Tage beginnt eine Wahnsinnspromo für den Kinostart. Natürlich sind Stanislas, Mirko und ich dabei. Die Frequenz meiner Auftritte in den Medien ist eines Weltstars würdig, ich bin auf drei Jahre hinaus ausgebucht. Karénine, der echte Karénine, hat im Gedenken an Derek mit dem Pressereferenten des Senders gesprochen und mir in seinem nächsten Film fest eine Rolle versprochen. Eine große Kosmetikmarke würde mich gern zu ihrem neuen Gesicht machen. Ich habe ein Dutzend Internetauftritte. Ich glaube, man kann sagen, daß ich es ganz schön weit gebracht habe.

Eine Sache macht mir Sorge – nicht daß ich deswegen nicht schlafen könnte, aber ich frage mich einfach:

Wann hat Derek diese berühmte Freigabe unterschrieben? Ich fragte Stanislas, und er faselte etwas von irgendwelchen Hotelquittungen, die man ja dauernd gegenzeichnet, ohne hinzusehen. Stanislas und ich verstehen uns gut. Ich bin ihm dankbar, denn er hat mir das Leben gerettet. Er hat mich in dem Moment angerufen, als ich mich, manipuliert von diesem Dreckskerl Derek, erschießen wollte. Ohne ihn hätte ich nie erfahren, was eigentlich gespielt wurde. Und – ich vergaß – er hat mich auch vor dem Knast bewahrt. Er hätte mich genausogut bei den Bullen verpfeifen können, schließlich habe ich Derek kaltblütig erschossen.

Als er mir das Projekt erklärt und angekündigt hat, daß ich ein Star werden würde, fragte ich ihn, ob er der ganzen Welt einen Tatsachenfilm vorführen wollte, in dem ich Derek umbringe. Nein, sagte er, es sei Notwehr gewesen, Derek hätte auch auf mich geschossen. Ich sagte, ich hätte als erste geschossen, und er meinte: »Das macht nichts, das schneiden wir raus.«

Und da habe ich begriffen, daß mich nichts mehr daran hinderte, ein Star zu werden.

Ich würde ein Star werden.

MANON 21

Ein Star ist geboren

Ich wache schon vom Klirren des Tafelsilbers auf dem Frühstückstablett auf. Es ist ein leichtes Erwachen, mühelos schlage ich die Augen auf, ich bin ausgeschlafen. Ich ziehe einen Bademantel über und setze mich an den Rolltisch. Zuerst trinke ich meinen Orangensaft, dann gieße ich mir eine Tasse Tee ein. Bevor ich die Quittung unterschreibe, nehme ich mir ein Croissant, der Etagenkellner zieht solange die Vorhänge auf. Die Sonne und die Geräusche von Paris dringen ins Zimmer. Der Kellner geht, ich blättere die Zeitungen durch, ich gehe sie ziemlich schnell durch. Es ist Montag, und die Elle steckt unter den Tageszeitungen. Ich bin nicht überrascht, mein Gesicht auf der Titelseite zu sehen. Und direkt unter meinem Namen steht in großen Lettern: EIN STAR IST GEBOREN.

Ich lächle, und bevor ich den Redakteur anrufe, um mich zu bedanken, schiebe ich das Tablett weg und mache eine Schachtel Marlboro Light auf. Ich zünde eine Zigarette an, nehme gierig einen Zug und noch einen und noch einen bis zum Filter, und ich empfinde rein gar nichts, ich spüre nichts als einen scheußlichen Geschmack.

Mein Dank gilt Manuel Carcassonne, Elsa Gribinski, Élodie Deglaire.

Ich danke Frédéric Beigbeder für alles und Amélie Beigbeder dafür, daß sie meine erste Leserin war.

Ich danke Virginie de Clausade und Benoît in Erinnerung an den 6. November 2003.

Und ich danke Audrey Diwan dafür, daß sie Audrey Diwan ist.

Zitate und Paraphrasierungen aus

Waiting For the Miracle von Leonard Cohen und Sharon Robinson

La Solitude von Léo Ferré

Roxanne von Police

Bret Easton Ellis, *Glamorama*, New York 1998 und Köln 1999

Anton Tschechow, *Die Möwe*, Zürich 1973

Boris Vian, *Der Nachmittag der Generäle*, in: *Gesammelte Theaterstücke*, Frankfurt a. M. 1983

Lolita Pille

Pradasüchtig

Roman. Aus dem Französischen von Gaby Wurster.
192 Seiten. Serie Piper

»Natürlich treibe ich mich jede Nacht herum. Wofür ist meine Gucci-Garderobe denn sonst gut? Meine zwanzig Paar Manolo Blahniks?« Sie ist achtzehn, von Beruf Tochter und gehört zur Pariser High Society des 16. Arrondissement. Ihre Antriebsmittel: der neueste Porsche und eine Line Kokain. Ihr Credo: Sei schön und konsumiere. Dann lernt sie Andrea kennen, der genauso reich und illusionslos ist wie sie, aber ihr eine Ahnung von dem vermittelt, was das Glück sein könnte.

»›Pradasüchtig‹ erzählt über die Hölle, von der alle Welt träumt. Lolita Pilles Roman hat mich fasziniert. Sie ist ein Naturtalent.«
Frédéric Beigbeder

01/1463/01/R

PIPER ORIGINAL

Nadja Sennewald

RunRabbitRun

Roman. 255 Seiten. Klappenbroschur

»Okay, ich ruf dir jetzt 'n Krankenwagen« – Kookie ist stinksauer, ihr Bike hat die fette Acht. Aber der dreckverschmierte Typ, den sie gerade angefahren hat, stöhnt, und Blut läuft ihm aus der Nase. Er will keinen Krankenwagen, und Kookie spürt, daß irgendwas faul an ihm ist. Trotzdem nimmt sie ihn mit nach Hause, im Zickzack durch die Stadt, damit sie durch keinen Security-Check müssen. h. b., Kookies Freundin, schnallt dann sofort, was mit dem Typ los ist: Der ist »Hase« in dieser abgefahrenen Gameshow. Wenn er nicht gefangen wird, kassiert er in drei Wochen die 1 Million-Euro-Prämie. h. b. und Kookie schließen einen Pakt mit ihm …

04/1039/01/R

PIPER ORIGINAL

K. L. McCoy
Mein Leben als Fön

Abenteuerroman. Aufgeschrieben von Michael Ebmeyer, Bruno Franceschini, Tilman Rammstedt und Florian Werner. 204 Seiten. Klappenbroschur

Als mysteriöser Phoinos philosophiert er über die Kunst des Haartrocknens, und als ›Mann mit dem Fön‹ lernt er im Zuchthaus den Marquis de Sade kennen – K. L. McCoy, dessen einzigartigen Lebensbericht wir hier studieren können, ist ein Held von verblüffender Langlebigkeit und außergewöhnlicher Begabungen: Sein Charme betört die stolzesten Frauen, seine Schießkünste verstören sogar die Banditen am Rio Grande, und ein paar schwermütigen Karibikbewohnern schenkt er das Lachen. McCoy, der mutige Zeitreisende, kennt nur eine Schwäche – seine Obsession für den Fön. Seine Abenteuer sind ungezählt und hier zum ersten Mal nachzulesen.

04/1038/02/R

PIPER ORIGINAL

Kari Hotakainen

Aus dem Leben eines unglücklichen Mannes

Roman. Aus dem Finnischen von Stefan Moster. 325 Seiten. Klappenbroschur

Er erledigte Hausarbeiten tadellos und beherrschte das perfekte Mischungsverhältnis zwischen Sahne, Ei und schwarzem Pfeffer, wenn es darum ging, einen Nudelauflauf mit der richtigen Soße zu versehen – im Befreiungskrieg der modernen Frau hatte Matti Virtanen an vorderster Front gekämpft, darüber bestand kein Zweifel: Was also hatte Matti falsch gemacht, bevor er, und genau das waren seine Worte, Frau und Kind verlor? Er wußte es nicht. Doch nun hatte Matti einen Plan: Ein Haus, ein eigenes Haus mußte her, dann würden Helena und Sini wiederkommen. Fehlte nur noch die passende Immobilie zu seinem Glück, da war sich Matti sicher.

04/1035/01/R